鍋奉行犯科帳

風雲大坂城

田中啓文

集英社文庫

本書は「ｗｅｂ集英社文庫」で二〇一六年九月から十二月まで連載された作品に、書き下ろし部分を加えたオリジナル文庫です。

目次

本文デザイン／原条令子
挿絵／林　幸

鍋奉行犯科帳

風雲大坂城

第一話

風《ふう》雲《うん》大《おお》坂《さか》城《じょう》

1

床の間には老翁の掛け軸が掛けられ、鶴亀の置物を載せた島台が置かれている。仲人の挨拶のあと酒が出て、座がくだけてきたころに、

「そろそろわしの出番じゃな」

窮屈そうにその巨体を縮めていた大坂西町奉行大邉《おおなべ》久右衛門《きゅうえもん》が立ち上がると、

「待ってました、鍋奉行！」

という声がかかった。久右衛門はにやりと笑い、扇をぱらりと広げると、

「高砂《たかさご》やあああ、この浦舟にいいいい帆を上げてええええ……」

調子はずれのダミ声が狭い部屋に響き渡った。大邉久右衛門は、

「月もろともにいいいいい入り汐《しお》のおおお……」

障子の紙がびりびりと鳴って、今にも破れそうである。

熊が咆哮《ほうこう》しているようだ、と村越勇太郎《むらこしゆうたろう》は思った。久右衛門の相撲取りのような身体《からだ》

つき、太い腕に生えた剛毛、火鉢を逆さまにしたような大頭などを見ていると、どうしても先日、坐間《ざま》神社の境内で観《み》た「荒熊」の見世物を思い出してしまい、笑いそうになったのであわてて久右衛門から顔をそむけ、隣の席の小糸《こいと》を見ると、小糸は笑うどころか、うっとりした目を花嫁と花婿に向けている。

村越勇太郎は、二十歳《はたち》を過ぎたばかりの西町奉行所定町廻《じょうまちまわ》り同心である。同心だった父柔太郎《じゅうたろう》が故人となったため彼が跡を継いだのだ。朱子《しゅし》学を尼崎町《あまがさきちょう》の懐徳堂《かいとくどう》に学び、一刀流剣術を常盤町《ときわまち》の岩坂三之助《いわさかさんのすけ》道場に学んだ。小糸は岩坂三之助のひとり娘であり、病がちな父親に代わって師範代を務めるほどの腕であった。

「はや住《すみ》の江《え》にいい着きにいいけりいい、はや住の江にいいいいいいいいいいいい……」

勇太郎は耳を塞ぎたくなるのを我慢しながらひょいと花嫁に目をやると、花嫁は下を向いて笑いを噛《か》み殺している。

この夜、ここ吉左衛門町《きちざえもんちょう》にある割長屋の一軒で、ささやかな祝言《しゅうげん》が行われようとしていた。花婿は、薩摩《さつま》のさる大名家に仕えていたが主家を浪人、今は蝦蟇《がま》の油売りとして身を立てている柏木剣八郎《かしわぎけんはちろう》である。さすがに今日は、いつもの豪傑髭《ひげ》をきれいに剃《そ》ってはいるが、唐獅子《からじし》のごとき大顔は隠しようがない。白無垢《しろむく》に身を包んだ可憐《かれん》な花嫁は、この家で稽古屋の師匠をしている綾音《あやね》である。剣八郎が綾音を危難から救ったことで、ふたりは急に近づいた。そして、幾度かの逢瀬《おうせ》を経て、この度めでたく一緒になることになったのだ。仲人は、この家の家主で町役でもある吉田屋長兵衛《よしだやちょうべえ》。奉行をまえに顔をこわばらせ、何遍も新郎の名前を間違えた。

列席しているのは、久右衛門、勇太郎、小糸のほかに、勇太郎の母すゑ、綾音の母、それに綾音が日頃世話になっている近隣のものや縁戚のものなどである。綾音の母は、若いころ、千里《ちさと》の名で芸子《げいこ》をしており、すゑの妹分だった。その縁で勇太郎は綾音と知り合ったのである。稽古屋なので多少は広いとはいえ、一間しかないので、これだけ大勢が入るとぎゅうぎゅう詰めである。しかも、そこに巨体の久右衛門が何人分も占めるのだからたまったものではない。勇太郎は身体を斜めにして座っている。

このような長屋に町奉行が来るなどというのはかつてないことである。勇太郎、小糸、すゑの三名はともかく、ほかのものたちは仲人も含めてがちがちに硬くなっていたが、祝いの謡《うたい》を終えた久右衛門が、

「剣八郎、綾音、めでたいのう。まあ、飲め。わしも飲むぞ」

そう言うと、一升も入ろうかという大　盃《おおさかずき》になみなみと注《つ》がれた酒を息もつかずに飲み干した。一同は目を丸くし、どっとほめそやした。

「わしも飲むほうやが、こんな大酒飲み見たことないわ」

「お奉行さまはたいしたうわばみや」

「よっ、日本一！」

気をよくした久右衛門は、

「うははは……皆のもの、今日の酒はわしのおごりじゃ。伊丹《いたみ》の銘酒をたっぷり取り寄せてある。奉行がおるとて気にするでない。無礼講じゃ。めでたい席ゆえ、どのような粗相も許すぞ。飲め、飲め、歌え、舞え、踊れ！」

そうは言われても……とはじめのうちはそれなりにかしこまっていたものたちも、続けざまに酒をあおり、肴《さかな》を食べ、豪快に笑う久右衛門の姿にしだいに心を許し、酒の勢いも手伝って、次第に座は乱れていった。なかには下帯ひとつの裸になって踊り出すものや、久右衛門の腹を太鼓がわりに叩《たた》きだすものもおり、はらはらした綾音の母はするに、

「お姉ちゃん、なんぼなんでもお奉行さまに失礼やない？」

「かまへんかまへん。あのぐらいのことで怒るようなお方やない」

大邉久右衛門の関心は悪人を召し捕ることや大坂市中の安寧を保つことではなく、「飲むこと」と「食うこと」のうえにひたすら向けられていた。ほかのことには目もくれず飲食《おんじき》一筋に徹する潔さを感ずるたびにするは、『徒然草《つれづれぐさ》』にある芋好きの僧都《そうず》のことを思い出すのだ。芋があまりに好きすぎて、師匠の死に際に坊ひとつと銭二百貫を譲られると、坊を百貫に売り、つごう三百貫をすべて芋屋に渡して、生涯芋を食べさせて

くれと言ったあの浮世離れした痛快な僧都を。

「そやろか……」

「ほら、見てみ。お腹《なか》叩かれてうれしそうに笑《わろ》てはるやろ。――そんなことより綾音ちゃん、きれいやなあ。見惚《みほ》れてしまうわ」

「ありがと、お姉ちゃん。お世辞でもうれしいわ」

「お世辞やないがな。若いってええねえ。うちの勇太郎の嫁に、と思たこともあったけど……」

勇太郎は思わず咳《せ》き込んだ。小糸の耳に入らぬようにである。

「こういうのは、納まるところに納まるもんやねえ。あのふたり、お似合いやないの」

「なんで蝦蟇の油売りのとこに、とも思たんやけど、話してみたら、立派なお考えのおひとでな、わてのほうが惚れてしもたんや」

柏木剣八郎は、槍《やり》をもって主君に仕えていた。フカ退治のときに披露したその腕前や、馬鹿でかいフカを相手に一歩も退《ひ》かなかったその勇気を見た久右衛門は、しかるべき大名家に仕官を世話してやろうと申し出たが、剣八郎は笑いながら、

「窮屈な宮仕えは性に合いもさん。蝦蟇の油売りのほうがなんぼうか気が楽でごわす」

そう言って固辞するので、久右衛門も強くは勧めなかった。綾音の母は、剣八郎のそういう飾らぬ、恬淡《てんたん》とした気性が気に入ったらしい。

「けど、食べていけるのかどうかが気になってねえ……」

「剣八郎さんが蝦蟇の油で稼いで、綾音ちゃんが稽古屋で稼いだら、なんとかやっていけるやろ」

「女の師匠は、世帯《しょたい》持ったら連中《れんじゅう》さんが減るさかい……」

「それは『あわよか連』の多いお師匠《つしょ》さんやろ。綾音ちゃんはそんなことないわ。ちゃんと腕があるもん。——ああ、勇太郎もそろそろ身を固めてもらわんと……」

勇太郎はまたも大げさに咳き込んだので、そのあとに千里が言った「勇太郎さんには小糸さんがいてはるがな」という言葉は聞こえなかった。

「この膳かて、一生に一度のお祝いやさかい奮発して、鯛《たい》の尾頭付きにし、て言うたんやけど、あの子、そんなんもったいない、ゆうて……ケチくさい祝言でお姉ちゃんやお奉行さまに申し訳ないわ」

「それでええのや。世帯持ったら始末のうえにも始末せなあかん。綾音ちゃん、しっかりしてるやないの。お奉行さまかて機嫌よう飲み食いしてはるやろ。無理して鯛なんか出さんでもええ」

祝言がお開きになり、久右衛門は町奉行所からの迎えの駕籠《かご》に乗り、上機嫌で帰っていった。すゑと千里は久しぶりに積もる話をしたいからどこかにお茶を飲みに行く、というので、勇太郎と小糸はふたりだけで連れだって帰ることになった。道頓堀《どうとんぼり》の南岸にある吉左衛門町から、小糸の住む常盤町まではかなりの道のりである。そのあいだ中ずっと、小糸がなにもしゃべらないので、半分ほど来たあたりで勇太郎は言った。

「綾音さん、きれいでしたね」

「………」

「あの御仁なら、きっと幸せにしてくれるでしょうね」

「………」

「あの……小糸殿?」

なにか怒っているのかと小糸の顔をのぞき込むと、心ここにあらずというぼんやりした顔つきである。口もとにはうっすらと笑みが浮かんでいる。早足で勇太郎を追い越してしまったが、そのことにも気づいていない様子だ。瓦屋橋《かわらやばし》を渡っているとき、向こうから小坊主をひとり連れた僧侶がやってきた。上等そうな袈裟《けさ》を着たその老僧に向かって、小糸はまっすぐ進んでいき、どーん！　と行き当たった。まさか、と思っていたので、止める暇もなかった。老僧はひっくり返りそうになり、小僧にしがみついた。

「な、なにをする！」

僧は怒鳴ったが、小糸は振り向きもせずそのまま行き過ぎていった。老僧が杖《つえ》を振り上げたので、勇太郎はあわててまえに回り、平謝りに謝った。

「あれなるはわが見知りのもの。無礼の段々、どうかお許しを……」

「見知りなれば、仏門に仕えるものへの礼儀をよう申し聞かせておけ！」

「ははーっ」

僧たちを見送ったあと、さて小糸は……と向き直ると、すでに一町《ちょう》ほど先を歩いている。

（どうしたものか……）

またたれかにぶつかっても困る。勇太郎は必死に追いかけた。

◇

岩坂三之助は、寝所で薬湯《やくとう》を飲みながら、娘小糸が戻るのを待っていた。薬湯は、大《だい》宝寺町《ほうじまち》の医師赤壁傘庵《あかかべさんあん》が処方したものだ。村越勇太郎の叔父《おじ》にあたる傘庵の療治によって、岩坂は死の淵《ふち》から救われた。近頃では出稽古こそあまりしていないものの、道場では弟子と竹刀《しない》を交え、夜には酒をたしなむまでに復している。しかし、数日まえから喉が痛み、身体が少し熱っぽい。枕頭《ちんとう》で看病するという小糸に、

「傘庵先生もおっしゃっておられたように、風邪《かぜ》心地なだけだ。大事ない。せっかくの祝言、行って祝《いお》うてやりなさい。ただ、近頃は物騒ゆえ、あまり遅くならぬようにな」

「勇太郎さんに送っていただきますゆえ……」

「そ、そうか、それなら心丈夫だな」

「父上もお気遣いなく先におやすみください」

「わかった。そうしよう」

とは言ったものの、親たるものやはり気がかりではある。薬湯を飲み干すと、額に手を当てる。熱が上がってきているようだ。目の奥がじんじんと痛む。行燈《あんどん》を吹き消し、布団のうえに一旦横になったものの、あれこれ考えだすと眠れない。そもそも娘と勇太郎の仲がどうなっているのかもよくわからぬのだ。

（うちはひとり娘ゆえ嫁に出してしまうと道場の跡取りがいなくなる。入り婿でなくてはならぬが、そうなると村越は無理だ……）

道場を継ぐには剣の腕が必須だが、勇太郎はまだ免許とまでは行かぬ。御用繁多で、なかなか稽古に来られぬためだろうと思われた。

（しかるべきところから入り婿を迎えるか……）

そんなことを思ったとき、

（む……）

岩坂は、微細な物音を聴き取った。屋敷の奥から廊下をこちらに向かって歩いてくるひたひたという足音だ。おそらく常人には聞こえぬぐらいの小さな小さな音だったが、剣術使いの耳は逃さなかった。小者が門を開ける音などは聞こえなかったから、小糸が戻ったのではない。

(盗人《ぬすと》か……?)

岩坂は半身を起こすと、そろそろと枕もとの刀掛けに手を伸ばした。住み込みの門弟もいないから、今この屋敷には召し使っている小者夫婦がいるだけだ。彼らの足音ならよく承知しているから聴き分けられる。この足音は彼らのどちらでもなかった。

(中肉中背。おそらくは武士であろう……)

重い刀を左腰に差している武士は、左足が大きくなる。それゆえ足音も左が大きくなる道理だ。

ひたひた……ひたひた……足音は、寝所の手前にある小部屋のまえで止まった。襖《ふすま》を開け、閉める音。そしてまた足音。刀を引き寄せた岩坂は息を整えた。呼気・吸気が乱れると、寝入っておらぬと悟られる。すーすーと寝息を模しながら、闇のなかでじっと待つ。やがて、襖がそろそろと開いた。途端、白刃が閃《ひらめ》いた。無言だが凄《すさ》まじい気合いが込められている。剣風を頰に感じた岩坂はその一撃を横っ飛びにかわしながら、刀を抜き合わせた。刃と刃が漆黒のなかでぶつかり合い、ガッキという音とともに火花が散った。相手は飛びしさったが、岩坂も刀を取り落としそうになった。

(どうしたことだ……)

身体が思うように動かぬ。頭の芯が痛み、鼻の奥がつーんとする。熱のせいだろうと思われた。岩坂は立ち上がると刀を構え直し、

「わしを一刀流師範岩坂三之助と知ってのことか」

そう言うと、闇のなかで相手がにやりと笑うのがわかった。見えはしなかったが、冷笑をはっきりと感じたのである。

「ふむ……どうやらひと間違いではないようだな。貴様、なにものだ」

相手は一言も発せぬまま、「気」で押してきた。普段の岩坂ならば気負けするようなことはない。しかし、今は心身が万全でない。岩坂はじりじりと後ずさりした。布団に足を取られぬよう、すり足ではなく大股に下がっていく。そのうち、背中が壁についた。相手が太刀《たち》を振り上げたのがわかった。目を凝らしたが覆面をしており、顔かたちはわからない。

「もの取りではないな。なにものだ」

相手は答えず、いきなり第二撃を見舞ってきた。岩坂が右に払ったとき、門を叩く音がした。小糸が帰宅したらしい。襲撃者はくるりと身体の向きを変えて廊下に飛び出すと、玄関とは逆の方向に逃げ去った。岩坂は、ほうっ……と息をついた。額に手をやると、脂汗が滲《にじ》んでいる。頬を指でさするとひりりとした。一撃目がかすったのだろう。気持ちを緩めることなくゆっくりと廊下に出る。怪しい気配は感じられぬ。奥へ向かうと、裏の雨戸が一枚外されている。

（ここから出入りしたか……）

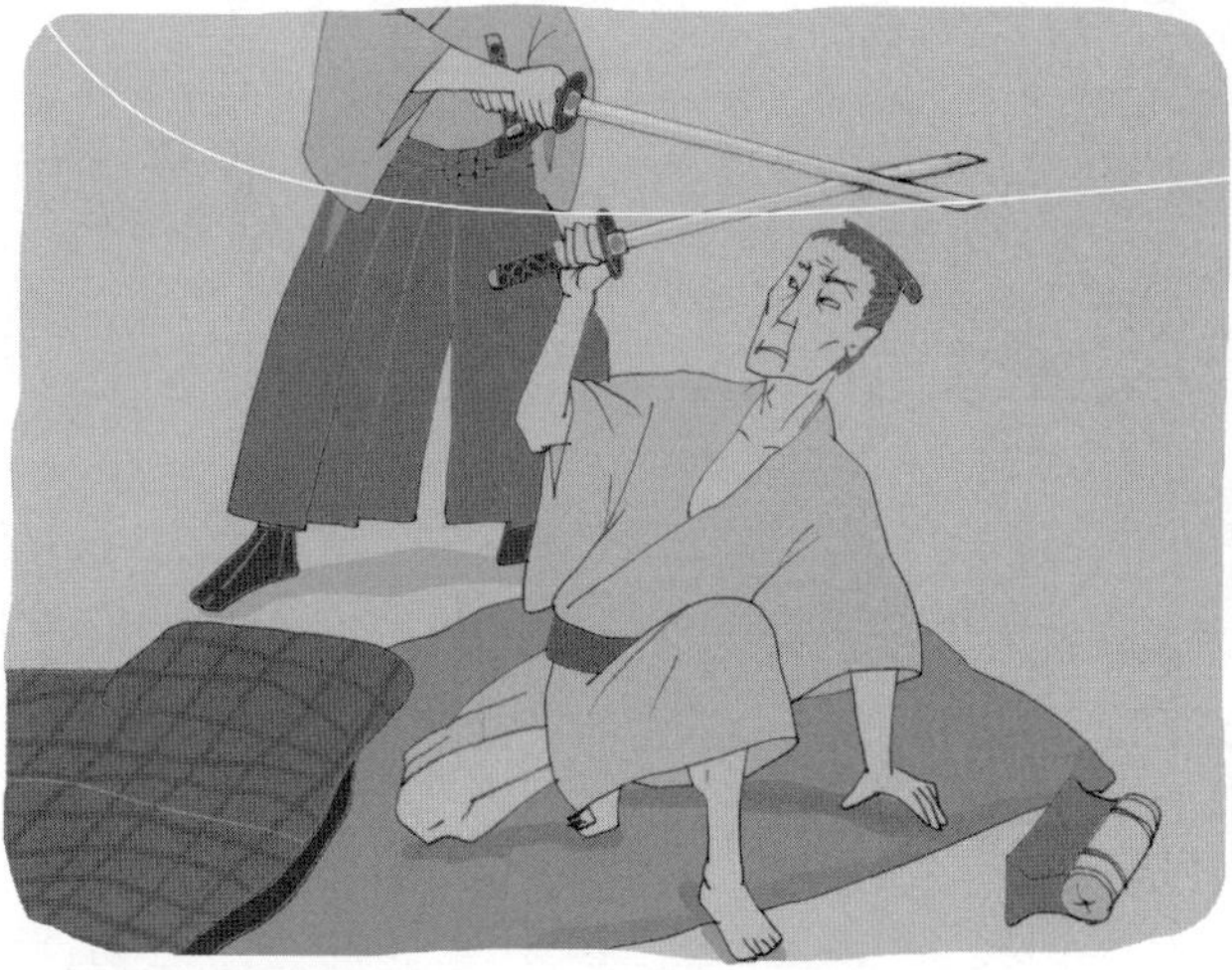

風邪を引いているとはいえ、気づかぬのはうかつだった、と岩坂は思った。侵入者は裏庭の塀を越えて、すでに逃亡してしまったものと思われた。岩坂は刀を鞘《さや》に収めた。

「旦那さま、小糸さまがお戻りでございます」

玄関のほうから治郎兵衛《じろべえ》という小者の声がした。

「わかった。今参る」

岩坂が玄関に向かおうとすると小糸のほうから小走りに近づいてきて、

「遅くなりました。とても良い祝言で綾音さんもまことに美しく、私も胸がいっぱいに……」

早口で言い掛けたとき、父親が刀をつかんでいることに気づき、顔を引き締めた。

「なにごとでございます」

「襲われた」

「相手は？」

「わからぬ。――が、侍だった。流儀は一刀流だ」

「お怪我《けが》は」

「ない。――風邪さえ引いておらねば後れをとる相手ではないが、あのまま斬り合っておれば今宵《こよい》はわしの負けだったかもしれぬ」

おのれの力量と対手《たいしゅ》の力量を淡々と量り比べ、瞬時に勝ち負けを推量できねば真の武芸者とはいえぬ。身勝手な自信は命を落とすもとなのである。ゆえに、岩坂三之助が「今宵は負けだった」と言えば、それはまさにそのとおりなのだ。小糸は蒼白《そうはく》になり、

「父上をおひとりにして出歩いたのは私の落ち度でございました。そのような危うき目にお遭いなされたとも知らず、浮かれたことまで口にして……」

「なんの。おまえには非はない」

「相手に心当たりは？」

岩坂はしばらく考えていたが、

「この歳《とし》まで数限りない立ち合いをこなしてきた。どれも剣術のうえでの勝負ゆえ、勝っても負けてもそこに念を残さぬように努めてきたが、負けた相手がわしを恨んでいてもおかしくはない」

「………」

「今日は二度、撃ち込まれた。一撃目は明らかに殺気があった。だが、二撃目は『死んだ太刀』であった」

死んだ太刀とは、ただ手を出したというだけの、相手を害そうというつもりのない一刀のことである。

「父上を格上と悟り、殺《あや》めるのを諦めたのでは？」

「うーむ……」

殺気だの殺めるだのという物騒な言葉を交わすのは、武芸者の父娘ならではである。

「風邪ごときで身体が動かぬとは、わしもまだまだ修行が足りぬのう。剣の道に終わりはない。慢心せず、死ぬまで稽古を怠ってはならぬ」

おのれに言い聞かせるように言う父親をじっと見ていた小糸は、

「父上、少し他出いたします」

「夜更けにどこへ行く」

「勇太郎さまのところへ。——ただいまの出来事を申し上げ、警固をしていただくようお願いしてまいります」

「ならぬ」

「なにゆえでございます。勇太郎さまならこころよくお引き受けくださると……」

「村越の耳には入れるな。あのものは町方同心だ。武家の内向きに関わることはできぬ」

「ではございましょうが、大坂市中を不逞《ふてい》の輩《やから》が徘徊《はいかい》しているとなれば、町方も見過ごせぬのでは……」

「ならぬと申したであろう。よいか、小糸。村越にとってわしは剣の師だ。師が門弟に警固を頼むことができようか」

「平生《へいぜい》ならばごもっともなれど、せめてお風邪が治るまで……」

「わしにも剣客としての誇りがある。いらざる口出しは無用だ。この件はわしがひとりで始末いたす。――老い朽ちたとはいえ、まだまだ腕に歳は取らせぬ。狙うものがおるとわかれば、自然《じねん》に気も引き締まり、油断もなくなるというものだ。そうであろう？」

「はい……」

小糸は頭を下げた。しかし、内心は気がかりでしかたなかった。なるべく父親の側近《そば》くに仕えていようと決心したものの、あまり露骨にするとまた機嫌をそこねる。

（頑固もほどほどにしていただかないと……）

そう思ったが、もちろん口には出せぬ。その夜から小糸は、父親の寝所の隣部屋に床を敷くことにした。

◇

はるか手前の廊下でもその大いびきは聞こえていた。もしかすると奉行所の外にまで響いているかもしれぬ。

（とんだ恥さらしだわい）

用人の佐々木喜内《ささききない》は顔をしかめながら、大邉久右衛門の寝所へと向かった。起こすと怒り出すことはわかっているがしかたがない。これが用人の役目なのである。

「御前《ごぜん》、朝ですぞ。起きてくだされ」

襖を開けた途端、部屋から一斗樽《だる》をぶちまけたような濃い酒の匂いがあふれ出してきて、喜内の身体にまとわりついた。

（なんぼうほど飲まれたのか……）

目がしばしばする。ここにいるだけで酔ってしまいそうだ。

「御前……お起きくだされ」

久右衛門は布団のうえで眠っていた。浴衣《ゆかた》の胸もとや裾がはだけて、ほぼ半裸である。でかい胸、でかい腹、でかい尻……尻には蚊に刺された大きな痕がいくつもついており、眠りながらそれをバリバリ掻《か》いている。ずずず……ごごご……ずずず……ごごごご……と滝のような轟音《ごうおん》は、いびきとは思えぬほどの凄まじさだ。喜内はまえに見た、天《てん》竺《じく》にいるという「象」の錦絵を思い出した。

（これが天下の大坂町奉行とは……）

喜内は久右衛門の浴衣を直すと、その耳に口をつけ、大きく息を吸い込んでから、

「ご・ぜ・ん……！　起きなされ！」

「ぶにゃぶにゃ……」

「ごーぜーんー…………お・き・な・さ・れえええええっ！」

「うう……むにゅ……がふえ……」

喜内はため息をつくと、

「これは使いとうはなかったが……」

そうつぶやきながら、左手に持った金盥《かなだらい》を右手の擂《す》りこ木《ぎ》で思い切り叩きまくった。

ガンガンガンガンガンガンガンガンガンガン……！

久右衛門は両目を開けて、

「なななな、なにごとじゃ！」

左胸をさすりながら、

「なんじゃ、喜内か。ひとが眠っておるときに大きな物音を立てるでない。心の臓がひっくり返るわい」

「御前の心の臓はひっくり返ったぐらいではびくともしますまい」

「何刻《なんどき》じゃ」

「六つ半（午前七時頃）でございます」

「なに？　まだ早朝ではないか。わしがいつ戻ってきたと思う。七つ（午前四時頃）じゃ」

「存じております。私が泥のごとくに酔った御前の衣服を着替えさせ、布団に寝かしつけました」

「ならばもう少し寝かせておけ」

「祝言のあと、奉行所からの迎えの駕籠に乗られた、とまでは聞いておりまするが、そのあとの足取りがつかめませなんだ。どこに行かれたのです」

「あまりにめでたい日ゆえ、もう少し飲みたい、と駕籠かきに申すとのう、朝まで開いているよい屋台店を知っていると申すゆえ、三人で柏木剣八郎と綾音の祝言を祝うておったのよ」

「棒のものどもは柏木も綾音も知りますまい」

「そんな細かいことはどうでもよい。とにかく、ぐでんぐでんに酔うて戻ったのじゃ。もそっと寝かせてくれい」

そう言うと、久右衛門は布団を引っかぶった。

「それがそうは参りませぬ」

「――なに？」

布団にもぐったまま久右衛門が言った。

「ご城代より火急のお呼び出しでございます。五つ半（午前九時頃）には登城せよ、とのことで……」

「五つ半？　馬鹿を申せ。それでは眠れぬではないか。断れ」

「火急、とのことでお断りできませぬ。東町の水野忠通《みずのただみち》さまもご登城とのこと……」

「ならば水野に任せておけばよい。わしはあとで話を聞く。――おやすみなさい」

喜内は布団を剝ぐと、

「昨夜のうちにご城代のお使者が書面を持ってまいりましたが、御前がどこにおられるかわからず……」

「だから、飲んでおったのじゃ」

「戻ってこられたときにお話し申し上げたのですが、へべれけのぐずぐずでございましたゆえ、おそらくは聞いておられぬだろうと……」

「あたりまえじゃ」

「とにかく、なにとぞお目覚めを……」

久右衛門は布団をひったくると、

「嫌じゃ。西町奉行は急な病に倒れた。だれぞ代わりを行かせよ」

「駄々っ子ではあるまいに、お聞き分けなされませ。子細はわかりかねますが、なにやら由々しきことのようでございます。御前は大坂西町奉行……」

「わかっておる。由々しきことと申しても、この世が終わるわけでもあるまい。わしが行かずともなんとかなる。そもそも大坂城代の青山《あおやま》はわしよりもずっと年下ではないか。向こうがこちらに参るのが筋であろう」

「そんな無茶な……あちらは大名でございまするぞ」

「大名だろうとなんだろうと、二日酔いの薬にはならぬ」

久右衛門はそう吐き捨てた。

大坂町奉行は遠国《おんごく》奉行なので、老中の配下である。しかし、大坂においては大坂城代がもっとも地位が高く、町奉行などはその指図を仰ぐのが通例であった。月に三、四度、「宿次寄合《しゆくつぎよりあい》」といって大坂城に城代、大坂定番《じようばん》、大坂町奉行、大坂目付が一堂に会して評議を行うが、その際も城代が一切を仕切るのである。

「わしは大坂城代も定番も大嫌いなのじゃ」

「それはもう、よーう存じ上げております」

大坂夏の陣で丸焼けになった大坂城は、寛永《かんえい》六年、公儀による「天下普請」によって再建された。豊臣《とよとみ》家の色を残らず拭い去るため、焼け残った石垣や堀などもとの大坂城のすべてが地中に埋められ、そのうえに築城がなされたのである。大坂は徳川家の天領となったので、大坂城の城主は代々の将軍である。大坂城代は、城主である江戸の将軍家から大坂城を代わって預かる役割である。西国の外様《とざま》諸大名ににらみをきかせる重職であり、大坂城の守護を担う大坂定番とともに譜代《ふだい》大名のなかから選ばれる。町奉行のように吹けば飛ぶような旗本とは格がちがうのである。

「あいつらは、なにかにつけて江戸表《おもて》の顔色ばかりうかがい、公儀に尾を振るだけの連中じゃ。つまりはつぎの老中の席を狙《ねろ》うておるのじゃ。大坂のことなどまるで考えておらぬ。大坂は江戸の属国ぐらいに思うておる。そこが癪《しやく》に障るところじゃ」

「大坂は大坂の気概を示さねばなりませぬのになあ……」

「うむ、よう言うた。――寝る」

「なりませぬ」

「寝るのじゃ」

「いけませぬ」

「眠たい」

「起きなされ」

永遠に続くとも思われたそんなやりとりだったが、

「御前……いつもであれば御前のお味方をいたすところでございますが、本日はそれがかないませぬ」

「なぜじゃ」

「漏れ聞きまするところ、今日の寄合には京都所司代《しょしだい》、それに京都町奉行、京都代官も朝船で参るとのこと」

「なに……？」

「また、堺《さかい》奉行の矢部《やべ》さまもお越しとか……」

久右衛門は布団をその場に置くと、座り直した。

「どういうことじゃ」

「私にはわかりかねます。ご城代に直《じか》におききなされませ」

「うーむ……大坂と京、堺の要職が集まるとは……これは由々しきことかもしれぬぞ」

「だから、そう申しました」

「わかった。参る。参ればよいのだろう」

「では、お着替えを……」

「いや、そのまえに……」

久右衛門は太い指で目やにを拭うと、

「朝飯の支度をいたせ」

「二日酔いなのに召し上がるのですか」

「二日酔いでも食う。いや、二日酔いなればこそ食うのじゃ。熱々の味噌汁《みそしる》と炊き立ての飯、それに漬け物があればよい」

「もうできております」

「よし」

久右衛門は立ち上がり、ずるずると浴衣を脱ぎ捨てた。

◇

駕籠に揺られていると眠気と二日酔いと朝飯の食い過ぎでだんだん気分が悪くなってきた。城の大手門のまえまで来たとき、久右衛門は駕籠から降りた。いつのまにか衣服もよれよれになり、胸もともだらしなくはだけている。

「どうなされました」

供をしてきた古参与力《よりき》が言うと、

「ここからは歩いていく」

「はあ……」

よたよたと先に立って歩き出した。古参与力が身なりを整えさせようとすると、

「いらぬ」

振りほどいて進んでいく。門のまえでゲフッと大きなげっぷをして、なおも進もうとすると、案の定、門番にとめられた。大手門を守護しているのは、城代配下の与力たちである。

「いずれへ参られる」

「城のなかじゃ」

「ご姓名をお名乗りくだされ」

久右衛門はむっとした。これまで一度もこんなことはなかった。彼の巨軀《きょく》を見れば、すぐに門を開けたものだ。

「大坂にいて、わしがだれであるかわからぬとはもぐりよのう」

「先祖代々、大坂ご城代の与力を務める弓田新之丞《ゆみたしんのじょう》にもぐりとは失敬な……。定めにご

ざる。ご姓名をお名乗りくだされ」

「定め？　そんなものは知らぬ」

「知らぬではここはお通しできませんぞ」

二日酔いで機嫌が悪い久右衛門は、

「なんじゃと？　貴様、わしをだれだと思うておるのだ！」

供をしてきた古参与力があわてて駆けつけ、

「これ、こちらは西町奉行大邉久右衛門殿であられる。先触れが書面をお届けしてあるはずだが……」

「それはちょうだいしております。なれど、まこと町奉行であれば、このようなだらしなき身なりをしたり、定めに従わぬ行いはなさるまいと思うたゆえ、念のためにたしかめたまでのこと」

「ならば通ってもよいのだな」

古参与力が言うと、

「どうぞお通りくだされ」

大坂城にある三つの大門のうち、京橋口《きょうばしぐち》は京橋口定番が、玉造口《たまつくりぐち》は玉造口定番が、そして正面の大手口は大坂城代が守護の任についている。城代と定番は大名のうちから選ばれて、大坂へ赴任するのだが、その配下となる与力や同心は、大坂地付きの侍で、代々世襲によって引き継がれていくのは町奉行所の与力・同心と同じである。

門を入るとき、久右衛門はその定番付き与力の顔をじっと見た。細く、凜々《りり》しい眉。涼しげな眼《め》。高い鼻梁《びりょう》。引き締まった口もと。なんとも役者にしたいような美男である。むかつきが喉のあたりまで込み上げてきたが、それが二日酔いによるものか、その与力の顔立ちに嫉妬してのものかは久右衛門にもわからなかった。

◇

大坂城の黒書院においては、正面に大坂城代青山下野守忠裕《しもつけのかみただひろ》、左に二名の大坂定番、右に京都所司代が着座し、それに対面するように東町奉行水野忠通以下、京都町奉行、堺奉行、大坂目付……の面々が居並んでいる。かつてこれだけの顔が一堂に会したことはない。はるばる京から京都町奉行が二名とも呼びつけられるというのもありえぬ話である。

「遅い……」

そう、ひとり足りぬのだ。ひりついた空気のなか、城代の青山忠裕は苦虫を嚙み潰したような顔で奥の襖をにらんでいる。彼はまだ三十代の半ばにもならぬ若さだが、すでに寺社奉行や若年寄を歴任し、いずれは老中を望まんという野心ある大名である。丹波《たんば》篠山《ささやま》の青山家の当主であり、大坂城代の役を瑕疵《かし》なく務め上げて公儀での評判を上げることが当面の関心事であった。

「遅うござるな」

東町奉行の水野忠通が言った。

「大邉殿はこのなかで一番の年嵩《としかさ》だ。年嵩ゆえに遅れてよいということはない。むしろもっとも早《はよ》う参って、皆に示しをつけるのが年長者の務めではないか。老体なれば、朝起きも早かろうに……」

「御意にござる。なれど、大邉殿は毎夜の深酒にて、眠るのは明け方と聞いておりまする。おそらくは本日も、二日酔いで頭《つむり》が痛いゆえ遅参する、などと申しておるにちがいござらぬ。あのお方を待っていても埒《らち》が明かぬ。われらだけではじめてはいかがでござろう」

「それが……そうは参らぬのだ。皆がそろわぬと……いや、ことにあの御仁が来られぬとはじめるわけにいかぬ。――なれど、大坂町奉行ともあろうものが、かかるざまでお役目が務まろうか。西町奉行がそんな具合では若狭守《わかさのかみ》殿もさぞお困りであろう」

「さようでござる。そもそもあの御仁は食通として大坂の民に受け入れられておるようなれど、その実はただの大食らい、大酒飲み。あの歳にてがつがつ食い、がつがつ飲むのは意地汚い餓鬼に相違なし。本来の食通は、たとえ少量でも、美味《うま》きもの、筋の良きもの、珍なるものを尊び、舌先の法楽を味わいとるものと心得る」

「それがしもかねてそう思うておった。あの老人は、品数と量さえあればよいという性質《たち》にて、美味い不味《まず》いは二の次だ」

「さようさよう。それに比べるとみどもなどは、日頃、品の良き、質の良きものを食べつけておりまするゆえ……」

水野忠通がそう言い掛けたとき、

「西町奉行大邉釜祐《かますけ》殿、お着きにございます」

触れ声とともに襖が開いた。途端、青山は顔をしかめた。とんでもない酒臭さが書院に満ちたのである。酒の匂いをしたがえて入ってきた久右衛門は、遅れたともなんとも言わず、水野の隣にどっかと腰を下ろし、

「ああ……眠たい」

とそう言った。城代は一言叱責しようとしたが、それどころではないと思いとどまり、

「少し刻限は遅うなったが、皆がそろうたので本日の寄り合いをはじめたい。この顔ぶれを見てもおわかりのごとく、たいへんなことが起き申した」

そこまで言うと青山は茶をひと啜《すす》りし、皆を見渡してから、

「ご老中より、上さまのご署名ある書状を賜った」

かたわらにあった書状を高く持ち上げ、文字の書いてあるほうの面を皆に示した。一同は、その書状に向かって額を畳にこすりつけた。

「これによると……上さまご上洛《じょうらく》が決したとのことでござる」

居合わせたものたちはひとえにのけぞった。

上さまご上洛。たしかにたいへんなことである。

大坂の地は天領であるゆえ、その領主は徳川《とくがわ》将軍である。そして、大坂城の城主もまた、将軍家である。しかし、その城主は江戸の千代田《ちよだ》城に籠ったきり、上方《かみがた》の地を踏もうとはしなかった。最後に上洛したのは三代将軍家光《いえみつ》公であり、寛永十一年のことである。およそ百六十年もまえなのだ。そののちは、四代から十代将軍家治《いえはる》公に至るまで、ご上洛はなかった。それにはさまざまな事情がある。家光公ご上洛の際は、一年ほどまえに申し渡しがあり、老中たちはその支度に奔走した。江戸から京へ至る道のりに、なにか差し障りがないかと細かに調べ上げ、宿や街道筋に足りぬところがあれば徹底的に補った。

家光に供奉《ぐぶ》して上洛したのはおよそ三十万七千人というとてつもない人数で、参勤交代の大名行列をはるかに上回る大がかりな行事であった。それに要した費用も莫大《ばくだい》で、徳川の屋台骨がかたむくほどの金が注ぎ込まれたという。

たとえば将軍が日光にある東照宮《とうしょうぐう》に参内するだけで、二十三万人の家臣が付き従い、三百五十三万四百四十八人分の食事を支度せねばならなかった。上洛ならば、片道だけで十五日もかかるのだ。大名たちを含む三十万人が往復一カ月もの道中に費やす金は、目を剝《む》くほどの額となる。それゆえ将軍上洛は家光を最後に取り止《や》めとなり、百六十年のあいだ行われることはなかった。

「それがなにゆえ……」

水野忠通の問いに、青山は書面に目を落としながら、

「ご老中によれば、此度《こたび》のご上洛は、豊臣から徳川へ覇権が移る機となった関ケ原《せきがはら》の合戦よりおよそ二百年という節目を祝うてのものだそうだ」

「なるほど……」

大坂城を築いた豊臣秀吉《ひでよし》は、秀頼《ひでより》のことをくれぐれも……と、五大老に託して死んだ。しかし、そののちの覇権をめぐって、徳川家康《いえやす》率いる東軍と毛利輝元《もうりてるもと》と石田三成《いしだみつなり》率いる西軍が美濃国《みののくに》関ケ原にて合戦を行った。結果、東軍が勝ちをおさめ、豊臣家はその所領のほとんどを失った。一旦は平穏を取り戻したかに見えた東西両軍だが、豊臣家が再建していた京の方広寺《ほうこうじ》の鐘に刻まれた「君臣豊楽国家安康」の文字《もんじ》が、豊臣の繁栄を願い、家康の二字を分けて呪詛《じゅそ》するものだと難癖をつけ、それが大坂冬の陣、夏の陣の契機となった。

「上さまは派手好きで奢侈《しゃし》なるお方ゆえ、家光公に倣《なら》って徳川のご威光をご自分で天下に知らしめたいと思われたのだろう」

現将軍徳川家斉《いえなり》は、十五歳にして将軍職に就いて以来、江戸を離れたことがほとんど

ない。まだ三十歳にもならぬ血気盛んな若将軍が、まだ踏まぬ京・大坂への旅を思いついてもおかしくはない。

「また、尊号一件《そんごういっけん》よりこじれておる禁中《きんちゅう》との仲も繕いたいという腹がおありかもしれぬ」

尊号一件というのは、当代の帝《みかど》が実父に太上天皇《だいじょう》（上皇）の尊号を贈ろうとしたのを、先例がないと公儀はそれを認めなかった。あくまで尊号宣下《せんげ》を行おうとする帝と、頑《かたく》なにそれを許さぬ公儀のあいだは一触即発となったが、結局、さまざまなとりなしによって帝は尊号宣下を諦めることとなった。ときの老中松平定信《まつだいらさだのぶ》は公家《くげ》たちを処断したが、それは本来、帝がなすべきことであったので、以来、公儀と禁中のあいだはねじれたままなのである。

「おそらくまずは京へ参られて、二条城《にじょう》にお入りになられるだろう。御所にご参内あそばし、ご挨拶なされるなどして数日をお過ごしになり、そのあとこの大坂城に立ち寄られると思われる」

「ご上洛の日時はいつでござる」

京都所司代がたずねた。

「しかとはわからぬが、半年か一年ほど先でござろう」

「それを聞いて安堵《あんど》いたした。ならばまだ、支度を整えるゆとりはござるな」

「半年などすぐに経《た》ってしまう。街道や旅籠《はたご》の検分や、町役、年寄への申し聞かせ、禁裏との打ち合わせなど、やるべきことは山のようにござるぞ」

「そ、それは失礼いたした」

京都所司代は頭を掻いた。すると、大邉久右衛門が大欠伸《おおあくび》をして、

「なんじゃ、火急の用などと申して呼び立てるゆえ、なにごとが起きたかと思うたが、江戸から将軍が来るというだけではないか。来たいならば来させてやればよい。天下さまなのだから、日本国中、好きなときに好きなところに行けるというものだ。だれも咎《とが》めるものはおらぬ。なにしろ将軍なのだからな」

「大邉殿、上さまに対して無礼であろう」

「無礼？　向こうが来るというのを、来るなと言えば無礼であろうが、そうは申しておらぬ。ただ、とりたてて用のない、物見遊山の旅ならば、かかることのために莫大な金を費やすというのはいかがなものかのう。今、公儀は手元不如意のはず。そのツケは、諸大名にかぶせるつもりだろう。ということは、回り回って民百姓が負うことになるのではないか。無駄金、死に金と申すものだ。くだらぬ」

「大邉殿、今、われらがここに集うておるのは、上さまご上洛の是非を論ずるためではない。それはもうご公儀において決したことで、いまさらわれら臣下がとやかく申してもはじまらぬ」

「ならば、もうよかろう。話はわかった。あとは、ご城代はじめ、われら大坂・京・

堺を司る面々が、常よりも少しばかり気合いを入れてお役目を務めればよいのではないか」

「常より少しばかりとはどうじゃ。上さまご上洛なるぞ。身命賭して、常に百倍した心掛けで臨まねばなるまいぞ」

「ははは……大げさなことを申されるものじゃ。上さまが来られようと来られまいと、上方の民が穏やかに暮らせるようにするのは日頃のわれらの務め。いつもどおりにしておればよかろう」

「なにを申される！　上さまだぞ。将軍家百六十年ぶりのご上洛だぞ。気配りのうえにも気配りをして万に一つの故障もなきようにするのが臣下の役割ではないか。いつもどおりなどと申したことが江戸表に聞こえたらいかがなされる」

「ふん！　なにかにつけて江戸表、江戸表と……わしは一向気にならぬがのう」

「言葉が過ぎようぞ、大邉殿！」

城代ににらみすえられても、久右衛門は涼しい顔をしている。青山はまだなにか言おうとしたが、大坂定番の安部《あべ》摂津守《せっつのかみ》が彼を制し、

「ご城代、大邉殿にはご老中からの……」

「そうでござった……」

青山は大きなため息をつき、

「それがしとしては甚だ本意《ほい》にあらざれど……此度のご上洛時に上さまをここにお迎えするにあたっては、大邉殿にひと肌脱いでいただかねばならぬのだ」

風向きが変わってきたのを察した久右衛門はにやりとして、

「ほう……なにごとかは知らねど、わが皺肌《しわはだ》がご所望とあればいくらでも脱ぎ申すがのう」

「実を申さば、ご老中からの書面にはこうしたためてござった……」

上洛に際して、平生から食べるものにうるさい家斉は、食の本場である京・大坂での飲食をことのほか楽しみにしているのだという。なかでも大坂は音に聞こえた食い倒れの地ゆえ、さぞかし美味きものが食えるだろうと舌なめずりをしているそうだ。

「それゆえ大坂城での饗応《きょうおう》の宴《うたげ》においては、念を入れたる献立を支度するように、金はいくらかかってもかまわぬ……とのお指図でござる。また、上さま直々《じきじき》のお言葉として、『大坂にては、これまで食したことのないものが食せるのではないか』……かように申されたそうじゃ。なれど、それがしは日頃粗食倹約をもって心がけており、飲み食いには疎うござってな、ここは食通で名高き大邉殿に、饗応の膳部の献立をお考え願いたい……と、かように思うておる次第でござる」

「ふーむ、なるほど。上さまが食されたことのない料理とのう」

久右衛門は腹中でほくそえんだ。これはよい。将軍家饗応の支度のため、という名目があれば、公儀の金で好きなだけ飲み食いができるではないか。食べるものにうるさいといっても、将軍のふだんの食事は同じ献立の繰り返しで、碌《ろく》なものを食うていないことはわかっている。どうせ味のわからぬやつに出す膳だ。それまでたらふく飲み倒し食い倒して、本番では鯛か鯉《こい》でも出しておけばよかろう。なんといっても祝いの席には鯛か鯉と昔から相場が決まっている。そうしようそうしよう。久右衛門が、将軍上洛までにおのれが飲み食いできるであろう贅沢《ぜいたく》な料理の数々を思い浮かべながらも、

「たしかにわしは日々、飲み食いにはそれなりに気を遣《つこ》うてはおるが、食通などとはめっそうもない。ただの大食いでござる。上さまの献立を任されるなどは、ちと分に過ぎたることにて荷が重すぎる。せっかくのお申し出なれど、お断りいたそう」

もちろんそんなことは毛ほども思っていない。

「そう申されるのもごもっともとは思えど、この任に適したるものがほかにござらぬ。ここは曲げてご承知願いたい」

「むむ……そうじゃのう……」

久右衛門は太い腕を組み合わせてしばらく考え込むふりをした。だが、とうに腹は決まっている。

「あいわかった。なかなかに骨の折れるお役目ではござるが、これもご奉公の道。また、江戸より参られた方々に、大坂は天下の台所などと申すが、なんだ、たいしたことはな

い、などとうそぶかれては大坂の恥。この大邉久右衛門、身命をなげうち、たとえ血を吐こうと、後世に残るような立派な献立を作って上さまにお出し申さん」

「おお、お引き受けくださるか……」

青山城代が安堵の顔つきになったとき、

「あいや、待たれよ」

そう言ったのは、東町奉行水野忠通であった。

「ご老中からそのようなお話がござったか。先ほども申し上げたるとおり、みどもも少しはひとに知られたる食の通人でござる。大邉殿にも引けを取らぬ……と申すか、大邉殿よりも食へのこだわりは上であろうと考えておる。上さまが食されたことのない料理とのことでござったが、みども少々心当たりがござるゆえ、上さま饗応の膳を調える役割は、なにとぞこの若狭守へお申しつけくだされ」

久右衛門は舌打ちをした。このでしゃばりめ。

「ほほう、水野殿も手を挙げられるとは……これはありがたい」

城代が頼もしげに言うと、水野はわが意を得たりとばかり、

「上さまはまだお若い。お若い方にはお若い方の好みがござる。それがしは上さまと歳が近いゆえ、上さまのお好みがわかり申す。失礼ながら、大邉殿はお年寄りにて……」

久右衛門はぎろりと水野をにらんだ。

「年寄りの好む味付けは味薄く、ぱさぱさで、旨味《うまみ》も足らぬもの。それに、量もちょっぴりであろう。そのような料理を上さまにお出しするのはいかがなものかのう」

「なにを申す。わしは味の濃い、こってりと脂の乗った、旨味たっぷりの料理をたらふく食うのが好きじゃ。ウナギ、つけ揚げ、煮込み、すっぽん……」

「はっはっはっ……聞いておりますぞ、大邉殿のことを大坂の町のものがなんと申しておるか。大邉久右衛門ならぬ大鍋食う衛門。味わいは二の次、とにかく腹が満ちたれば草でも木の根でもよい。暇さえあればなにかを食うておられるほどの、底なしの食い気だそうだが、そのような意地汚い御仁に舌の肥えた天下人を唸《うな》らせるものが作れようか」

「ほほう、聞き捨てならぬのう。わしは草でも木でも石でも味のよしあしはわかるが、そこもとはどんなに良い料理を出されても味などわからず丸のみにしておるだけであろう。上さまの食膳を調えるなど百年、いや、千年早いわい」

「わしが千年早いなら、大邉殿は万年早かろう。年寄りは年寄りらしく、若いものに席をお譲りなされ」

「尻の青い若造がなにをほざく。おしめをつけて粥《かゆ》でも食うておれ」

「そこもとに上さまの膳を任せては、大坂のもの皆が味のわからぬ馬鹿舌と思われてしまう。大坂に恥を掻かせるおつもりか」

「やかましいわい！」

久右衛門は立ち上がると、水野忠通につかみかかった。熊のような久右衛門の巨体が水野を押し潰した……とだれもが思ったとき、水野はすばやく体《たい》をかわし、久右衛門の利き手をつかんでぐいと引いた。久右衛門がととと……とつんのめったところを、

「えいっ！」

腕をひねると、久右衛門の大きな胴は宙に舞い、書院の畳のうえに墜《お》ちた。耳を覆いたくなるような「どしっ」という音とともに地響きがして、久右衛門は伸びてしまった。

「むむむ……無念じゃ」

大坂目付に助け起こされながら、歯噛みをする久右衛門に、

「わしに起倒流《きとうりゅう》柔術の心得あることをご存知なかったか。年寄りの冷や水はいいかげんになされよ」

水野は冷ややかに言い捨てると、青山城代に向き直り、

「上さま献立の儀はなにとぞそれがしにご下命くだされまするよう……」

久右衛門は手足をばたつかせて這《は》うように青山のまえまで出ると、

「わ、わしにやらせろ！　わしのほうが一日《いちじつ》の、いや、百日の長がある！」

青山は苦笑して、

「ならばこういたそう。大邉殿と水野殿双方に献立を考えていただき、それがしが食べ

比べて、美味きほうを勝ちとし、上さまにお出しすることにする。それではいかがかな」

「よろしゅうござる」

「あいわかった」

そう言ったあと、水野と久右衛門はにらみ合った。その目と目のあいだに火花が散るのを見て青山城代は、

「東町と西町の献立戦だ。まさに東西両軍が雌雄を決した関ケ原合戦二百年を祝うにふさわしいではないか。いや、面白し面白し」

そう言うと、久右衛門のお株を奪うかのごとく扇を開いて打ち振った。

◇

「痛《い》たたたた……もそっと優しくせんか！」

もろ肌脱ぎになった久右衛門の背中に、佐々木喜内が膏薬《こうやく》を貼り付けている。膏薬といっても、うどん粉を酢で練って油紙に塗ったものだ。おかげでとんでもなく酸《す》い匂いが部屋に立ち込めている。

「これでもそっとやっております。御前の背中は大きすぎて、膏薬がまるで足りませぬな。あと、こわい毛が一面に生えておりますゆえ、薬が染みぬかもしれませぬ。まずは毛を剃ってから……」

「ごじゃごじゃ抜かすな。早ういたせ！　それにしても、あやつめ、『柔道秘録』なる書物まで著しておるほどの柔《やわら》の名人だったとは……だましたな！」

「水野さまが柔術の免許の腕であることは、だれでも知っております。私も存じておりました」

「ちっ」

久右衛門は布団のうえにごろりと寝転がった。

「あ、いけませぬ。うつぶせになっていただかぬとせっかく貼った膏薬が剝がれますぞ」

「うるさい！」

そう怒鳴りつつも、久右衛門は素直にうつぶせになった。

「それにしても上さまご上洛とは、どえらいことでございますな」

「そうか？」

「そうでしょう。京・大坂はもとより、東海道の宿々にとっても百六十年ぶりの椿事《ちんじ》にございまするぞ。おそらく天下さまのお行列をひと目見ようという町のものたちで、上方の地は大騒ぎになりましょう」

「ふーむ……まだ、奉行所の外に漏らしてはならぬ、と城代から重々口止めはされておるが……」

「上さまの身に万一のことが出来《しゅったい》しては悔恨を千年に残します。警固を預かる町奉行の責めは重うございますぞ」

「面倒だのう……」

久右衛門は大仰なため息をついた。

「水野め、日頃は食いもののことなどつゆほども口にせぬくせに、此度にかぎってでしゃばりくさりよった」

「なにゆえでございましょう」

「決まっておるではないか。大坂町奉行のあと、勘定奉行、江戸町奉行、大目付、そして老中……と出世には順序というものがある。なれど、上さまの目にとまれば、その順を飛び越すことができる。やつはそれを狙うておるのよ。食いもので上さまを釣ろうとは許せぬ悪党じゃ」

「ということは、御前も上さまに料理をお気に入りいただけたら、ご出世の道が開けるというのでございますな。これは大事《おおごと》。此度の料理勝負、気合いを入れてお臨みくだされ。なにしろ大邉家は金がのうて金がのうて、借財ばかり増えていく次第にて……」

「たわけ！　わしはそのような穢《けが》れたる野心をもって献立を作るつもりはかけらもないぞ。あのようなクソネズミとひとつにするでない！　わしには上さまに、ただただ美味き料理を召し上がっていただきたいという思いがあるだけじゃ。馬鹿者めが！　あ、痛たたたた……」

「大声を出すからでございます」

「それに、わしは出世など望まぬ。柏木剣八郎を見よ。あのものは仕官を世話してやろうというわしの申し出を蹴りよった。なんとも清廉なやつよ。わしもやつを見習《みなろ》うて、邪念を捨て、清廉に此度の勝負に臨む腹じゃ」

将軍家饗応の支度のためという名目で、無銭にていくらでも贅沢に飲み食いできる……と思っていたことなどはもちろん口には出さぬ。

「鍋奉行としてここは引き下がるわけにはいかぬ。大坂のためにもわしは戦い、勝ってみせるわい」

「勝ち目はおありでござるか」

「なに……？」

「水野さまにお勝ちになるという見込みはございますのか」

久右衛門は憮然《ぶぜん》として、

「ない」

「では困りまするな」

「将軍の祝いの席にのぼる魚はたいてい決まっておる。鯉か鯛じゃ。日頃の膳だと、ときにヒラメ、カレイ、カツオ、鱒《ます》、鱈《たら》、川魚だと鮎《あゆ》……などが出ることもある。それも、刺身か焼きものにする。間違《まちご》うても鰯《いわし》やサバ、マグロ、フグ、ドジョウなんぞの下魚《げぎょ》が使われることはない。あとは、ウズラやキジ、鴨《かも》といった鳥かのう」

「ほう……贅沢でございまするな」

「そうか？　朝飯には一年中ずっと鱚《きす》が出される」

「ずっとでございますか」

「そうじゃ。昨日も鱚、今日も鱚、明日も鱚、明後日も鱚、明々後日も鱚……あっさりとしておるからであろうが、さすがに飽きるであろうのう」

「でしょうな」

「わしがすべきは、鯛か鯉を使うて、上さまがこれまでに食されたことのない料理を考えることじゃ。そのためにも今日から鯛と鯉を食い尽くす所存である」

「そんなことをされたら銭が続きませぬ」

「ふふふ……金のことは気にするでない。上さまの献立をこさえるためじゃ。あとで城代からまとめてせびりとってやるわ」

「ならばよろしいのですが……。で、その『上さまがこれまでに食されたことのない料理』とはどのようなもので？」

久右衛門は肉襦袢《にくじゅばん》のような贅肉を波打たせながら、

「それがすぐにわかったら苦労はせぬわ」

しばらく考え込んでいたが、

「ま、すぐにはよき知恵も出ぬ。勝負は十日のちに大坂城にて執り行われる。ゆるゆる考えればよい」

「十日など、あっというまでございますぞ」

「焦るな」

「はあ……」

「喜内、酒をもて」

「酒、でございますか。まだ、昼でございますぞ」

「よいから持ってまいれ！　肴はいらぬ」

「はいはい」

ぼやきながらも用人は酒の支度をした。久右衛門は冷や酒を茶碗《ちゃわん》についで、くーっと息もつかず三合飲み干すと、

「寝る」

そう言うと、布団も敷かず、畳のうえに横になった。頭が畳についたかつかぬか、というときにもう騒がしいいびきが聞こえはじめた。喜内は呆《あき》れた様子で布団を掛け、

「いつもながら豪胆なお方だ……」

そう言うと忙しそうに酒器を片付けはじめた。

「岩坂先生が刺客に……？」

勇太郎は思わず大声を出してしまった。

「しっ……お静かにお願いいたします」

小糸は人差し指を立てて唇に当てた。

「あ、すみません。あまり驚いたので……。相手はだれです」

「わかりません。父は、心当たりはないと……」

◇

桜も終わり、高津《こうづ》神社の境内は青葉が繁っている。絵馬堂まえの茶店に腰をおろし、羊羹《ようかん》を食べながら勇太郎と小糸はひそひそ話をしている。

「先生のように人品に優れたお方を恨むものはいないと思いますが……」

「剣客というものは怨恨から逃れることはできぬ、とも申しておりました」

そうかもしれない、と勇太郎は思った。彼も、御用の筋とはいえ、少なからざる数の悪党を召し捕ってきた。悪党にも家族がおり、親類縁者や友がいる。どんな逆恨みを受けているかわかったものではない。

「私は、出稽古などで留守にすることも多く、そのあいだが気がかりなのです。しばらく出稽古を休みたいのですが、父は許してくれませせぬ」

「わかりました。小糸殿がお出かけの折は、俺か手の空いた奉行所のものがお屋敷のまわりを見張るようにいたします」

「ありがとうございます。でも、このことは父にはくれぐれもご内密に……」

「心得ておりますが……先生も水臭いなあ。こういうときは相身互《あいみたが》い。ざっくばらんにおっしゃっていただきたいものです」

「父は、町方に武家の警固を頼むのは筋違いとかなんとか申しておりましたが、ようは門弟である勇太郎さまに弱みを見せるのが嫌なのです。まことに頑固で申し訳ありません」

「お気持ちはわかりますが、病を得ておられますゆえ……」

「それを申しますとよけいに機嫌を損ねます」

「ははははは。――先生には覚《さと》られぬよう、十分気をつけます」

「あれこれ細かいことを申してすみません。ですが、屋敷に刺客が忍び入るなぞはじめてのことで、私には勇太郎さましか頼れるお方はいないのです」

いつも勝気な小糸も、父が狙われているとなると心を保てぬようだ。悄然《しょうぜん》として下を向き、目には涙が浮かんでいる。

「こうしているうちにも、父が襲われているのではないかと心が休まりませぬ。今は、門弟が数名参っており、父が稽古をつけておりますゆえ、その隙に抜け出してまいりました。召し遣っております治郎兵衛という小者にはこっそりと行き先を告げてあります」

「とにかく相手がなにものであるかつきとめねばなりません。小糸殿から先生におたずねして……」

勇太郎がそう言い掛けたとき、

「茶店で羊羹食べたい！」

若い女の声がした。顔を向けると、十五、六の町娘がこちらに向かって駆けてくるのが見えた。名代役者嵐三十郎《あらしさんじゆうろう》の孫娘しいのだ。

「ちょ、ちょっと待て。さきさき行くな！」

その後ろには、息も絶え絶えの千三《せんぞう》の姿があった。高津神社の石段は急である。駆け登るのは健脚の千三にも骨のようだ。千三は道頓堀の「大西《おおにし》の芝居」の木戸番であり、水茶屋の主《あるじ》であり、戯作《げさく》も書くうえ、お上《かみ》の御用聞きを務める「役木戸《やくきど》」でもあるという八面六臂《はちめんろっぴ》の活躍ぶりに、「蛸足《たこあし》の千三」という二つ名がついている男である。それでも暇があれば西町奉行所の定町廻り同心である勇太郎の手下《てか》として、なにかないかと大坂市中を見廻るのが日課であった。

ふたりは石段を登りきると、あたりまえのように手をつないだ。

「千三としのではないか」

どうせ見つかるだろうと思い、勇太郎はこちらから声をかけた。千三はあわててしのから手を放した。

「ああ、こないだのおっさん」

しのが言ったので小糸はぷっと噴き出した。それを見て、勇太郎も少しほっとした。

「こら、旦那と言わんかい。謝れ」

千三が汗を拭きながら言うと、

「かまへんやん、千ちゃん。このひと怒ってはらへんわ。なあ、おっさん」

「あ、ああ……怒ってはいないぞ」

「ほら、な。おっさんにおっさん言うたかて失礼にはならんわ。なあ、おっさん」

「旦那、すんません。なんぼ言うても口のききかたがなおらんので……」

「おっさん、羊羹買《こ》うてえや。千ちゃんの分も頼むわ」

「あ、いえいえ、旦那、わてが払います」

「いや、ここは俺が出してやるよ。それよりおまえに頼みたいことがあるのだ」

「へ？　なんでおます」

勇太郎は千三に耳打ちした。

「岩坂先生がそんな目に……知らなんだ」

「皆で手分けして、屋敷まわりを警固しようと思う。もちろん先生には内緒でな」

「今はよろしゅおまんのか」

「稽古日なので、門弟たちがいる」

「ああ、さよか。ほな、小糸さんには先生がおひとりになる日を書き付けにして教えていただきまひょか」

「うん、それがいいな」

話に加われないしのが、

「なああ、なんのこと？　遊びにいく話やったら、うちも仲間に入れてえな」

「遊びやない。これは大事な……」

千三が言い掛けたとき、小糸が急に床几《しょうぎ》から立ち上がった。

「あれは、小者の治郎兵衛です！」

見ると、急勾配の石段を二段飛ばしで曲垣平九郎《まがきへいくろう》のように走り登ってくる初老の町人がいる。

「治郎兵衛、なにごとです！」

「おお、お嬢さま……！」

屋敷からここまで走ってきたらしい小者がその場に崩れ落ちそうになるのを、小糸は支えた。

「先生が……先生がたいへんでございます！」

皆立ち上がった。

「なにがあったのです」

「とにかく……一刻も早うお戻りを……」

小糸の顔は蒼白であった。

◇

岩坂三之助は寝所に横になっていた。左肩から胸にかけてさらしが巻かれ、そのさらしには血が滲んでいた。

「父上……！」

小糸が部屋に飛び込んだ。勇太郎たちは廊下に控えた。

「ばたばたするな。騒がしい」

布団から起き上がった岩坂の声は弱々しかった。

「どうなさったのです」

しかし、岩坂は憮然として答えぬ。門弟のひとりが小糸に向かって頭を畳にすりつけ、

「も、申し訳ございませぬ。我々がついておりながら……」

岩坂はその門弟を制して、

「おまえたちのせいではない。油断したわしが悪いのだ。剣客として恥ずべきことではないか」

岩坂と門弟たちの話を合わせると、今日、稽古に来ていたものは四名おり、岩坂は道場で彼らの立ち合いを検分していた。途中、小便がしたくなったが、門弟たちは激しく打ち合っていたので、だれにも言わずそっと厠《かわや》へ立った。小用をすませ、道場に戻ろうと廊下を歩いているとき、ふとしばらくまえから小糸の姿が見えぬことに気づいた。気になって、小糸の部屋のまえに立ち、

「小糸、おるのか」

声をかけたが応えがないので、襖をわずかに開けた途端、なかから覆面をした人物が斬りかかってきた。身体を反らして避けようとしたが、右足が滑った。あっと思ったときはすでに遅く、左肩を斬り下げられていた。おのれの屋敷のなかなので、岩坂は刀を持っていなかった。小糸の部屋には枕刀と木刀があるが、相手が邪魔になって手が届かない。血潮が廊下に滴り落ちる。このままでは斬られてしまう。門弟を呼ぼうかどうしようかと迷っていると、相手はいきなり身体を丸め、こちらに向かって突進してきた。そして、岩坂を突き飛ばして廊下に走り出た。岩坂は部屋に入ると小糸の木刀をつかみ、逃げようとする相手の背中目がけて投げつけた。木刀は過《あやま》たず曲者《くせもの》の背骨のあたりに命中した。

「げっ……！」

男は苦悶《くもん》の声を発したが、立ち止まることなく廊下をひた走り、玄関から逃走した。

玄関にいた治郎兵衛は、血刀を下げた男を見て腰を抜かし、

「ひ、ひ、ひと殺し！」

と叫んだ。その声を聞いて、門弟たちはやっと変が起きたことに気づいたのだという。門弟四人が駆けつけ、岩坂を介抱しようとしたが、

「馬鹿者！　ここに四人もいらぬ。曲者を追え。遠くへは行くまい」

そう叱られて、ふたりが屋敷の外に出てみたが、それらしいものの姿はもうなかった。地面に血痕が落ちていて、東に向かっていたが、錫屋町《すずやまち》のあたりで途絶えていた。そこで血刀を拭ったのだろう。掛かりつけの赤壁傘庵のところは遠いので、門弟のひとりが近所の町医者を呼んで手当てをしてもらった。傷は浅く、筋も切れていないので腕は動かせる、とその医者は所見を述べたあと、

「とは申せ、大先生はご高齢でございます。血がずいぶんと出ましたゆえ、傷が癒えるまでは腕を動かすことはお慎みくだされ。安静を旨とし、滋養のあるものを食うて、ご療養なさいますよう……」

「たわけ！　ご高齢とはなんだ！」

岩坂はその医者を怒鳴りつけて追い返したという。

「では、曲者は私の部屋に潜んでいたのですか」

「そういうことだ」

小糸は大粒の涙をこぼし、

「運よく浅手ですみましたが、どうかすれば心の臓を斬られていたかもしれませぬ」

「馬鹿を申せ。足さえ滑らなければ、肩を斬られることもなかったはずだ。おまえの部屋のまえに立ったとき、なかの殺気に気づかなかったのが剣客としての油断。また、咄《とっ》嗟《さ》のことにうろたえて足を滑らせたのは剣客としての未熟だ。そのようなものがひとに剣術の指南などしておるのは笑止といえる。わしは今日かぎり道場を畳むことにした」

「……えっ！」

一同が叫んだ。勇太郎が進み出て、

「先生、それはなりません。まだまだわれら門弟は先生から教わることがたんとございます。なにとぞその言を撤回し、指南をお続けくださるようお願いいたします」

岩坂はじろりと勇太郎を見、

「教わることがたんとあるにしては、近頃、稽古に来ぬようだが……」

勇太郎は赤面して下を向いた。岩坂は小糸に目を向け、

「村越には知らせるなと申しつけたはずだ」

「は、はい……ですが……」

「出過ぎた真似《まね》はするな」

勇太郎は顔を上げ、

「小糸殿をお叱りくださいますな。先生を心から気遣ってのことにて……」

「うるさい」

「なれど、こうなったうえからは、町奉行所としても捨て置けません。本日より人数をこの屋敷まわりに手配りし、先生の身辺を警固させていただきます」

「いらぬことをするな。おのれの命はおのれで守る。剣をもって身を立てるものが、町奉行所に守ってもらうようではおしまいではないか」

「とは申せ……」

「いらぬと言うたらいらぬのだ」

小糸が勇太郎の袖を引いた。怒りを増すばかりだからもうやめろというのだろう。だが、勇太郎は続けた。

「先生はそれで気がすむかもしれませぬが、町奉行所としてはそうはまいりません。昼日中から市中で刀を振り回す狼藉《ろうぜき》ものを放っておいては、大坂の安寧が保てませぬ。勝手にまわりを警固させていただきます」

「そうしたくば勝手にするがいい。なれど、町奉行所のものが一歩でも当屋敷に入ったならば、そのときは捨て置かぬぞ!」

「わかりました」

一触即発の気配に、あいだに立った小糸がおろおろしはじめたとき、

勇太郎は驚いて、

「なあ、おっさん」

皆の後ろから声がした。高津神社から千三とともについて来ていたしのだ。

「俺のことか」

「ちがう。そっちの怪我しとるおっさんや」

岩坂は、突然のことに目を白黒させている。

「うち、わからんことあるんやけど、きいてもええか」

「あ、うむ……かまわぬぞ」

「部屋におったやつ、おっさんを斬ったんやろ。おっさんはそのとき、刀もなにも持ってなかったんやろ」

「そうだ。——なにが言いたい」

「なんでそいつ、おっさんを殺さへんかったんやろ」

勇太郎は、なるほど……と思った。言われてみると、いきなり斬りつけた、ということは刀を抜いて待っていたのだから、殺すつもりだったのだろう。しかも、それが上手《うま》くいって相手に傷を負わせることができたのだから、そのまま第二撃を加えるはずなのに、なぜ、岩坂を突き飛ばして去ってしまったのか……。

「わからぬが、わしを傷つけることが目当てだったのかもしれぬ」

「おかしいやん。おっさんが避けたから浅手ですんだ、て言うてたやろ。避けへんかったら死んでるはずやん」

「う……ま、そうだが……」

「とどめを刺さんと逃げてしもたんは、なんでやろ」

門弟のひとりが、

「それは、曲者が先生の威厳に恐れをなし、怖くなったのではありませぬか」

岩坂はその門弟をにらみ、

「武士が追従《ついしょう》を申すでない」

また、しのに顔を向けると、

「面白き子だな。いつでも遊びにまいれ」

「うん。羊羹食わせてくれたらな」

「ははは……わしは貧乏だが、羊羹ぐらいならば食わせてやるぞ」

岩坂の機嫌が直り、しののおかげで座が救われた。それを機に、一同はそれぞれ見舞いを言うと、辞することにした。小糸は玄関まで見送りに出て、皆に幾度も頭を下げた。

「父の無礼をお許しください」

小糸は勇太郎に言った。

「無礼でもなんでもない。先生のお気持ちはよくわかります」

「ありがとうございます。私も、勇太郎さまや町奉行所の皆さまの手を煩わせるのは心苦しいのですが……」

「お気になさらぬよう。先生は我々がかならずお守りいたします」

岩坂家の表へ出ると、勇太郎は千三に言った。

「まずは、下手人がどちらに逃げたか、このあたりの聞き込みを頼む」

「へ……。せやけど、旦那……」

「どうした」

「岩坂先生、ほんまに道場閉めはりまんのやろか」

「わからん。頑固なお方だからな」

勇太郎はそう言うと、今出てきたばかりの屋敷を振り返った。

◇

「兄上……兄上……」

「おまえか。ここには来るなと申したであろう」

「怖い顔をするな。冷たいのう。たったひとりの身内だというに……」

「なんの用だ。また、金の無心か」

「しくじったわい……」

「――なに？」

「やりそこのうた、と申したのだ」

「お、おまえ、まだそんなことを……」

「わしはやる」

「このまえしくじったとき、私があれほどやめろと言うたを忘れたか」

「ふふふふ、忘れた。俺はかならず仕返しをする。この命と引き換えであってもな」

「二度もしくじって大きな口を叩くな」

「うるさい！　つぎこそはかならず……」

「おまえがそんなことをしておると、私の務めにも差し障りがある。私が罷免になったら、おまえも困るはずだ。だれがおまえの暮らしの面倒をみる」

「俺はまるで困らぬわ。侍の家に生まれても、次男坊、三男坊はひととしての扱いを受けぬ。兄上のようにつまらぬ仕事を日々こなすことで雀《すずめ》の涙ほどの扶持《ふち》をもらうなど、まっぴらごめんだ」

「ならば、私のところに来ずともよかろう。おまえはおまえの道を勝手に歩め」

「ところがそうはいかぬのでのう……痛たたたたた……」

「どうした」

「木刀を投げつけられた。したたかに撃たれた。腕が上がらぬのだ」

「骨が折れたのではないのか」

「かもしれぬ。ときどき歩けぬぐらい痛む」

「医者に行け」

「そうはいかぬ。医者から足がつく」

「腕が使えねば刀が振れまい。私が良い医者を世話してやろう」

「いらぬ。――兄上に頼みたいのはそんなことではない。町方の詮議がはじまったゆえ、ここにかくまってほしいのだ」

「ば、馬鹿を申せ！　見つからぬよう金を渡しているだけでも世間をはばかることだ、町方に追われている罪人をかくまったと知れたら、それこそお役御免になる」

「ふん、弱虫め。――ならば、金を融通してくれ。しばらくどこぞに身をひそめ、食いつなげるだけの金をな」

「こうたびたびでは私も困る。おまえも知ってのとおり、うちの内証も苦しいのだ」

「苦しいと言っても、次男坊よりはましだろう。こうしてきちんと役目についている。兄上は、少し早く生まれたというだけで、才があるわけでも修行をしたわけでもないのに親の家も仕事も引き継いでいる。俺は遅く生まれただけでなにもない」

「せっかくの養子の口をおまえがふいにしてしまったからだ」

「俺がふいにしたのではない。あやつが……なにもかもあやつが悪いのだ」

「ひとのせいにするな。おまえがおとなしくしておれば、今頃は……」

「うるさいうるさいうるさい！　あやつが悪い。あやつが悪い。あやつが……痛たたたた……痛い痛い」

「待っておれ。医者を呼んでやる」

「いらぬと言ったろう。早う金を……金を持ってこい！」

「今はない。つぎの借米《かりまい》まで待て」

「待てぬ。すぐによこせ。さもなくば……」

「わ、わかった。ここで刀を抜いたりしたのが露見したら大事になるぞ。――ここにこれだけある。持っていけ」

「あるではないか。嘘《うそ》をつきよって」

「嘘ではない。それを持っていかれたら、借米までからっけつだ」

「俺の知ったことではない。もらっていくぞ」

「二度と来るな。それと、くだらぬ仕返しなどやめろ。おまえが身を滅ぼすだけではすまぬ。私や私の家族にも累が及ぶのだ」

「ははははは……はははは……」

「くそっ……おまえのようなやつは死んでしまえ！」

「はは……ふはははは……」

2

大邉久右衛門のまえには、桶《おけ》に入れられた鯛がずらりと並べられていた。二十尾はあるだろう。目の下三尺はある立派なものばかりで、いずれも雑喉場《ざこば》で一尾ずつ目利きによって選《え》り抜かれ、金に糸目をつけずに競り落とされた逸品であろうと思われた。

「うほほ……美味そうじゃ」

久右衛門はほくほく顔で鯛を眺めた。

「これだけ並ぶと吉野山《よしのやま》のごとくだのう、喜内。桜鯛というやつじゃ。見事、見事……」

「まことにもって壮観でございますな」

喜内も感に堪えぬ様子である。

「なれど、たいへんな金がかかりました。借銭が増えましたぞ」

「気にするな。これらはみな、上さまご上洛の献立を考えるための入費じゃ。それを一時、立て替えておるだけゆえ、あとで大坂城の金蔵から利子をつけてもろうてくるわい」

「ならばよろしいのですが……なるたけ早うしていただかぬと、借金取りが押し寄せてまいりますぞ」

「馬鹿もの！　上さまご上洛にどれほどの金が費やされると思う。城がひとつ買えるほどじゃ。かかる魚の値などその千万分の一、鼻くそのごときものよ。——さて、この鯛をどう料理するかだが……源治郎《げんじろう》」

久右衛門は、奉行所の料理方を預かる源治郎に声をかけた。大坂一の料理屋「浮瀬《うかむせ》」の花板だった男だが、今でも日々、腕を磨き続けている。頭のなかは料理のことでいっぱいの職人気質で、久右衛門がもっとも信を置いている料理人である。

「おまえならこの鯛どうする」

「そうだすなあ……」

源治郎は首をひねった。

「わても、上さまのお好みはわかりまへんさかいなあ……」

「わしも知らぬが、上さまもひとの子じゃ。美味いものは美味い、不味いものは不味いと感ずるであろう」

「そらそうだすけど、薄味が好きとか濃い味が好きとか、なんぞ手がかりがおまへんと……」

「ふーむ、ならばわしを上さまだと思え」

「へ？　御前をだすか？」

「そうじゃ。わしを喜ばせる鯛の料理をこしらえてみよ。わしが心底美味いと思うたら、その料理をよしとする」

「うーん……けど、御前はひとよりいろんな料理を食べてはりますやろ。たいがいの珍しいもんも味おうてはります。上さまはどないだすやろ」

「そう言われれば、上さまはしょっちゅう鯛を食べておられるであろう。将軍の食膳にあがる魚と言えば、まずは鯛であろうからな」

活鯛献上といって、将軍家になにか祝いごとがあると、各大名家がこぞって鯛を贈った。昼飯、晩飯にはほぼ毎日といっていいほど鯛の刺身か焼きものが出た（一の膳に塩焼き、二の膳に刺身、と両方出る日もあった）。また、月のうち一日、十五日、二十八日は朝から食膳に鯛が上がった。そういう日は三食、鯛を食べることになる。

「刺身やら浜焼きやら膾《なます》やら煮付けやら丸子《がんじ》やら……あたりまえの料理は、食べ飽きてはるんとちがいますか」

「かもしれぬ。今の上さまは、口がおごっていらっしゃるゆえ、たいていの料理は口にしておられるであろう。おまえが思いつくかぎりの珍奇な鯛料理をこしらえてみよ。変わっておれば変わっておるほどよいぞ」

「へえ……やってはみますけどなあ……鯛はやっぱり、刺身か塩焼きが一等美味いんとちがいますか」

「いくら美味いものでも続くと飽きる。おそらく上さまは江戸からの宿々にても鯛を召し上がられるに相違ない。目先を変えよ、と申しておるのだ。――もっとも、わしはいくら刺身が続こうと飽きぬがのう」

源治郎は鯛とともに台所へ下がった。久右衛門は口からよだれを垂らさんばかりにして、

「ふっふっふっ……楽しみだのう。鯛尽くし、鯛祭じゃ。たとえ腹が裂けようと、食うて食うて食いまくってやる。鯛と心中いたす覚悟じゃ！」

喜内が、

「御前の楽しみのためではなく、上さまの食膳を調えるために工夫いたすのでございましょう。ならば、それぞれの料理は味見を一口ずつすればよく、腹が裂けるほど食らうことはございませぬ」

「公家ではあるまいし、ちまちま食うておっては味がわからぬ。食うた気がせぬのじゃ」

「またお太りになられますぞ」

「上さまのおんためである。臣下たるもの、お上のために殉ずるならば本望じゃ」

「また、心にもないことを……」

「なにか申したか」

「いえ、なにも……。ところで、気になることを耳にいたしました」

「なんじゃ」

「東町の水野さまが、南桃庵《なんとうあん》の権次《ごんじ》に此度の料理を任せたとのこと」

「なにい？　南桃庵の権次と申さば、今、大坂随一とも聞こえる腕の板前ではないか。それを引き抜いたと申すか」

　将軍上洛のことはだれにも知られてはならぬと大坂城代から厳命されている。それゆえ、料理屋から板前を「借りる」ことはできないのだ。

「はい。東町の料理方に据えたそうでございます。さぞかし大枚をはたいたことでございましょうなあ」

　南桃庵は先ごろできたばかりの新店で、料理屋としての歴史は浮瀬とは比べものにはならぬが、通人を唸らせる料理の数々で、あっというまに浮瀬、福屋《ふくや》、西照庵《さいしょうあん》などと肩を並べる、あるいは追い越すほどの人気の店となった。

「南桃庵はわしも行ったことがある。珍奇で、なおかつ味もいい料理を出す。その分、値も高い。上さまが毎日鯛の造りや焼きものばかり食うて、飽きておられるとしたら、権次の料理は点が高かろう。——よし、わしもその手で行くとしよう。東町には負けぬぞ！」

　久右衛門は拳を突き出した。

◇

「許せよ」

「あ……また、あんたですかいな。なにしに来ましたんや」

「なかなかよいものがあるではないか。そこのはしごを見せい」

「あ、あきまへんで、これは。植木屋の注文でこしらえたもんやさかい……」

「いいからよこせ。——ふむ、これならよかろう。もろうていくぞ」

「あかんて言うてますがな。返しとくなはれ」

「ふふふふ……一度もろうたものを返すわけがなかろう」

「ほ、ほな、せめてお代をおくなはれ。タダで持っていかれたら大損やがな」

「うるさい。静かにしろ」

「銭や。銭、払《はろ》とくなはれ。銭を……うわあっ！」

「わずかの銭のために命を落としたいか。この切っ先が貴様の喉に突き刺さるぞ。おまえも知っておるだろう。俺はやると言ったらやる男だ。人殺しぐらいなんでもないぞ」

「そそそれはよう身に染みてわかっとります」

「邪魔をしたな。また、参るぞ」

「もう二度と来んといとくなはれ。——あ、あんた……」

「なんだ」

「そのはしごでなにするおつもりだす。まさか……」

「そのまさかだ」

「あんた、まだあのこと恨みに思うとりますのか」

「あたりまえだ。生涯忘れぬ」

「たいしたことやおまへんがな。忘れたほうがよろしいで」

「ふふん……貴様らに俺の気持ちがわかるものか」

「やめときなはれ。意趣晴らしなんかしたら、あんたも召し捕られて獄門だっせ」

「かまわぬ。俺はいつ死んでもよいのだ。やつに一太刀くれて、やつが尻餅を突き、涙を流して俺に許しを請う姿を見たいのだ。俺は今、そのために生きている。さらばだ」

「ああ……行ってしもた。またはしご作らなあかん。タダ働きやで。あいつ、ほんまに頭がおかしいのやな。あんなやつに関わり合いになったらろくなことないわ。くわばらくわばら……」

◇

岩坂三之助は、その言葉通り道場を閉めてしまった。日中はひたすら素振りを続け、夜は座禅をしている。怪我はもう治ったと言いたいのであろう。つねにかたわらに刀を置き、いつでも抜けるようにしてある。小糸もやむなく事情を話してしばらく出稽古を休ませてもらうこととし、ずっと父親に付き添っているが、なにか話しかけても、ああ、とか、うむ、とか、それでよい、とか応えるだけだ。食事もはじめは「いらぬ」と言っていたのだが、滋養をつけねば傷の治りが遅うなります、と言い聞かせて、ようよう食べるようになった。小糸も次第に疲れてきた。しかし、屋敷を空けるわけにはいかぬ。いつあの曲者の襲撃があるかわからぬのだ。曲者の素性がわからぬことも小糸の疲弊に拍車をかけていた。だが、岩坂はそのようなことはどちらでもよい、と言って取り合わぬ。屋敷のまわりは勇太郎や千三たちが見廻ってくれているため、危ういことはないのだが、父親を狙うものが市中をうろついていると思うだけでも心穏やかではいられなかった。できることなら屋敷のなかを警固してもらいたいところだが、そのようなことは岩坂が許すはずもない。

勇太郎に会いにいきたくとも、父親の目があるので、出かけるわけにはいかぬ。買いものに行くと言うと、治郎兵衛に行かせればよい、おまえはそこにおれ、と言われる。ついため息を漏らすと、

「ため息をつくな」

と叱られる。黙っていると、

「愛想が悪い」

と怒られる。どうすればいいのだ、と少し暴れたくなる小糸であった。

一方、千三たちは屋敷のまわりを調べたものの、曲者の足取りは途中でぷっつりと途絶えていた。侍には間違いないのだが、覆面をしていたので顔まではわからない。

「あきまへんなあ。血刀引っさげた侍、目につくはずやのに、どうにも足取りが知れまへん。お城のほうに向かったことはわかっとりますのやが、はてさてどこへ行ったのやら……」

「頼りない話だな」

勇太郎はそう言った。

「もう少し気合いを入れて探してくれ。今はちょうど急ぎの案件もなく、町奉行所は暇だからな」

彼はまだ、将軍上洛のことを知らなかったのである。

「へえ、お城のほうはご定番の目もおますさかい、たぶん南へ行ったんやないかと思いますのや」

北には大川があるので行き止まりだ。西には西町奉行所と東横堀《ひがしよこぼり》がある。南へ向かったのでは、という千三の読みは正しいのではないかと勇太郎も思った。

「剣術の先生してはると少々はしかたないのかもしれへんけど、小糸さんもたいへんやねえ」

勇太郎から話を聞いたすゑはそう言った。

「はい。家から出られぬことと、岩坂先生の身を案じて、やつれておられるようです」

「いろいろ思いわずらうことも多いやろね。もともと痩せてはるさかい、かわいそうやなあ。小糸さんは、そのうちあんたのお嫁さんになるかもしれんのやさかい、気ぃつけたげなはれや」

「ば、馬鹿なことをおっしゃいませぬように。母上、我々はそのような間柄ではございませぬ！」

勇太郎は思わずそう言った。

「あらあ、そやの？　私はまた、あんたらは好いて好かれる仲かと思てたわ。そらえらい失礼しました」

「俺はともかく、そのような根も葉もない噂《うわさ》が世間に流れたら、あちらが迷惑なさいます。お気を付けくださいますよう……」

「へえへえ」

「そもそも小糸殿は岩坂家のひとり娘。村越家へ嫁に来ようはずがありません」

「それもそやね。綾音ちゃんもお嫁入りしてしもたし、小糸さんもあかんとなったら……あんた、どないするの」

「知りませんよ、そんなこと」

「まあ、あんたの嫁になるかどうかはともかくも、小糸さんが痩せんように、なんか煮物でもこしらえて持っていったげよ。――まあ、世の中には思いわずらったことも、やつれたことも一遍もない、肥えたら肥えたまんまの方もいてはるけどねえ」

「そうですね。おられますね」

その御仁がたいへんな思いわずらいの最中だとは、夢にも思わぬふたりであった。

◇

「ううむ……うううう……」

さきほどから久右衛門は唸りっぱなしである。腹は狸《たぬき》のように膨れ、今にもはちきれそうになっている。目のまえには膳が多数並び、その向こうには源治郎が四角くちんと座っている。

「どないだすやろ……」

源治郎はおずおずと言った。

「お口に合うものはおましたやろか」

「ううう……むう……」

「この、南京《なんきん》との和《あ》えものなんかはけっこういけるんやないかと思うたんだすけど……」

「むむ……ううう……」

「そっちの酢のものはさっぱりしてますやろ」

「ううむ……む……む……」

「鯛餅は、ちょっともさもさしてるかもしれまへんけど……」

「むむ……む……」
源治郎が作った「鯛を使った珍奇な献立」はつぎのとおりであった。

鯛と南京の和えもの（鯛と茹《ゆ》でた南京を擂《す》り潰して混ぜ、酢をかけたもの）
鯛豆腐（擂り潰した鯛と豆腐を混ぜて寒天を加え、固めたもの）
鯛餅（鯛を餅に搗《つ》き込み、丸めて茹で、柚子《ゆず》味噌をかけたもの）
鯛こんにゃく（鯛のほぐし身とこんにゃくと唐辛子を乾煎《からい》りし、酒塩で味つけしたもの）
鯛と沢庵《たくあん》漬けの酢のもの（鯛の刺身と沢庵漬けをどちらも細長く切り、酢で和えたもの）
鯛うどん（擂り潰した鯛の身を練り込んだうどん）
鯛真薯《しんじょ》の蒸しもの（擂り潰した鯛に擂りおろした生姜《しょうが》、山芋を加えて蒸し、あんかけにしたもの）
鯛大根（鯛を大根とともに醤油《しょうゆ》、酒で煮たもの）
鯛玉子焼き（擂り潰した鯛に生卵を混ぜ、玉子焼きのようにしたもの）
鯛納豆（鯛の刺身を納豆とからめ、醤油をかけたもの）
鯛蒲鉾《かまぼこ》（擂り潰した鯛につなぎを加え、蒲鉾にしたもの）

鯛の蒲焼《かばや》き（鯛を蒲焼きにしたもの）
鯛蓮根《れんこん》（擂り潰した鯛を蓮根の穴に詰めて蒸したもの）
鯛芋（鯛と里芋の飴《あめ》炊き）
鯛煎餅《せんべい》（三枚に下ろした鯛を焦がさぬようぱりぱりになるまで焼いたもの）
鯛味噌煮（鯛をぶつ切りにして、とりあえず味噌で煮込んでみたもの）
鯛羊羹（鯛を練り込んだ羊羹）
鯛饅頭《まんじゆう》（鯛を擂り潰して、なかに餡《あん》を入れて包み、蒸し上げたもの）

鯛が余ったので、それは松皮造りと浜焼きにした。

これらの献立を久右衛門はひとりで平らげたのである。一箸つければ味はわかるはずです、おやめなされ、と喜内が幾度となくいさめたのにも耳を貸さず、一皿ずつ全部食べた。途中からは半ば意地になってはいたが、なにやら半紙に書きつけながら、あまさず食い尽くしたのだ。最後の料理を食べ終わったときは、それまで苦々しい顔をしていた喜内も思わず歓声を上げたほどである。

「あの……」

「ううう……ううう……」

「あの……」

「ううむ……ううううう……」

「あの……」

「むむむ……うむむ……」

「あの……」

「なんじゃ！」

「すす、すんまへん。唸ってばっかりやのうて、味はどやったか言うとくなはれ」

「急《せ》かすな。今申そうと思うておったところじゃ。食いものが喉まで詰まっておって、息ができぬのじゃ」

久右衛門は帯を解き、着物の衿《えり》をゆるめて、ふううう一っ、と太い息を吐いた。

「なんぼなんでも食べ過ぎだっせ。鯛二十匹、ひとりで食べはったんだっせ」

「おまえが手を変え品を変えた鯛尽くしの数々、片端から食ろうてみたが……」

「へえ……」

「美味いものもある」

「ほう！」

「いまひとつのものもある」

「ほう……そらあたりまえだすがな。けど、御前、わて、驚きましたわ。これだけのもんを食うたら、たいがいのもんは途中から味もなにもわからんようになります。御前はいちいちそれを紙に書いてはった。えらいもんだすなあ。命懸けで食うてはる。さすがは鍋奉行……」

「ふん、世辞を申すな。――ひとは皆、生きるために食うのじゃ。命懸けで食わずしてどうする」

「ほな、御前が美味かったやつを東町のお奉行さまとの勝負に出しまひょか」

「ううむ……そうじゃのう。美味かったものは……」

久右衛門は書き散らした半紙を順に眺めていき、

「鯛真薯の蒸しもの、鯛納豆、鯛蓮根あたりか」

「三つだけだすか？　ほな残りは……」

「どれもいまひとつであった。いたずらに奇をてらっただけで、鯛の良さが出ておらぬ」

「珍奇なもんをこしらえろ、ておっしゃったのは御前だっせ」

「いまひとつのものを作れとは申しておらぬ」

「不味いのやったら平らげんでもよろしいのに……」

「鯛の良さが出ておらぬ、と申しただけで、不味いとは言うておらぬ。平生ならば美味い美味いと言うて食うたであろうが、此度は勝負ゆえ、な」

「ということは、鯛真薯の蒸しもの、鯛納豆、鯛蓮根……この三品がまずまず、ゆうことだすな」

「ううむ……むむむ……」

「また、息が苦しいんだすか」

「そうではない。悩んでおるのだ。——たしかにその三品はこのなかでは悪うはなかったが、わしがもっとも美味かったのは……」

「なんだす？」

「造りと浜焼きじゃ。あれこれ小細工せぬ、いつも通りの料理が一等美味かった」

「げげっ」

「それが鯛の良さがもっとも出ておった」

源治郎は傍目《はため》にもわかるほどしょげきって、

「そうだっか……味のおわかりになる御前がおっしゃるならそのとおりなんだっしゃろなあ。というて、料理合戦に造りと浜焼きを出すというわけにはいきまへんわな」

「そらそうじゃ」

源治郎は鼻をすすりながら、

「わて、この料理、夜通し考えて考えて、それからこしらえたさかい、一睡もしてまへんのやで。ああ……板前として情けないわ。けど、御前もこれだけの料理、ひとつも残さず食べきって、そないしていちいち紙に評定《ひょうじょう》を書いてくださった」

そこまで言って、源治郎はふと顔を上げ、

「その紙にはいったいなにが書いてありまんねん」

「あ、これか。これはまあ……ちょっとした思いつきじゃ。この料理はどこが良うてどこが物足りぬか、そういう所見をじゃな……」

「わてにも見せとくなはれ」

そう言うと源治郎は久右衛門の持っていた半紙をひったくった。

「こ、こりゃ、なにをいたす！」

「な、なんだすねん、これは」

源治郎は呆れ顔でその紙を喜内に示した。そこには乱雑な文字でこう書かれていた。

鯛平の世に上さまの
御膳調う鯛役に
鯛のことなら任せてと
鯛言吐いたはよいけれど
鯛枚はたいて鯛をあがない
鯛がい料理もこさえてみたが
無芸鯛食情けなや
鯛鼓腹になっただけ

これでは鯛却せざるをえぬと
白旗あげたは鯛もなし

ほかの紙には「へのへのもへじ」やら下手くそな鯛の絵などが描かれていた。つまり、落書きである。

「御前、お戯れもええかげんにしとくなはれ！」

「すまぬ、すまぬ」

喜内が横合いから、

「鯛は造りか焼きものがもっとも美味いと申されるが本心ならば、どうなさるおつもりでございます」

「困ったのう……なれど、どうせ水野のほうも同じようなものであろう。鯛を用いて作れる料理には限りがある。珍奇な料理を考え、そのなかの幾分ましなものを献立に採るほかない」

「じつは少し気になる噂を耳にいたしました」

喜内が言った。

「水野さまが南桃庵の権次のほかに、別の板前を雇い入れたとか……」

「ほう、いずれのものだ」

「福屋の大悟《だいご》、西照庵の信七《しんしち》、木津仁《きづじん》の長丸《ちょうまる》、伊丹屋の木助《きすけ》、三文字屋《さんもんじゃ》の藤兵衛《とうべえ》……」

「な、な、なにい！」

　久右衛門は血相を変えて、

「大坂中の名高き料理屋の花板を軒並み引き抜くつもりか。なんというやつじゃ！」

　源治郎も蒼《あお》ざめて、

「わても、それだけ束になって来られたら、旗色悪うおまっせ。三人寄れば文殊《もんじゅ》の知恵、て言いますけど、そのうちのだれかひとりがええ知恵出したら……。こっちはわてひとりだっしゃろ。この戦《いくさ》、負けかもわかりまへんな」

「弱気なことを申すな。おまえは大坂一の板前じゃ。わしが請け合う」

　そう叱咤《しった》する久右衛門の声にも力がなかった。

「向こうがなりふりかまわずそう来るなら、われらも源治郎のほかにも板前を雇いましょうぞ。銭はございませぬが、あとで城代さまがまどうてくださるならばいずれからか借銭をして……」

　喜内がそう言うと、

「待て。もう手遅れじゃ。大坂中の腕利きの板前は買い占められておるだろう。それに、わしはこの源治郎を大坂一と信じておる。ほかに有象無象をいくら集めても同じことじゃ」

源治郎は半泣きになって、

「おおきに……わてもそこまで言われたら御前のお役に立ちたいもんだすけどなあ、これぱっかりは……」

「鯛がダメであっても、諦めることはないぞ。上さまは鯛に食傷しておられるはず。であれば……」

「であれば？」

「鯉という手がある。わしの聞いたところでは、鯉をはじめ、川魚はさほど食膳に上がらぬとのことじゃ」

「鯛は海魚の、鯉は川魚の王でございますからな、上さまの献立にはふさわしいと存じます」

久右衛門は芭蕉《ばしょう》の葉のように大きな手を叩き合わせると、

「鯛は『めで鯛』に通じるが、鯉は滝をのぼって竜と化す。めでたさでは鯉のほうが上手《うわて》じゃ。——よし、鯉で行こう。源治郎、良き鯉をたくさんあがのうてまいれ。金はいくらかかってもかまわぬ。その鯉で、珍奇な鯉料理をこさえるのじゃ！」

「鯛のつぎは鯉だすか。よろしゅおます。こうなったらとことんやらしてもらいます」

源治郎はため息をついた。

◇

「大邉殿、献立のほうはいかがでござるか」

　水野忠通が薄笑いを浮かべてそう言った。

（来たか……）

　久右衛門はげんなりした。今日は「御用日」である。町奉行所で裁きが行われるのは、月のうち、二日、五日、七日、十三日、十八日、二十一日、二十五日、二十七日の八度きりである。この「御用日」には、当番でない奉行も月番の奉行所に赴き、公事《くじ》の立ち会いをするのが定めである。今月の月番は東町なので、久右衛門はそちらに足を運ばねばならぬ。畢竟《ひっきょう》、水野と顔を合わせることになる。朝から、

「行きとうない。行かぬ。わしは部屋から出ぬ」

　とゴネまくった久右衛門だったが、皆に説き伏せられてしぶしぶ馬上のひととなった。そして、東町奉行所に着くなり、案の定、水野忠通に捕まったのである。

「無論、はかばかしく支度が進んでおる。水野殿はいかがかな」

　行きがかり上、そう問い返さざるをえぬ。

「ほっほっほっ……わが陣は六名の板前を手配りましてな、それぞれが得手な料理をこしらえる算段でござる。その味たるや、みどもも味見をしたが、これがまあ絶品でござ

った。大邉殿も、当日、食するのを楽しみにしておられよ。たとえ負け戦であっても、大邉殿は美味いものが食えればそれでよいのでござろう」

ムッとしたが、たしかにそういうところはある。

「ところでその……水野殿はどのようなものを料理に使うおつもりかな」

答えるわけがない、と思ってたずねたのだが、

「どうやら我らのほうが勢いが上のようじゃ。弱きものには情けをかけねばならぬゆえ、お教え申そうか」

いらぬ、という言葉を久右衛門は飲み込んだ。

「まあ、どちらでもよいが、後学のために聞いておこうかのう」

「ふふふ……聞きたいくせに。みどもも、言うても言わなくてもよいのだ」

口とは裏腹に、言いたくてたまらぬ様子である。久右衛門が黙っていると、

「なんと申しても相手は上さまだ。鰯や鯵《あじ》、ドジョウに鮒《ふな》にナマズ……などといった下魚をお出しするわけにはいかぬ。そこはやはり、海魚なら鯛、川魚なら鯉しかあるまい……とはじめのうちはそう思うていた」

「はじめのうち、ということは、今は考えが変わったと？」

「さよう。上さまも鯛料理や鯉料理には飽いておられよう。なれど、そこをうまく工夫してだな……」

「ふむ、そこで?」

「鯛や鯉を……」

水野はなにかを言おうとしたが、少し開いた扇で口を押さえると、

「おおっと危ない危ない、思いつきを盗まれるところであった。ここから先は言わぬが花と申すもの。では、大邉殿、合戦の当日を楽しみにしておりますぞ。では、公事をはじめましょうかのう。うはははは……」

高笑いを残して歩み去った。

(くそっ、だれが貴様らの思いつきなど盗むものか。今に吠《ほ》え面《づら》かかせてくれるわ!)

久右衛門はこらえようとしたが、腹が立って仕方がない。

(彼奴《きやつ》め、鯛料理や鯉料理に一工夫しようというところだろうが、どう工夫するのか、それを知りたかったのに……)

公事が終わったあと、イライラばかりを募らせながら久右衛門は西町奉行所に戻ろうと馬に乗った。

(待てよ……)

久右衛門はふと、親しい友のことを思い出した。下寺町《したでらまち》にある禅寺真菩寺《しんぼじ》の奥望和尚《おうぼうおしょう》である。奥望は、歳は一回り下だが、久右衛門が堺奉行をしていたころ、同じく堺の寺で首座を務めており、往時から妙に馬が合った。そののち江戸の某寺の住持《じゅうじ》をして

いたころ、寺社奉行に命じられて十代将軍家治の話し相手となったが、窮屈な城勤めに嫌気が差し、飄然《ひょうぜん》と大坂に舞い戻った。そして、久右衛門が大坂町奉行を拝命することになり、また付き合いが復活したのだ。奥望は、久右衛門とは逆《さか》しまで、骨と皮ばかりに痩せこけているが、痩せの大食いというやつで、よく食べる。ことにうどんが好物である。しかも、酒がなにより好きで、朝一升、昼一升、晩一升と日々三升の酒をかかさぬ。その酒代のために寺の内証は困窮をきわめているらしいが、気にもとめず、少しでも金が入ると酒を買う。大金が入ると、近隣の銭のない連中にふるまってしまう。豪快で磊落《らいらく》、陽気で義侠《ぎきょう》の心が強く、曲がったことが嫌いで、得心がいかぬと上のものや武家にも噛みついていく。そういうところから、横紙破りだの酔いどれ坊主だのと碌な名で呼ばれない。はなはだしきは「真善寺の奥望和尚」ではなく「貧乏寺《びんぼじ》の横暴和尚」と呼ぶ連中もいるが、当人はそのあだ名を気に入っているらしい。

「和尚、禅寺は『葷酒《くんしゅ》山門に入《い》るを許さず』のはずであろう。酒など飲んでもよいのか」

かつて久右衛門がそうからかうと、奥望は居住まいをただして、

「うちの寺の表には『葷酒山門に入るを許さずという奴《やつ》を許さず』と掲げてある。わしは、酒が飲めぬなら坊主を辞めて還俗《げんぞく》する。釈迦《しゃか》も飲んだ酒を、なにゆえわしが飲んではならぬのだ」

「釈迦は酒を飲んでいたのか。どの経文に書いてある？」

「書いてはおらぬが、こんな美味いもの、飲んだに決まっておる」

そう言ったものだ。たまに奥望と酒を酌み交わすと、久右衛門は胸のなかのもやもやが晴れるような気になるのだ。

「下寺町に寄る。おまえたちは先に帰れ」

馬上の久右衛門は与力をはじめとする供まわりに声をかけた。馬丁と小者ひとりだけを連れ、東町奉行所を出るとまっすぐに南に向かい、そのまま下寺町へと至った。久々に訪れた真菩寺は、まえにもましてボロボロになっていた。門前で待つようにと供のものに命じ、「葷酒山門に入るを許さず」という奴を許さず」と掲げられた山門をくぐると、まえにはあったはずの石灯籠《いしどうろう》がなくなっている。この寺が開闢《かいびゃく》したときから置かれていた苔《こけ》むした灯籠である。妙だな、と思いながらも本堂に上がると、なんと正面に鎮座していた本尊の菩薩《ぼさつ》が見当たらない。仏像だけでなく、台座も蓮台《れんだい》も一切合財ひっくるめてだ。天井には蜘蛛《くも》の巣があり、床板には埃《ほこり》が積もっている。どうしたことだ、夜逃げでもしたのかと、なかをぐるっと探したが、住職の姿はない。

（まあ、本堂でまじめに勤行《ごんぎょう》をしておるようなやつではないわい……）

久右衛門は本堂を出ると、庫裏《くり》に回った。思っていたとおり、奥望は庫裏の板の間に胡坐《あぐら》をかき、酒を飲んでいた。ボロ雑巾のような僧衣を着て、欠けた茶碗を湯呑《ゆの》みがわりにしている。骨と皮ばかりに痩せているが血色はよく、顔などつやつやしている。

「やはりここだったか」

奥望は酔眼を向け、

「なんじゃ、久右衛門か。なにしに来た」

「なにしにとはご挨拶だのう。おまえと語らいに来たのだ」

「語らい？　嘘をつけ。これが欲しゅうて来たのだろう。――ま、一杯いけ」

そう言うと奥望は酒をなみなみと注いだ湯呑みを差し出した。もちろん受け取って一息に飲み干し、

「本尊がなくなっているではないか。どうしたのだ」

「今、おまえが飲んだのが本尊よ」

「なに……？」

「売っぱらって酒に換えた。それゆえ飲めば飲むほどご利益があるぞ。飲め飲め」

「石灯籠も売ったのか。由緒あるものだったはずだが……」

「袈裟も仏具もみな売った。せいせいしたもんだ」

「寺に本尊がなくては困るだろう」

「愚僧は一向に困らん。そもそも禅宗では仏像などなくともかまわぬのだ。仏とはおのれのなかにあるものだ。木や金《かね》でできたまがい物を拝んだとてなんの功徳にもならぬ」

「おまえはそれでもよかろうが、檀家《だんか》が寺に来たとき、拝む的がないだろうに」

「うちの檀家は少ない。それに皆、わしのことはようわかっとる連中だ。仏像がなくなってても気にもとめてはおらぬ」

「和尚が和尚なら檀家も檀家だな。あの袈裟は先代家治公から拝領したものであろう。勝手に売ってもよいのか」

「よい。もろうたらもろうたもののもんじゃ」

「葬式のときに困るだろう」

「この破《や》れ衣《ごろも》でかまわぬ。まことは、これも売ってしまおうと思うたのだが、古手屋《ふるて》が買うてくれなんだ」

　さすがの久右衛門も、この和尚としゃべるといつもたじたじとなる。

「言うておくが肴はないぞ。今、この寺には米はおろか、味噌すらない」

「銭がないのか。酒を買う銭はあるのだろう」

「買いに行くのが面倒くさいのだ」

「米屋が御用聞きに来るだろう」

「掛け取りのときに大喧嘩《おおげんか》してから来ぬようになった」

「小僧に行かせればよかろう。——そういえば、小僧が見当たらぬな」

「ひもじいから飯を食わせろと言うので、飯はないから酒を飲めと言うたら出ていきよった」

「あたりまえだ。——この寺ほど小僧の居着かぬところもないのう」

「カカカカ……そのとおりそのとおり」

奥望は歯を剥いて笑うと、

「で、わしとなにを語らいたいのだ」

久右衛門は、近々江戸からさる高貴な方が大坂城に来る、そのときのもてなしの献立について料理勝負になっている……と先日来のことを話した。

「ふーむ、江戸から来る高貴なお方というのは、あいつだな」

「さよう。あいつじゃ」

「あんなものにはそこらへんの雑魚《ざこ》でも食わせておけばよいのだ。久右衛門、存じておるか。江戸城の御膳所にはあいつ一人《いちにん》のために料理人と小間使い合わせて百三十五人も働いておる。あいつが食べる米は、まず黒塗りの盆のうえに美濃の米をざらざらとあけ、粒のそろった大きいものばかりを選ぶのだ。砂などが混じっていてはじめからやりなおしだ。馬鹿馬鹿しい。毎日毎日二の膳、三の膳のついた贅沢なものばかり食らいおって……たまに大坂に来たときぐらいあきれるほどの粗食を食わせてやれ。そのほうが珍しくてよかろう。身体にも良いというものだ」

「なるほどのう。よう申してくれた。大坂に来たときぐらい粗食せよと言うのじゃな。それもよかろう」

久右衛門は少し気が楽になった。

「よし、飲もう」

「もう飲んでおるではないか」

「腰をすえて飲むということよ。なくなったら奉行所から届けさせる」

「ならば、供のものたちも呼んでまいれ。一緒に飲《や》ろう」

奥望はうれしそうにそう言った。

◇

夜も更けて、欠けた月が天の真ん中に白く貼りついている。

千三は、岩坂家屋敷の門が遠目に見えるあたりの用水桶の陰にひっそりと立ち、様子をうかがっていた。さきほど勇太郎と入れ替わったところだが、あまり寝ていないので欠伸ばかりが出る。八つ（午前二時）頃になると、千三は立ったままこくりこくりと居眠りしはじめた。どこかで打つ鐘の音にハッと目が覚めたとき、

（——あ！）

門のところにしゃがみ込んでいる人影がある。ちらり、と火が見えた。提灯《ちょうちん》か？いや……。

（いかん、火付けや！）

今夜は風もある。町奉行所にも城にも近いこのようなところで火付けするなど、並の考えではありえない。

「こらあっ！」

千三は怒声を上げながら突進した。相手はしゃがんだまま振り返った。覆面の侍だ。右手に、提灯から外したらしい蠟燭《ろうそく》を持っている。その火を門に付けさせてはならない。千三は相手を萎えさせるために、わざと大声であたりの町家に聞こえるようにわめいた。

「こらあ、ど盗人！　盗人や、盗人！」

相手は立ち上がると、蠟燭を地面に捨て、刀を引き抜いた。ここでひるんではいけない。千三は十手を振りかざし、

「うわあああああーっ！」

叫びながら侍に突っ込んだ。

「町方か。邪魔立てするやつは殺す」

侍は淡々とした声でそう言うと、太刀を一閃《いっせん》させた。剣術の心得のない千三にもわかるほどの凄まじい腕だった。刀の切っ先から殺気が噴き出し、その剣風に触れただけで身体が切れそうだ。

「おっと……！」

千三は間一髪飛びのくと、

「おい、おのれ、どこのどいつや。なんの恨みで岩坂先生のお命狙とるねん」

覆面のなかで、侍がふっ……と笑ったような気がして、千三はぞっとした。

（こいつ、ほんまにわてを殺す気やな……）

そう思うと十手を持つ手が震えてきた。西町奉行所は目と鼻の先だ。このまま踵《きびす》を返して奉行所に駆け込むか。

（いや……そのあいだに火を付けられたら……）

そう思うとこの場に踏みとどまるしかない。ガタガタと小刻みに動く右手に力を込めて、ぎゅうっと十手を握り直す。途端、

「死ねえっ！」

相手の刀が妖術のように長く伸びた気がした。あっという間に剣の先端が千三の肩に届いていた。着物が切り裂かれ、肩の肉が燃えるように熱くなった。十手を振り回しながら必死で後ずさりしたが、侍はひたひたと間合いを詰めてくる。

（あ、あかん……こ、こ、こ、殺される……）

そのとき、門のくぐり戸が開き、岩坂三之助が姿を現した。侍は音でそれと気づき、立ち止まってそちらを見た。

「また来たか。性懲りもないやつめ。それほどわしの命が欲しいか」

侍は応えない。

「金で雇われた刺客ではなかろう。武士ならば名を名乗れ。正々堂々の果たし合いならばいつでも受けて立つ」

侍は応えない。

「わしにどういう恨みがある。わしに非があると得心いたさば、討たれてやってもよいぞ」

侍は応えない。

「貴様も中西子武《なかにしたねたけ》先生譲りの一刀流のようだな。それもなかなかの腕だ。くだらぬことはやめて剣一筋に生きてみよ。その先になにかが見えてくるかもしれぬぞ」

侍は、くっくっ……と笑った。千三が、

「先生、こいつ、門に火付けしようとしとりましたんや！」

「なんだと……？」

岩坂の顔が引き締まった。

「わしを殺そうとするだけならともかく、近隣を巻き込むのは許せぬ。大火になれば、何千何万に災いが及ぶ。――わしの命と引き換えにしても貴様を成敗する」

岩坂が刀を抜き、正眼《せいがん》に構えたとき、門のくぐり戸から小糸が現れた。

「父上、私も加勢いたします」

白い寝間着のうえに羽織りものをし、たすきを十字に掛け、短刀を手にしている。し

かし、岩坂は振り返ることなく、

「小糸、手出し無用だ」

「でも……」

「なかに入っておれ。これはわしひとりで片をつけねばならぬことだ。おまえが手伝《てつど》うて勝ったならば、そのときからわしは剣客ではなくなる。わしがこやつに倒されたら、おまえはわしの骨を拾い、わが仇《かたき》を討て」

「――はい」

小糸は素直にうなずき、後ろに下がろうとした。それを見た覆面の男は小柄《こづか》を引き抜き、

「えええいっ！」

小糸目がけて投げつけた。気づいた岩坂が空中で打ち落とそうとしたがかなわず、小柄は小糸の首筋目がけて飛んだ。しかし、小糸は急《せ》きもあわてもせず、短刀でそれを受けとめた。小柄にはかなりの勢いがあったはずだが、小糸の動きはまるで蝶《ちょう》を捕えるかのごとく優雅で、しかも、小柄と短刀がぶつかりあったはずなのに、なんの音もしなかったのだ。

「うむ、見事」

岩坂は思わずほめた。千三は、

「わて、奉行所に報《しら》せてきますさかい、あとは頼んまっせえ！」

そう叫ぶと、西へ走った。覆面の侍は一瞬、追う素振りを示したが、舌打ちをして、岩坂に向き直ると、無造作に右足から踏み込んだ。刀身が何倍にも伸びるような激烈な打ち込みだ。岩坂はなんのためらいもなく、一刀流の極意「切り落とし」でそれに応じた。相手の打ち込みに対してそれを受けたり、払ったり、かわしたりせず、相討ちになることを覚悟のうえ、真っ向から打ち込むことで、攻めと防ぎを同時に行う決死のひと太刀である。気迫のこもった必殺の一撃に、ちりちり……と闇に火花が散った。

「う……うっ！」

わずかな差で、岩坂の刃が相手の左の二の腕を斬り裂いた。

「くそっ……！」

侍は傷を手で押さえると、通りを南向きに逃げ去った。追いかけようとする小糸を岩坂は制し、

「よい。放っておけ」

「はい……。やはり父上の腕が勝りました」

「いや、腕は互角であった。あやつが後れをとったのは、先日わしが投げた木剣のせいで背中を痛めているからであろう」

「あのものにお心当たりは……？」

「うーむ……なにも思い浮かばぬのだ」

剣客父娘が話し合っているところへ、千三を先頭にした西町奉行所の捕り方が到着した。なかから勇太郎が進み出て、

「先生……ご無事ですか」

「私は大事ない。相手は二の腕に手傷を負っているはずだ」

勇太郎は龕灯《がんどう》で地面を照らさせ、血の痕を探したが、一カ所にまとまって落ちているほかには見当たらなかった。千三が、

「旦那！　壁にはしごが掛けておますわ」

「門に火付けをして、屋敷のものが出てきた隙に、庭に入り込むつもりだったのだな。周到なやつだ」

そう言いながら勇太郎は小柄を拾い上げ、手拭いに挟んでふところにしまった。

「この小柄とはしごを改めればなにかわかるかもしれん」

そして、岩坂に向き直ると、

「差し出がましいことをして申し訳ありません。ですが、町奉行所としても市内の治安を守らねばなりませんので……」

「いや……」

岩坂は少し考えてから、

「わしが間違うていたようだ。わし一人《いちにん》の命ですむならばいくらでも差し出しもしようが、侍のくせに火付けまでするとは思わなんだ。呆れ果てた下種《げす》ではないか。当家が火事になり、町内に燃え広がったりしたらいくら詫《わ》びても追いつかぬ。ただいまも、千三殿が見張りをしてくれていたおかげで火災を未然に防げたのだ」

　そう言って千三に頭を下げた。

「せ、先生、どうぞ、頭を上げとくなはれ」

「わしのようなもののために寝ずの番……もったいないことだ。かたじけないことだ」

　千三は、居眠りをしていたことは生涯黙っていようと思った。

「わしが意地を張っておると諸人に迷惑がかかる。いずれか安全なるところへ身を寄せたほうがよいようだな」

　勇太郎が、

「それでしたら、先生、奉行所にお越しください」

「奉行所に……？」

「はい。長屋の空きがたくさんございます。奉行所ならば深夜でも夜勤のものがおりますし、それにまさか町奉行所を襲う馬鹿もおりますまい」

　町奉行所には、与力・同心とはべつに町奉行自身の家来などを住まわせておく長屋がある。久右衛門は江戸から喜内と取次役など数人しか連れてこなかったし、家老や目付役、祐筆《ゆうひつ》は置いていない。今いる家来は大坂で雇ったものたちだ。

「なるほど。それはありがたい。大邉殿にお許しをいただかねばならぬが……」

「用人の佐々木殿に話をしておきます。身の回りのものを持ってすぐにお越しください」

「かたじけない」

勇太郎は小糸を見やって、

「小糸殿はどうなさいますか」

小糸が答えるより早く、岩坂が言った。

「父娘うち揃《そろ》うて厄介になるのは心苦しい。それに、主のおらぬ屋敷を治郎兵衛だけに任せるというわけにもいかぬ。だれが訪ねてくるかわからぬゆえ、な」

小糸はしかたなく、

「承知いたしました。私は屋敷に残ります」

そう言うしかないではないか。

小糸は一旦屋敷に入り、岩坂が当座に使うであろう下着、衣服、扇子、財布、薬などを手早く風呂敷に包むと、ふたたび皆のところに戻ってきた。

「私が奉行所までお持ちいたします」

「いや、よい。わしが運ぶゆえ、おまえはここにおれ」

「でも、お見送りを……」

「かまうな」

「わてが持ちますわ」

見かねて千三が風呂敷を手に取った。

小糸は勇太郎に、

「勇太郎さま……父のこと、よろしくお願いいたします」

そう言うと頭を深々と下げた。

「ご安堵ください。なにものが侵入しても先生には指一本触れさせません」

岩坂は、

「大げさな。今生《こんじょう》の別れでもあるまい。それより小糸、わしが留守の間、この家はおまえが守るのだぞ」

「はい……」

うなずくと岩坂は西町奉行所に向かって歩き出した。しばらく進んだとき、

「村越……」

岩坂が勇太郎のすぐ後ろでささやいた。

「はい……？」

「あの様子では、曲者はかならずまた来る。そのとき、わしがこの屋敷におらぬと知ったら、西町奉行所にも忍び入るかもしれぬ。やつのわしへの恨みは火付けするほどに深

いようだからな」

「そう思います」

火付けの罪は重い。町人ならば市中引き廻しのうえ磔《はりつけ》である。

「わしが襲われるのは剣客の定めゆえやむをえぬが、娘を巻き込みたくはない」

「では、小糸殿を屋敷に残したのは……」

「親馬鹿と笑われるかもしれぬが、小糸を危うい目に遭わせたくないのだ。わかってくれ」

「わかります、先生のお気持ち……」

「だが、これで気が楽になった。礼を言うぞ」

気がかりがなくなった喜びからか、岩坂の足取りはやけに軽そうに見えた。

◇

「鯉がない?」

久右衛門は二日酔いの目を剝いた。

「そんなはずはない。鯉は年中釣れるがこの春先のころが一番と聞いておるぞ」

源治郎が身をすくめて、

「それがその……今年は大雨が続いて川の流れが速いせいか鯉が不漁やそうで……それ

も、どういうわけか大鯉・尺鯉の数が少のうて、獲《と》れるのは小さな鯉ばかりらしいんだす。鯛もそうでおますけど、たいがいの魚は大きすぎると大味になります。でも、鯉だけは大きければ大きいほど味がええ、とわては思うとります。雑喉場《ざこば》の川魚問屋に何軒も当たりましたんやが、どこも同じ返事でおました。それに、たまに大鯉が獲れたとしてもそれは……えーと、その……」

「なんじゃ、はっきり申せ」

「東町のお奉行さまが皆お買い上げになる、という約定《やくじょう》ができとるそうでおまして……」

「なにい！」

久右衛門は吠えた。

「今後、当面のあいだ、二尺から三尺の鯉はどれも水野さまのもんになるそうでおます。つまり、うちがどうしても鯉が欲しかったら、東町奉行所から買わんならん、と……」

「ばばば馬鹿者っ！」

憤怒《ふんぬ》で久右衛門の顔が真っ赤に染まっている。

「なにゆえ東町に頭を下げて鯉を分けてくれい、と言わねばならぬのじゃ。そのようなことができるか！」

「ほな、どないしますねん。小さい鯉を掻き集めて料理しましょか」

「うう……ううううう……」

牛のように唸っている久右衛門に喜内が、

「水野さまも思い切ったことをなさいますなあ。まだ、上さまのご上洛がいつになるやわかりませぬのに、今から大鯉をずっと買い占めるとは……よほどの大金がかかりましょう」

源治郎が、

「雑喉場では、東町のお奉行さまがどえらいお方の饗応役を任されたらしい、そのために金に糸目をつけずにええ魚を買い上げてはるのや、こら百年に一度の景気や、ゆうてえらい騒ぎになっとります」

「たわけが！　上さまを接待するのはこのわしじゃ。水野のやつめ、おそらくわざとそういう噂を雑喉場に流して、良き魚を独り占めにする腹であろう。そうはさせぬぞ！」

久右衛門は立ち上がった。

「どうなさるおつもりで」

喜内がきくと、

「知れたこと。雑喉場へ暴れ込んで、鯉という鯉に小便をひっかけてやる！」

「そんな無茶な……」

「無茶は向こうであろう。正々堂々の料理勝負のはずが、金にものを言わせて魚を買い占める。卑怯千万《ひきようせんばん》じゃ。まるで、大坂の陣の折、和睦と引き換えに堀を埋めさせ、そのあと難癖をつけて大坂城を落城に追い込んだ徳川方のようではないか」

「御前、それは言い過ぎでございます。われら徳川の禄《ろく》を食《は》むもの……」

「かまうものか。どうせたいした禄はもろうておらぬ。水野も城代の青山も、老中になりたい、江戸に戻りたい……そればかりを思うて、大坂をなめておる。上さまも京・大坂に参られるならば上方の流儀に従ってもらいたいわい」

「声が高《たこ》うございます」

「ふん！　高うもなるわい。鯛料理はいまひとつ、鯉は買い占められておる」

「白旗をあげまするか。ここはひとつ、水野さまに花を持たせて……」

「ど阿呆《あほう》めが！　この大邉久右衛門が、こと料理において他人にひけを取ることは許されぬのじゃ！　裁きや召し捕り、公事などどうでもよい。飲み食いについてはだれにも負けぬ！」

　喜内は半ば呆れつつも感嘆した。町奉行としてはまるで任にふさわしくないかもしれぬが、ここまで言い切るのは余人にはできぬことだ。その食へのこだわりは、水野忠通など足もとにも寄れぬだろう。だが、足もとにも寄れぬものが勝ちを得るのが今の世の常である。

（なんとかして御前に勝たせたい……）

　喜内はそう思った。

「御前、こういうときは三平《さんぺい》ですぞ」

「なに……？」

「たとえ雑喉場に鯉がなくとも、三平なれば大坂のあちこちの穴場を知っておるはず。以前にもとてつもない大鯉を釣り上げたることがございました。あのものと陣平《じんぺい》の腕ならば、鯉の漁が枯れておろうと、なんとかしてくれましょう」

「おお、よいところに気づいた。早速、三平を呼べ」

三平は、「陣平針」を工夫したことで釣り好きにその名が知れ渡っている釣り名人陣平の孫で、陣平を上回る腕ではないかと言われている男児である。海釣り、川釣り、池釣り……とあらゆる釣りに得手なうえ、魚の薀蓄《うんちく》は大人の漁師顔負けである。

「かしこまりました。すぐに使いを出しまする」

喜内はその場を退いた。源治郎もまた、台所へと戻った。ひとり残った久右衛門は、立ったまま縁先を見つめ、腕組みをしている。

(料理のことで、水野ごときに後れをとるとは、わしも焼きが回ったか。いや……まだ勝負ははじまってもおらぬ)

こういうときは、酒を飲んで憂さを晴らすにかぎる。迎え酒である。また奥望和尚に会いに行くか、いや、昨日も行ったばかりだし、今から下寺町は遠い。三平がやってくるまでの少しのあいだだ……。

（そうじゃ、トキの店に参ろう）

トキというのは、天神橋《てんじんばし》のたもとで一膳飯屋「業突屋《ごうつくや》」を営む老婆である。椀《わん》に盛り切りの飯と熱い汁、小鉢もの二品を日替わりで出す。酒もある。主のトキは店名同様、頑固で欲張りで口が悪く、客あしらいもひどいが、とにかく安くて美味いのでいつも大勢の客でにぎわっていた。元来武士はこういう店で飲み食いすることはないが、与力・同心町に近いので町奉行所のものはよく訪れている。ことに定町廻りは、身分や格式などを取り払わなければやっていけぬ勤めなのである。久右衛門もトキとはたいそう馬が合い、たびたび足を運んでいた。客たちも、久右衛門が姿を見せても、

（ああ、またお奉行さんが来はった）

ぐらいにしか思わぬようで、居心地もいい。そのうえ、トキは久右衛門にかぎって、代を取らぬことが多く、久右衛門も素直にその好意に甘えまくっていたのだ。なにしろ久右衛門は、「タダほど好きなものはない」のである。

「ちと、『業突屋』まで出かけてまいる。すぐ戻る。喜内にそう申しておけ」

小姓に声をかける。

「では、お着替えを……」

「いらぬ。このままでよい」

「供連れはいかがいたしましょう」

「それも無用だ」

「はい」

小姓はよく心得ていて、そのまま引き下がった。久右衛門は着流しのまま、刀も差さずに、裏門のくぐりから外へ出た。川沿いを歩き、天神橋を渡る。しかし、あいにくトキは留守だった。

「間の悪いことで……ついさっき、新しい料理を工夫したからお奉行さまに食べさせたい、ゆうて、お奉行所まで持っていきましたで」

店番をしていたトキの孫の茶太郎《ちゃたろう》がすまなそうに言った。

「な、なにい？　新しい料理となー！」

「へ、へえ……」

茶太郎は町奉行が突然大声を出したので驚いたようである。

「そうか。ちがう道を通ったようじゃな。どのような料理であった？」

「わてにも見せてくれまへんでしたけど、なんでもマグロを使うたもんやそうで、お奉行さまのお口に合いますかどうか……」

「ほほう、マグロか。楽しみじゃのう」

久右衛門はよだれをくるような仕草をした。マグロは下魚であり、武士はあまり口にしないが、もちろん久右衛門はそのようなことは一切気にしない。美味ければそれでよいのだ。

「なんぞお召し上がりになりはりますか」

「いや、せっかくじゃ。トキのこさえた料理をいただこう。邪魔をしたな」

新しく工夫した料理と言われると、すぐにでも食べたくなったのだ。久右衛門はふたたび天神橋を越え、東横堀に沿って西町奉行所のほうへと向かった。もうまもなく奉行所の壁が見える、というあたりまで来たとき、

「う……」

という呻《うめ》き声のようなものを聞いた気がして、立ち止まった。

（空耳か……）

歩き出すと、また、

「うう……」

久右衛門はあたりを見回した。土手の草むらにうつぶせに倒れている男がいた。久右衛門の目は、その衣服の左袖のあたりに血が滲んでいるのを見逃さなかった。刀を差している。武士だ。まだ若く、整った顔立ちだ。

「おい……おい……」

放ってもおけず、久右衛門は男を抱え起こした。心の臓は動いている。

「これ、しっかりいたせ」

顔を一発、軽く張り飛ばすと、男は両目を開けた。どうやら気を失っていただけのようだ。

「お手前は……？」

「わしは、西町奉行大邉久右衛門である」

「ええっ！」

男は飛び下がると草むらに平伏した。

「よい。怪我をしておるようだな。いかがいたしたのじゃ」

「ははっ。姓名の儀は平にお許しを……」

「ふむ、なんぞ子細あるものか」

「ご明察恐れ入ります」

「医者を呼んでやりたいが……わしは少し先を急ぐ。どうしたものかのう……」

久右衛門の頭は、トキの料理を食いたいという思いでいっぱいなのだ。

「おお、そうじゃ」

久右衛門は手を叩いた。

「そのほう、わしと一緒に町奉行所に参れ。そこで手当てをしてつかわす」

「い、いいえ、それは……」

武士はうろたえた様子になった。

「なんじゃ、後ろ暗いことでもあるのか」

「神に誓ってそのようなことはございませぬ。なれど、奉行所とは……」

彼はしばらく下を向いて黙考していたが、やがて顔を上げると、

「わかりました。それがし、大望あるものゆえ、町奉行所のほかのものに知られぬようにお手配りいただけるならば、大邉さまのお言いつけどおりにいたしまする」

「なに？　ほかのものに知られぬように、とは、わしの腹ひとつに収めておけ、ということか」

「御意にございます」

久右衛門は、この武士に少し関心を抱いた。

「面白かろう。ついてまいれ」

ふたりは西町奉行所に戻ると、裏門のくぐりからなかに入った。久右衛門が縁側に腰を下ろすと、武士は庭に平伏した。

「大邉さまを武士と見込んでのお願いがござる。それがしの申すこと一通り、お聞きいただけますまいか」

「う、うむ……」

気持ちはトキの料理に飛んでいたが、乗りかかった船である。このまま見捨てることもできぬ。

「わかった。手短にな」

「それがしは仇を討たねばならぬ身でござる」

「やはりそうか」

「艱難辛苦《かんなんしんく》の末、ようようその仇に巡り合えました」

「ならばあとは討つだけではないか」

「ところが……それがしは仇討《あだうち》免状を持っておりませぬ」

「なにゆえかな」

「東町奉行所に届け出をいたしましたところ、仇が手を回したものとみえ、正当な仇討ではないとして握り潰されてしまったのでございます」

「なんと……水野のやりそうなことじゃ！　どうせ賄賂《まいない》でももろうたのであろう。うらやま……いや、卑怯な銭の亡者めが！」

「なれど、たとえ許しを得られずとも、仇を見過ごしにするわけにはまいりませぬ。昨日、ついにその仇に勝負を挑みました」

「ふむ……」

「ところが敵は相当に腕が立つうえ、不意打ちや飛び道具など卑怯なる手を用いたがため、武運つたなく敗れてしまいました。無念にも二の腕を斬り裂かれ、もはやここまでと一旦退いたれど、出血に疲労が重なり、とうとうあの場で気を失ってしまった次第。

はからずもとおりかかった大邉さまにお救いいただいたゆえことなきを得ましたが、町方は早速詮議をはじめておる様子。免状のない仇討ゆえ、このままでは市中にて抜刀した狼藉ものとして召し捕られるのは必定。大邉さま、甘えたことを申すやつじゃとお叱りを受けるかもしれませぬが、窮鳥《きゅうちょう》懐に入れば猟師もこれを撃たずのたとえもございます。この奉行所にそれがしをおかくまいくだされぬか」

「わかった。かくもうてやろう」

　久右衛門はあっさりと言った。早くトキの料理を食べねばならぬ。もし、熱々の料理だったら冷めてしまうではないか。

「あ、ありがたき幸せ！」

「当奉行所には、長屋の空きがいくらでもある。そのひとつを使えばよい。そうじゃな……裏門脇の稲荷社《いなりしゃ》の隣でよかろう」

「長屋門」といって、門の左右が壁に沿ってずっと長屋になっており、そこに大邉家の家臣たちが住まっているのである。

「わしは忙しい身ゆえ、あとのことはおのれでなんとかせよ。医者は呼んでやる」

「かたじけのうございます。くれぐれも与力・同心衆にはご内密に……」

「わかっておる。ただ、用人にだけは知らせておかねばならぬが……」

　武士は眉根を寄せ、

「そのご用人は信頼に足る人物でございますか」

「うむ。わしは全幅の信頼を置いておる。わしが、だれにも言うなと申さば、たとい拷問にかけられても口を割るまい」

「ならばよろしゅうございます」

武士は久右衛門を三拝九拝すると、長屋のほうに歩き出した。その後ろ姿を見ながら久右衛門は、妙なことになったものだ、と思いながらも、

（あの男の顔……どこかで見たような……）

考えてみたが思い出せぬ。

「そんなことより、トキの料理じゃ」

庭から廊下に上がった久右衛門は、その武士のことなどすっかり忘れてしまった。

「行き違いやったみたいだすなあ。今、お小姓さんに聞きました」

トキは、白髪をくくっただけで化粧気もまるでないうえ、染みだらけの前垂れを掛けている。とても町奉行所に来ようかという恰好《かっこう》ではないが、当人も久右衛門も、また奉行所の面々もだれも気にしない。そういう間柄になっているのだ。はじめのうちは、素性の知れぬ町人を町奉行所の奥に招き入れるのはとんでもない、と渋っていた喜内も、近頃は笑顔で出迎えるようになっている。

「うむ。茶太郎に聞いて、飛んで戻ってきたのじゃ。その工夫料理とやらはどれじゃ」

「こちらにお支度できとりまっせ」

トキは、炊き立て熱々の飯を丼にちょっとだけよそうと、そこになにやら赤い、どろりとしたものをたっぷりとかけた。そこにまた飯を盛り、今度は白いものをかける。また飯を入れ、つぎは透き通ったものを載せる。

「活《い》きのええマグロが手に入りましたんでな、ちょっと趣向してみましたんや。日頃は、ブツ切りにしたところへ山芋をすりおろしたやつをかけますやろ」

いわゆる「山掛け」である。

「けど、わては、マグロを包丁で細《こま》こうに叩いて、卵の黄身だけを落として、お醬油とわさびを入れて、ネギを刻みこんだやつを飯にかけますねん。そこにまた飯を載せて、つぎはとろろをたっぷり載せて、お醬油をかけ、もみのりを散らします。しまいには大根おろしとチリメンジャコをかけて、またお醬油をかけたらできあがりですわ」

「なるほど、マグロの叩き飯、とろろ飯、大根おろし飯の三重になっておるのじゃな。うほほ、美味そうじゃ！」

久右衛門は箸をつけた。

「はじめは大根おろしでさっぱりしておるが、つぎに山芋のねばり、そのあとマグロの脂っこいコクが来て、丼ひとつで三つの美味さが味わえるわい。作り方もたやすそうじゃのう」

「あっというまにできまっせ」

「わしもあっというまに食べるぞ」

そう言って久右衛門は空の丼を見せた。

「あははは……お奉行さん、ゆっくり食べんと身体に悪おまっせ」

「そんなことはない。わしは早く食えば食うほど調子が出るのじゃ。おかわりをくれい」

「ハイハイ」

トキはうれしそうに飯をよそっている。茶を飲みながら久右衛門は目を細めてその様子を見ながら、

（水野が花板六人を雛《ひな》祭のように並べ立てようと恐れることはないわい。わしには源治郎だけでなく、トキもおる。すゑもおる。隠し包丁の権六《ごんろく》もおる。名店の板前がなんぼのものである。今の上さまは贅沢にすぎるという噂だが、安うて美味い……それにこしたことはない。安うて美味いものを知っておるのは、なんと申してもあのものどもに違いないわい……）

考えているうちに、久右衛門は面白くなってきた。

（この婆のこしらえたものを上さまに食わせてみようか。それもまた面白かろう……）

久右衛門がくくく……と笑い出したのを見て、トキは首をかしげ、

「お奉行さん、わての顔になんぞついてますか」

「ついておるぞ。目と鼻と口がついておる」

「あはははは……からかいなはんな」

そのとき、佐々木喜内が三平と陣平を連れて入ってきた。源治郎も一緒だ。

「なんや、業突屋のおばあ、来てたんか」

三平は下帯ひとつの裸に半纏《はんてん》を着ただけの姿である。

「三平ちゃんか。ようお越し」

まるでおのれの家のようにトキは言った。

「三平と陣平に折り入って頼みがある。鯉を釣ってくれい」

「鯉、だっか……」

陣平は孫と顔を見合わせた。

「うむ。あるお方に鯉を使った、これまでにない珍しき料理を食べさせようと思うのだが、今年は良い大鯉がおらぬらしい。たまに獲れても東町の水野が根こそぎ買い占めてしまうのじゃ。なんとしてでも鯉が欲しい。そのほうどもならば、よそのものが知らぬ鯉の釣り場も心得ておろう。このままでは東町に負けてしまうのじゃ」

久右衛門は、だいたいの経緯《いきさつ》をふたりに物語った。陣平と三平はもう一度顔を見合わせ、そして、陣平がおずおずと言った。

「お奉行さまに申し上げます。今年はどういうわけか良い大鯉がおらん、ちゅうのはほんまのことでおます。淀《よど》の鯉をはじめ、どの川も池も鮒みたいに小《ち》っこい鯉しか釣れまへんのや」

「ううむ、やはりそうか。――川崎《かわさき》東照宮の池ならば釣れるのではないか」

「あ、アホなことを……あそこは御留池《おとめいけ》やがな」

「わかっておる。冗談を言うたまでじゃ」

「それと……」

陣平は言いにくそうに、

「鯛ではなかなか目新しい料理ができへんさかいに鯉を使うとおっしゃいましたけど……わての考えでは鯉のほうがむずかしゅうおます」

「なに……？」

「わてらは料理のことは素人《しろうと》だすけど、漁師仲間でよう言うことに、鯉の美味い食べ方は三つしかない、一に鯉こく、二に洗い、三に甘露煮……ほかにも唐揚げにしたり、味噌汁に入れたり、塩焼き、味噌漬け、鯉飯……いろいろおますけど、それは鯉に飽きたもんが食う料理だす。鯉を一等美味く食うには、鯉こくか洗い、刺身……そんなもんだっしゃろ。まだ鯛のほうがいろいろ工夫でけるんとちがいますか」

三平も、

「わてもそう思うわ。洗いと鯉こくよりも美味い鯉料理なんかないんとちがうか」

トキも、

「鱗《うろこ》を揚げたら酒のアテになるけど、鯛には負けるやろなあ」

源治郎が締めくくるように、

「わても、鯉の料理は鯛ほどいろいろ工夫できんのとちがうかと思とります。なんぼ泥を吐かせても川魚の臭みがあるさかいそれを取らなあかん。そうすると、料理のやり方もどうしても決まってきます」

「うーむ……さようか」

困り果てる久右衛門に三平が、

「なんでその『あるお方』ゆうのは、鯛か鯉しか食べへんの？　ほかにもなんぼでも美味い魚はあるやん」

まさか将軍家斉公の口に入る料理なのだ、とも言えず、久右衛門は黙り込んだ。

「そういうやつはきっと生涯、鰯やらフカやらマグロやらは食わんのやろなあ」

三平がそう言った。久右衛門も聞いたことがある。将軍の食膳には、さまざまな豪奢《ごうしゃ》な料理が朝昼晩と並ぶが、だいたいが決まりきった献立である。しかも、食べてはならぬものが決まっており、魚ではサンマ、鰯、マグロ、フカ、エイ、ナマズ、ドジョウ、鮒……といった下魚、フグなどの毒のあるもの、コノシロのように縁起の悪いものなどである。

「そんなやつはわての店には来ていらん！　ほんまに安うて美味いものを知らんどアホや。毎日、小判でもなめとったらええねん」

　トキも口汚くののしった。

「言うたら悪いけど、そういうお方は死ぬまでわてらの気持ちなんぞわからんやろなあ。お奉行さまみたいにどんなもんでも口に入れる……いや、いろいろなものを食べはるお方でないと、下々《しもじも》の政《まつりごと》はでけへんのとちがいますやろか」

　久右衛門は悩んだ。鯛と鯉に絞っていたのは間違いだったのだろうか。

（上さまは、これまでに食したことのないものと言うておられたそうじゃ。とは申せ、コハダや鰯、フカやフグの料理を出そうとしても、城代や老中が許すまい。うーむ……）

　考え込む久右衛門に三平が言った。

「まあ、大鯉が釣れたら持ってくるわ。がんばってみるけど、あんまりあてにせんとってな」

　トキも、

「わても、鯛とか鯉の料理の工夫思いついたら教えまっさ」

「頼むぞ」

　皆が部屋を辞したあと、久右衛門は喜内に耳打ちした。

「浪人らしき男をひとり、長屋に住まわせることにした。ほかのものには内緒にしてくれと言われておるが、おまえだけは承知しておいてくれ」

「ほほう……どこのなんと申すお方ですかな」

「それが……わからぬ」

「は……？」

「ということゆえ、よろしゅう頼む」

「ちょ、ちょっとお待ちくだされ。町奉行所のなかに、名も素性もわからぬものを住まわせるのでございますか」

「いかんか」

「い・か・ん……に決まっておるでしょう！　そやつがならず者やひと殺しだったらどうするのです」

「いやいや、どうやら仇を探している浪人らしいのだ。苦労人でな、敵が東町に仇討免状を出さぬよう働きかけたと、そう申しておる。けしからん話じゃ。ことと次第によっては、わしが仇討の許しを出してもよい」

「むむ……いかに水野さまとて、そのようなことなさいましょうか」

「与力か同心の仕業かもしれんぞ。さきほども仇に巡り合って勝負を挑んだが、返り討ちにあい、腕に怪我をしておる。内密に、赤壁傘庵を呼んでやれ」

「おお、それでしたらちょうど、傘庵殿が参っておられます」

「なに?」

「じつは、あとで詳しくお知らせする所存でございましたが、岩坂三之助殿が……」

喜内は岩坂がたびたび命を狙われており、長屋にかくまうことにした経緯を伝えた。

「なにものじゃ」

「わかりませぬ。今は、稲荷社から二つ目の長屋に入っていただいております」

あの武士の隣である。

「居を一時移すに当たって、傘庵殿に岩坂さまの身体の塩梅《あんばい》を診《み》てもろうたほうがよいと思いましてな」

「岩坂殿とその娘御には我らもたびたび世話になっておる。あのような立派な御仁が恨みを受けようとは解せぬな。逆恨みではないのか」

「岩坂殿も、心当たりがないと申されておいでです」

「さもあらん。かならず我ら西町がその下手人を捕えねばならぬ。手すきの与力、同心、長吏《ちょうり》、下聞《したぎき》を駆り集め、大坂市中をくまなく探すのじゃ。――鶴と亀をこれへ」

ほどなく鶴と亀――盗賊吟味役鶴ヶ岡雅史《つるがおかまさふみ》と定町廻り岩亀三郎兵衛《いわがめさぶろべえ》の両与力がやってきた。

「岩坂殿を襲った下手人を捕えよ。――亀、存知よりがあらば申せ」

久右衛門がそう言うと、岩亀与力が、

「同心村越によりますと、下手人の投げた小柄やはしごを吟味したところ、はしごはどこにでもある売りものではなく、いずれかの大工がこしらえたものだろうとのこと。これについては村越の手下の千三はじめ下聞どもが当たっておりますが、大坂にも大勢大工がおりますゆえ、なかなかはかどりませぬ。また、小柄には蔦《つた》の紋所《もんどころ》が刻印されていたそうでございますが、これとて……」

岩亀与力は、その名のとおりの石頭で、曲がったものは木の枝でもまっすぐにしようとするほどの謹厳実直な人物だったが、久右衛門の感化で近頃はその石頭加減もやや緩みかけているとの噂である。

「蔦か……」

久右衛門はつぶやいた。それだけではわからぬ。同じ家紋を使っている家はたくさんあるからだ。続いて鶴ヶ岡与力が、

「すでにわが班をはじめ、盗賊吟味役与力・同心と下聞どもはうち揃うて市中を探索しております。ネズミ一匹、木の葉一枚見逃しませぬ」

大坂には火付盗賊改《あらため》がなく、火付けや盗賊は町奉行所の盗賊吟味役がその掛《かかり》となっている。

「うむ、任せる。わしは……さることに忙殺されておるゆえ、な」

「さることとは……？」

「鯛か、鯉かよ」

岩亀と鶴ヶ岡は顔を見合わせた。

3

岩坂三之助は、所在なげに畳のうえに横になり、天井を見つめていた。町奉行所の長屋に入ったはよいが、広すぎるうえ、家財がひとつもないので、がらんとしている。寝るぐらいしかすることがないではないか。

(手持ち無沙汰《ぶさた》とはこのことだ。これでは身体がなまる。と申して、居候同様の身で、いきなり稽古をするというわけにもいかぬ。村越が暇ならば、話し相手にもなってくれるだろうが、御用の妨げになってはならぬ)

岩坂は大きく伸びをして、欠伸をした。そのとき、

(む……?)

隣室から音が聞こえた。だれかが彼と同じく欠伸をしたようだ。

(おかしいな。隣は空家だとご用人が申しておられたが……)

耳を澄ますと、やはり欠伸をしているものがいる。岩坂は退屈のあまり、起き上がって声をかけてみることにした。

「卒爾《そつじ》ながらおたずねいたす。失礼ながら、新しく入られたお方かな」

しばらくして返事があった。

「さようでございます。本日より、このお長屋に入居させていただくものにて……」

「それがし、岩坂三之助と申し、常盤町にて一刀流の指南をいたすもの。ゆえあって、昨夜半よりこちらに住まいしておりまする。以後、ご昵懇《じっこん》にお願いいいたす」

またしばしの間があって、

「それがし、姓名の儀は平にご容赦願いたい。と申すのも、さる大望あってそれを果たさんといたすもの。それにつき、縁あって西町奉行の大邉さまのご厚意をちょうだいし、今朝よりここなる長屋に住まわせていただいておりまする」

「さる大望とは、もしや……」

「仇討でござる」

「おお、この泰平の世に仇討とは……まさに武士の鑑《かがみ》。それがしもかかる身でなくば助太刀などいたすものを……無念でござる」

「かかる身とは……？　お差し支えなくばお話しくだされ」

「詳しくは申せぬが、それがし、なにものかに屋敷を襲撃され、家族への迷惑に鑑《かんが》みてこちらに身を寄せておる次第」

相手の顔が見えず声が聞こえるだけ、ということが岩坂の口を軽くしたようだ。

「さようでござったか。お察しいたします。——ということは、今、お屋敷のほうはご家族のみお住まいなのですな」

「家族と申しても娘がひとりおるだけでな、その娘の身を案じて町奉行所に厄介になっておるのです」

「それはそれは……親としてはさぞ気がかりでございましょう」

「ははは……いくつになっても子は子。なかなか子離れとやらはできぬものでござるなあ」

相手からの返事がなかったので、話はそれきり途絶えた。岩坂はふたたび横になった。

◇

「あと二日か……」

久右衛門は声に出してそう言った。いまだ鯛の新しい料理の工夫はつかず、鯉は小さなものしか手に入らぬ。源治郎はしゃかりきになって毎日珍しい趣向の料理を運んでくるが、どれも珍奇すぎて美味くない。

「ダメじゃ！　これでは水野に勝てぬ！」

「鯉の干物の開き」というわけのわからぬものを食べていた久右衛門は、怒声とともに箸を膳に叩きつけた。源治郎はびくっとした。

「源治郎、貴様、これが美味いと思うておるのか」

「いえ……それは……まあ……」

源治郎は手拭いで流れる汗を拭いている。暑くはないので冷や汗であろう。彼は蛙《かえる》のように這いつくばり、

「御前さま、もう目新しい料理はタネ切れでおます。鯛も鯉も、急にええ知恵は出てきまへん」

「それを絞り出すのじゃ。あと二日しかない。このままでは東町に負けてしまう。負けたら貴様のせいじゃ！」

水野忠通がどのような料理を支度しているかが気になって気になってしかたがないのだ。源次郎は久右衛門を見返すと、

「そう言う御前さまはなんぞ思いつきはりましたんか」

「わ、わしか……？」

久右衛門は言葉に詰まった。

「日頃、あれだけいろんなものを食べてはるのやさかい、さぞええ工夫がついてはりますやろなあ」

「そ、それはもちろんじゃ。なれど、それはしまいに取ってある。おまえの料理がいよいよダメだったときに出すつもりじゃ」

「しまいに、て……あと二日だっせ」

「うるさい！　ごちゃごちゃ言うておる暇に考えよ！　鯛と鯉じゃ。鯛鯉鯛鯉鯛鯉タイコイタイコイタイコイ……」

呪文のようにタイコイと繰り返す久右衛門に喜内が言った。

「まことに鯛と鯉でよろしいのでしょうかな」

「——なに？」

いつもは主の申すことに諾々として従い、文句もおのれの考えも述べぬ喜内のその言葉に、久右衛門はやや苛立《いらだ》った。

「わしの申したことに誤りがあるか」

「はばかりながらお眼鏡《めがね》ちがいでございましょう」

「ほう……申せ」

「上さまが御前の申されるとおり鯛と鯉と鱚ばかりで飽いておられるならば、目先を変えても同じことでございましょう。おそらくは水野さまも鯛か鯉の献立をお考えなのでは……？」

「それは間違いないな」

「刺身にしようが焼こうが煮ようが揚げようが擂り潰して丸子《がんじ》にしようが鯛は鯛、鯉は鯉でござりましょう。ならば、ほかの魚をお考えになったほうがよろしゅうございます」

「なれど、下魚を将軍の食膳にのぼらせることは城代が許すまい。つまり、負けることになる」

「鯛でも鯉でもない、また、下魚でもない魚もおるのではないですかな」

「そんな魚、おったとしても美味くはなかろう」

久右衛門は立ち上がると、刀を腰に差し、部屋を出て行こうとした。

「どちらへ……？」

「下寺町じゃ」

「ああ、奥望和尚のところですな。供まわりは……？」

「馬丁だけでよい。馬を引け」

こうして久右衛門はまたぞろ真菩寺へとやってきた。奥望和尚はあいかわらず庫裏の板の間に胡坐をかいて酒を飲んでいる。まるで、数日前に来たときからずっとここで飲み続けているかのようだ。

「また来たのか」

「また来たぞ。酒を飲ませてくれい」

久右衛門も隣に胡坐をかく。

「飲みたければ勝手にやれ」

久右衛門は茶碗に酒を注ぎ、太いため息をついた。

「なんじゃ、久右衛門。まだ悩んでおるのかや」

「まあ、な」

久右衛門は二杯、立て続けに茶碗を干し、

「わしも歳かのう。鯛も鯉もよい工夫が思いつかぬ」

「鯉も鯛も美味い魚じゃ。そのまま出せばよいではないか」

「ふん、生臭坊主め。なれど、そうはいかぬ。これは料理勝負じゃ。あの方はこれまでに食うたことのない料理をお望みなのじゃ」

「ならば、ほかの魚を出せ」

「それも考えたが、やはり、鯛と鯉には替えがたい。めでたき席ゆえ、な」

「久右衛門、宴席だから鯛と鯉でなくてはならぬ、というのはただの思い込みだ」

そう言われて、久右衛門は綾音と剣八郎の祝言を思い出した。鯛の尾頭付きはなかったが、楽しい宴だった。

「思い込みを捨てよ。煩悩《ぼんのう》を捨てよ。なにもかも捨てよ。裸でおれ。人間、生まれたときは帝も将軍も百姓・町人も坊主も皆裸だ。上も下もない。そこへ戻ればよいだけのこと」

「ふむ……なれど、なかなか捨てられぬのも人間というものだ」

「カカカカカ！」

奥望はカラスのような声で笑った。

「そういうときはおのれの姿をかえりみることだ。さまざまなものを身につけて、その重みでがんじがらめになり、身動きがとれぬようになっておる。まるで弁慶《べんけい》だ」

「弁慶……？」

「さよう。鉄熊手、大槌《おおづち》、大鋸《おおのこぎり》、マサカリ、突棒《つくぼう》、刺股《さすまた》、袖搦《そでがらみ》……でかい武器を背負った姿は滑稽ではないか。これもよい、この武器も使える、こっちも強そうだ……そんな塩梅にどれもこれもと背負いものを増やしていくと、結局、なにもできなくなる。七つ道具をすべて捨てて、腰の刀一本で勝負すればよいではないか。心が七つに散ってしもうては勝てまいて。心を刀のみに置くのだ」

「うーむ……なるほど」

「わしはそう思うて、何もかも売り払い、酒に換えた。これだ。これさえあればなにもいらぬ」

そう言って奥望はまた欠けた茶碗を干した。

「仏像も欲しい。灯籠も欲しい。大勢の檀家も欲しい。立派な寺も欲しい。美しい袈裟も欲しい。美味い肴も欲しい。使いよい食器も欲しい。暖かい布団も欲しい。――ひとの欲にはきりがない。捨てろ捨てろ。捨ててしまうのだ。久右衛門、おまえも口ではなんだかんだと言うておるが、その高貴なお方とやらに料理でほめられたい、という気持ちが見え隠れしておる。その煩悩を捨てるのだ」

「むむ……」

「相手が上さまであろうとただの町人であろうと、相手に美味いものを食わせてやりたいという一心で臨めばよい。勝負などどうでもよいではないか。此度のことで言えば、大坂城代に心底美味いと思わせればよいのだ。それが鯛であろうと鰯であろうとマグロであろうと、いや、たとえ残飯であろうとかまうまい」

「ふーむ……」

久右衛門の酒を口に運ぶ手がいつのまにか止まり、しまいには茶碗を床に置いてしまった。

「わかったぞ、和尚。もてなしの心、ということじゃな」

「そのとおり。勝負ではなく、もてなしじゃ」

「そうか……美味いものをこしらえて食わしてやればよいのじゃ。いつもわしがしておるとおりではないか。料理勝負に気を取られておったな」

「勝ち負けに心をとめてはならぬ。とめた途端に負けるぞ」

久右衛門は立ち上がった。

「ありがたい説法を聞いたわい」

「帰るのか」

「うむ」

庫裏をあとにした久右衛門は口のなかで、

「七つ道具……七つ道具か……」

そうつぶやいていた。

◇

その夜、西町奉行所の岩坂三之助の長屋を村越勇太郎が訪れて、無聊《ぶりょう》をなぐさめていた。

「先生、住み心地はいかがでございますか」

勇太郎がたずねると、

「うむ。広すぎて落ち着かぬ。それと、暇で仕方がない。屋敷に忘れものを取りにいくこともできぬし、飲みに行くわけにも参らぬ」

「少しのご辛抱です。ご不自由をおかけいたしますが、奉行所の敷地内であればいくらでも歩いていただいてけっこうです」

そこへ久右衛門と赤壁傘庵がやってきた。岩坂は座り直してふたりに相対した。

「これはこれはご両所。なにごとでござる。傘庵先生には昨日、診ていただきましたが……」

「……」

「岩坂さんではなく、隣のお武家を診るつもりで参ったのですが、姿が見えぬゆえ、いずれにおられるかご存知かと思いまして……」

「隣家の……おお、顔は見ておらぬが壁越しに話をいたした。なにやら大望ある御仁だとか……」

久右衛門が、

「河原で倒れておるのをわしが見つけてな、連れてきたのじゃ。怪我をしておるゆえ、昨日、傘庵に診てもろうたが、今日は新たな薬を持ってきてくれたのでのう……」

「あの怪我では遠くへは行くまいと思うのですが、部屋はもぬけのからで、刀もない。だれにも告げず奉行所の外に出たのかと……」

傘庵の言葉に、

「ほう、怪我をしておられるのか。わしにはそのようなことは申しておられなかったが……」

「どうやら仇と斬り合いをしたらしゅうて、二の腕を斬られておられるのです」

「二の腕を……？　それは、右腕か左腕か……」

「左腕でございます。怪我の様子は……」

傘庵の話を聞いているうちに岩坂の顔色が変わりはじめた。

「先生、どうあそばされましたか」

「そやつはもしや……わしを襲った覆面の武士ではないだろうか」

久右衛門が目を丸くして、

「では、襲ったものと襲われたものが壁ひとつ隔てて同じ長屋におったというのか。そんな馬鹿げたことが……」

「でも、相手は先生がおのれの仇と察したはず。なぜ、逃げ出したのでしょう」

勇太郎が言うと、傘庵が、

「怪我をしているので、岩坂殿に立ち向こうても互角に戦えず、おのれが負ける、と思うたのかもしれませんな。それに、町奉行所のなかにいては、すぐに捕まってしまいますゆえ……」

そのとき、開け放たれていた玄関からあわただしく飛び込んできたのは千三だった。

「み、み、見つけましたで！　とうとう見つけました」

勇太郎が腰を浮かし、

「千三、お頭《かしら》もおられるのだ。静かにしろ」

「これが静かにしておれますかいな！」

「なにを見つけたのじゃ」

久右衛門が問うと、

「あのはしごを作った大工でおます」

「このお方が西町奉行大邉久右衛門さまや。おまえが知ってること、ありていに申し上げい」

千三が声をかけると、実直そうな町人が蒼ざめた顔で入ってきた。

「おい、入ってこい」

「なに？」

「ひえっ、お、お、お奉行さま！」

久右衛門はずいと進み出ると巨大な顔をその大工に突きつけ、

「怖がることはない。直答《じきとう》許す。申してみい！」

「ひ、ひ、ひ、ひええっ」

勇太郎が見かねて、

「お頭が顔を近づけすぎて怖がっているのです。もう少し離してください」

「お、そうか」

久右衛門は後ろに下がり、

「これでよいか」

「へ、へへーっ」

大工は畳に額をこすりつけると、おずおずと話しはじめた。

「わ、わては、金沢町《かなざわまち》伊兵衛《いへえ》方で大工をしとります松作《まつさく》と申します。金《かね》奉行付き同心をしてはる山里《やまざと》さまというお方のところに出入りさせてもろてますのやが、その山里さまのところにご養子に来られた忠之丞《ただのじよう》というおひとがおられましたんや。大坂ご城代さまの与力を務めてはる弓田さまというお方の次男坊でな、もとは部屋住みのご身分でした。このお方が、役者にしたいほどの男前やのに心が病みついてはりましてな……」

「山里家の紋所は蔦じゃな。──その男について、詳しゅう申してみよ」

「へえ……」

山里忠之丞は、中西子武の弟子筋にあたる某道場において一刀流免許皆伝の腕であった。部屋住みなので暇は売るほどある。その暇に飽かせて剣の修行を積んだ。しかし、心の修行はできず、木刀での稽古でも、負かした相手をとことんまで打ち据え、ときには骨を折ったり、大怪我をさせたりするのでついに破門になった。すると忠之丞は、道場を去るとき、師が大切にしていた愛犬三匹を毒団子を用いて殺してしまったという。

忠之丞は、整った顔立ちのせいで女にもてた。次男坊という金はないが暇はいくらでもある気楽な身の上なので、あちこちで女を作り、すぐに別れた。女を捨てることになんのためらいもなかった。また、たいへん執念深く、陰湿で、少しのことで著しく立腹する身勝手な性質《たち》であった。養子の口を探すものの、その人となりが知れ渡っていてなかなか決まらなかったが、兄の新之丞が多額の持参金を渡すことでようよう山里家に婿入りできた。ところが婿養子となっても忠之丞の素行は改まらず、山里家の金を持ち出しては遊興にふけっていた。山里家も、この縁組はしくじった……と思ったが、仕返しを怖《おそ》れて、離縁を言い出せなかった。それを良いことに、忠之丞の身持ちはますます悪くなっていった。

あるとき、忠之丞は茶屋の女をくどいていた。日頃なら、彼の容色になびくはずの茶屋女がなかなか首を縦に振らぬ。男前というのは、いつもちやほやされているので、そういう扱いに慣れていない。カッとした忠之丞は、その女をいたぶりはじめた。なにやかやと因縁をつけ、地面に土下座をさせて謝らせ、それでも気がすまずに、刀を抜いてねちねちと脅しつけた。見物が集まってきたが、それでもやめなかった。

そこへ見るに見かねた剣客がひとり現れて、蛮行をやめるように言った。忠之丞は、今度はその剣客にからみはじめた。おのれの腕におごっていたのだろう。茶屋のまわりは黒山のひとだかりとなった。忠之丞は、この野次馬たちの見ているなかで剣客を打ち据えてやろうと思った。ところが、彼の思惑ははずれた。忠之丞は大勢のまえで棒きれで小手を打たれ、大刀を取り落とした。拾おうとしたところを胸を突かれ、尻餅をついて、参ったをした。満座が嘲《あざけ》り笑うなかを、忠之丞はほうほうのていで逃げ去った。

帰宅してみると、その噂がすでに養父母の耳に届いており、忠之丞は山里家の家名を辱めたとして離縁された。その際も、襖という襖、畳という畳を刀で滅多斬りにしてから退出したという。

以来、忠之丞は彼を辱めたその剣客をずっと探し廻っていたが、とうとう先日、ある場所で見かけたらしい。あとをつけ、常盤町の岩坂家のものだとわかったので、復讐《ふくしゅう》を果たすことにしたのだ。

「うーむ……わしはそんなことをした覚えはないのだがな……」

岩坂は首をひねった。

「先生にしてみればたいしたことではないので、もうお忘れになっているのでしょう。ただ、向こうはそれを根に持っているのです」

勇太郎がそう言うと、大工の松作がかぶりを振り、

「なにを言うてまんねん。忠之丞さんを打ち据えたのは、若い女の剣客だっせ」

「なんだって？」

一同は大声を上げた。

「——まさか小糸が……」

岩坂の顔がみるみる蒼ざめた。

「わしはやつに問われるまま、屋敷には娘しかおらぬと言うてしもうた……」

「先生をこちらに引き取ったあとは見張りも立てていない。小糸殿の身が危ない！」

勇太郎は立ち上がった。

「行くぞ、千三！」

「へーいっ!」

「わしも行くぞ」

岩坂も刀を手にした。久右衛門もさすがにこわばった顔で、

「急げ。与力・同心にはわしが下知《げち》しておく」

そう言うと、おのれの顔を両手でぴしゃりと叩いた。

◇

しかし、遅かった。

彼らが岩坂家に駆け付けたときにはすべてが終わったあとだった。門のくぐり戸が開いており、どうやら大槌のようなものでむりに叩き壊したようだ。玄関先には小者の治郎兵衛夫婦が倒れていたが、峰打ちを受けたようで、命に別状はなかった。履物を履いたまま上がり込んだらしく、廊下に泥足の痕がついていた。小糸の部屋は、廊下側の襖が倒されており、なかはめちゃくちゃになっていた。鴨居や障子に刀で斬りつけた跡があり、小糸の短刀が抜き身のまま床の間に落ちていた。室内には血があちこちについており、それを見たとき勇太郎はめまいがしてその場にしゃがみ込んでしまった。

千三が勇太郎の頬をぴしゃりと打ち、

「しっかりしなはれ。小糸さんの一大事だっせ。旦那がしゃんとせんとどないしますの

や」

　勇太郎は歯を食いしばって、

「そ、そうだな……。千三、血の痕を追うんだ」

「へい！」

　ふたりは表に出た。まえと異なり、血は途切れずに滴っていた。勇太郎と千三は身体をかがめて地面を見つめながら東へと向かい、高い白壁のところまでやってきた。京橋口定番屋敷である。さすがにそのあたりでは途切れ途切れにはなっていたが、まだ血の痕は続いていた。定番屋敷のすぐ北側の道を東に進む。勇太郎はふと足をとめ、顔をあげた。そこには大坂城がそびえ立っていた。

（まさか……）

　なおも進む。血痕は南へ曲がった。それを追ってふたりも曲がったところで、用水桶の側で座り込んでいる男を見つけた。どうやらこのあたりの与力・同心屋敷の中間《ちゅうげん》らしい。はじめは酔い潰れているのかと思ったがそうではなかった。

「どうしたのだ。なにかあったのか」

「え、え、えらいものを見てしもた。わしが酔うてふらふら歩いてたら、向こうからえらい勢いで血だらけの侍がひとり走ってきて……ぐったりした女を抱えとった。わし……夢でも見たんやろか」

「夢ではない。その侍はどちらへ行った」

「それがその……お城のほうに……」

「なんだと！」

この場所から大坂城に入るには、城の南側にある橋を渡り、堀を越えて、大手門か玉造門を通らねばならない。山里忠之丞、いや、弓田忠之丞はそうするつもりなのだろうか……。

「旦那、お城のなかに逃げ込まれたら、わてらは手出しできまへんで」

「わかっている」

ふたりは橋のまえまで来たが、血の痕はもうどこにも見当たらなかった。橋を渡ろうとすると、橋番の侍が彼らをとめた。

「どちらに行かれる」

「西町奉行所のものです。火急の用件にて、城内への出入りをお許しいただきたい」

「ああ、だめだだめだ。そんなことが許されるはずもなかろう。町奉行からの届けをもろうてこられよ」

「火急の用件と申したはず。ことは、一刻を争うのです」

「そもそも城のなかを町方が詮議するなどありえぬ話だ。城内になにごとがあろうと、町奉行所の手は借りぬ」

「どうしてもお許しいただけませんか」

「くどい」

「ならば……たってお通しいただく」

「なんだと?」

双方が殺気立つなかに、馬の蹄《ひづめ》の音が近づいてきた。そちらを見ると、馬上には大邉久右衛門の姿があった。久右衛門は、颯爽《さっそう》と……とはとても言えぬ動きで馬からずり落ちるように下りると、

「西町奉行大邉久右衛門である」

門番はあわてて一礼した。

「——村越、話は聞いた。わしも思い出したことがある。あの浪人の顔、どこかで見たことがあると思うていたが、大手門を守護しておった与力じゃ。あの大工も、山里忠之丞の実家である弓田家は城代付き与力の家柄だと申しておったではないか」

門番が、相手が奉行なのでへこへこしながら、

「弓田さまでしたら私もよう存じております。今日はお勤めを終えられて、お屋敷のほうに戻られましたが……」

「その屋敷はいずれじゃ」

「ご城代のお下《しも》屋敷のすぐ裏手でございます。あの……ご案内いたしましょうか」

「無用！　――村越、千三、わしについて参れ！」

そう言うと、久右衛門は千三の手を借りて馬にまたがり、一鞭《ひとむち》くれた。

「えやあっ！」

馬に併走しながら勇太郎は、おのれの胸がきしきしと音を立てているのに気付いた。痛いのだ。胸が破れそうに痛む。そして、身体は燃えるように熱いのだが、心は冷えていく。さまざまな結末が頭に浮かぶが、そのなかでももっとも悪いほうへと思いは傾いていく。

（もし、小糸殿になにかあったら……）

勇太郎は思った。

（俺は生きてはおれぬ）

小糸を連れ去られて、勇太郎は小糸が彼にとってどれほど大事な「ひと」であったかを思い知ることとなった。勇太郎はひたすら駆けた。

◇

「忠之丞……おまえは馬鹿か！」

弓田新之丞は悲痛な声を上げた。

「馬鹿かと問われれば、馬鹿でござると申すほかないのう」

「この女子《おなご》がおまえが言うていた……」

「岩坂道場のひとり娘だ。俺を虚仮《こけ》にした。許さぬ」

「おまえがよそでなにをしでかそうと勝手だが、当家に連れ込むとは……弓田の家を潰すつもりか！」

「ほかに行く場がないのだ。しかたあるまい」

「お、おまえは勘当だ。出ていけ！」

「そうはいかぬ。ここで、この女を殺し、俺も腹を切る」

行燈の明かりに照らされた小糸は寝間着姿で手足を縛られ、口には丸めた手拭いを詰め込まれている。

「おっつけここにも町方の手が回る。頼むからそれまでに出ていってくれ」

「嫌だ。俺はここにとどまる。そうすることで、俺をないがしろにしたこの家に仕返しをするのだ」

「おまえは頭がおかしい」

「ふふん……どうせ町方が来ても、大坂城代の威光を怖れて与力の拝領屋敷には踏み込むまい」

「まあ、そうだとは思うが、あの西町奉行は型破りなお方だ。いつぞやも、よれよれの衣服で城に参られた。なにをしでかすかわからぬぞ」

「ふん！　あの奉行は阿呆だ。大阿呆だ。俺を、仇の父親の隣に住まわせよった。おかげで俺は、この女がひとりで屋敷にいると知ったのだ。飲み食いのことしか頭にないあいう馬鹿奉行が上におると、大坂は暗闇……」

そのとき、門のほうから凄まじい大音声《だいおんじょう》が聞こえてきた。

「西町奉行大邉久右衛門推参なり。開門いたせ！」

ふたりは蒼白になり、刀を引っつかんで玄関を飛び出し、門のところに向かった。

「ここは大坂城代付き与力の拝領屋敷である。町奉行がなんのご用事か！」

新之丞がそう言うと、

「こちらに弓田忠之丞なる浪人がおるはず。そのものを召し捕りに参った」

「な、なんの罪状か」

「かどわかしじゃ。ただちに当方に引き渡せばよし。ぐずぐずしておると、貴様もろとも召し捕ってしまうぞ。ここを開けよ！」

「そ、そのようなものここには……」

「やかましい！　門のまえに血の痕があるのがなによりの証拠。開けろ開けろ、開けぬか！」

怒声とともに激しく門が叩かれる。

「開けろ開けろ開けろ！　あくまで開けぬならば……」

門が凄まじい勢いで震え出した。おそらく久右衛門が揺さぶっているのだろう。まるで大地震《おおない》である。今にも破られそうなので、ふたりは内側から必死に門を支えたが、すぐにめりめりめり……という鈍い、大きな音、続いて材木が折れ、板が割れ、柱が砕けるバキバキバキバキッという音が響き渡った。

「も、もうだめだ。持ちこたえられぬ」

「兄者、なんとかしてくれ」

「うるさい。おまえが悪いのだ！」

とうとう金具が吹っ飛び、閂《かんぬき》がへし折れて、門が開いた。

「うわあっ！」

ふたりはその場に倒れた。

「うはははは……！　大邉久右衛門、罷《まか》り通るぞ！」

のっしのっしと入ってきた巨体を見て、兄の新之丞は震え上がったが、忠之丞は刀を抜いて屋敷のなかに駆け込んだ。勇太郎が飛び出して、それを追った。彼は走りながら抜刀し、廊下を走った。

（小糸殿に指一本でも触れてみろ。生かしてはおかぬ）

忠之丞は、部屋のひとつに入り込んだ。勇太郎も彼に続く。そこには小糸が横たわっていた。

「小糸殿……！」

思わず手を差し伸べようとした勇太郎に、忠之丞が真っ向から斬りつけた。必殺の一撃だった。猿ぐつわをされた小糸が、

「うーっ！」

と叫んだので、勇太郎は首をねじり、間一髪かわすことができたが、元結《もとゆい》を切られて髪がざんばらになった。すかさず忠之丞は第二撃を叩きつけてきた。怖ろしいまでの殺気がこもった太刀だったが、勇太郎は退《ひ》かなかった。相手の顔をまっすぐに見つめ、下段から太刀を振るった。一刀流の極意「切り落とし」である。敵の攻撃をかわすことなく、打ち込むことで打撃を逸《そ》らす。攻めと守りを同時に行う捨て身の剣だ。忠之丞の切っ先は勇太郎の右頬に届いたが、勇太郎の太刀は相手の額を割っていた。

「うぎゃあああっ」

忠之丞は悲鳴を上げた。男前のはずの顔が醜く歪《ゆが》んでいた。額からおびただしく血を流しながら忠之丞は太刀を逆手に持ち替え、床に寝ている小糸に突き刺そうとした。勇太郎は体当たりを食らわせた。考えるより先に身体がそう動いたのだ。忠之丞の刀の刃が手の甲に食い込んだが気にもとめなかった。忠之丞は仰向けにぶっ倒れた。忠之丞は、

「あぎゅっ」

と蛙のように低く呻いてぐったりとした。勇太郎は太刀を振りかざし、その首を貫こ

うとした。

「待て……！」

鋭い声が背後から飛んだ。振り向くと久右衛門だった。

「そこまでじゃ。――殺してはならぬ」

勇太郎はもう一度忠之丞に向き直ると、すでに抗《あらが》う力もないらしい彼を殴りつけようとした。しかし、結局、振り上げたその拳は固まったままだった。勇太郎は滝のようにしとどに滴る汗も拭わず、大きく何度も何度も息を吐いた。そして、手の甲から血を流したまま小糸の手足の縛《いまし》めを切りほどき、口から丸めた手拭いを取り除いた。

「小糸殿……」

小糸は三日月眉を寄せ、うっすらと目を開いた。

「勇太郎さま……」

ふたりは血だらけのまま抱き合った。

「きっと来てくださると思うておりました」

「無事でよかった……」

後ろで久右衛門が咳払《せきばら》いをしたので、ふたりはあわてて離れた。そこへ遅れて、岩坂三之助が入ってきた。

「小糸……怪我はないか！」

「はい。かすり傷だけでございます」

どうやら岩坂家から続いていた血痕は、忠之丞のものだったようだ。襲われたときに小糸が短刀で斬りつけたのである。

「ならばよい……ならば、よい」

岩坂はそう繰り返したあと、久右衛門をはじめ西町奉行所の面々に深々と頭を下げた。弓田忠之丞は捕縛され、止血の手当てをされたあと鶴ヶ岡与力や捕り方たちに囲まれて連れて行かれた。西町奉行所の仮牢《かりろう》に入れるためである。たとえ侍でも、不逞の浪人などは町奉行所が取り締まることができるのだ。兄の新之丞は疲労と心労のせいか、うずくまったまま動かない。

勇太郎が刀をおさめ、部屋を出ようとしたとき、岩坂が言った。

「村越……娘を救うてくれて、ありがとう」

その目には涙が光っていた。

◇

かくして岩坂家を襲った災難は終わりを告げた。大坂城代は、配下の与力の身内の不始末について、一旦家を離れたのであれば与力にはとがめなしとする、という裁定を下した。

そして、料理勝負はいよいよ明日に迫っていた。

「御前……御前！」

喜内は、居間で寝そべっている久右衛門に声をかけた。

「明日ですぞ。寝ておられるときではございませぬ」

「果報は寝て待てと申すではないか」

「阿呆でございますか」

「阿呆ではない。果報じゃ。わしは今、果報を待っておる」

あれほど工夫しろ、珍奇な料理を考えろ、負けたらどうすると騒いでいたのが嘘のようである。

「待ち過ぎです。勝負に出す料理は、もう決めたのでございますか」

「まだじゃ。なれど、まあ、なんとかなるであろう。わしは、上さまがどうとか、水野がどうとか考えるのをやめた。今おのれが食いたいものを出す……それでよい。それでよいではないか」

喜内は、ははあ、奥望和尚になにか言われたな、と思ったが、口には出さない。

「では、御前は今、なにを召し上がりたいのです」

「それがじゃなあ……いろいろありすぎてのう……決めかねておる」

喜内はずっこけた。

「トキのあの丼を出そうかとも思うたが、上さまの膳に丼ものは似合わぬゆえ、やめた。将軍など、生涯食いたいものも食えぬ不便な身分だのう。わしは、将軍になどなりとうないわい」

「ご安堵くだされ。御前は決してなれませぬ」

「わかっとる！　もしなれるとしても、と言うておるのじゃ」

「呑気《のんき》なことを言っているあいだに、献立の想を練ってはいかがでございますか」

「だから、果報は寝て待てと……」

「いくら待ってもそんなものは来ませぬ。勝負に負けたらどうなさるおつもりで？」

「ほう……喜内、おまえも此度の勝負に勝ちたいのか」

「それはまあ……東町に負けるのは嫌でございます。ほかのことならいざ知らず、料理で大鍋食う衛門が負けるというのはどうも……癪に障りまする」

「ふふふふ……おまえがそう申すなら、もう少し真面目《まじめ》に考えてみるか」

そのとき、

「お奉行さーん！」

明るい声が聞こえた。

「おお、待っておったぞ」

久右衛門ががばと起き上がると同時に、大きな盥《たらい》を持った三平が部屋に入ってきた。

「三平、勝手に入ってきてはならぬ」

　喜内が言うと、

「よい。わしが門番に、三平が来たらすぐに通せと言うておいたのじゃ。手に入ったか」

「へえ、なんとか」

　三平は盥を久右衛門のまえに置いた。喜内が悲鳴のような声を上げた。

「ななななな、なんだ、これは！」

　それは、ぬめぬめぬめとした粘液に覆われた、黒というか紫というか、なんとも表しがたい色合いの「もの」だった。頭と胴体がひとつになった丸い部分に申し訳程度の尾がちょろりとついており、左右に手のようなヒレがある。そして、丸い部分の先のほうが大きく横に裂けており、そのなかに鋭い歯が並んでいる。口のすぐうえに小さな目がふたつあり、そのあいだに長い棘《とげ》のようなものが一本生えている。

「これが果報じゃ」

「いや……こやつは、魚でございますか。ナマズ……ではございませぬな」

「知らぬのか。これはアンコウよ」

「ははあ……話には聞いたことがございますが、見るのははじめてでございます。いやあ……不気味なものでございますなあ。ま、まさか、これを上さまにお出しになるおつもりですか」

「そうじゃ。見かけは悪いが、このアンコウがなんとも美味いのよ。上さまの膳に上げてはならぬ魚のなかにも、アンコウは入っておらぬ。水戸《みと》家から時折、将軍家に献上されておるとも聞く」

「それはそうかもしれませぬが……うーん……」

「なれど、上さまは滅多に口にしたことはなかろう。つまり、珍しい料理ということになる。こやつはかなり深い海の底に棲《す》んでおるゆえ、なかなか網にもかからぬし、釣れもせぬ。そもそも大坂のものはアンコウをあまり食さぬ。こちらにはフグがあるからだが、それゆえ獲り方も知らぬ。なので、雑喉場にもほとんど出回らぬし、料理のやり方を知る板前も少ない。わしは、江戸にいた時分、水戸に赴いたときにアンコウを食い、その美味さに驚いた。あの地では昔からアンコウをよく食するのじゃ。わしはそのとき、捌《さば》き方やら味付けなんぞもひととおり教わった」

「さようでございましたか」

「関東では屋台店でアンコウ汁を出すところもある。それに、アンコウはな、『七つ道具』と申して捨てどころがない。身や頰の肉は柳肉と申して、あっさりとした白身で美味いが、皮はぷりぷりとしており、胃袋はコリコリした歯応えがある。卵はヌノと申してこれもまた美味。ほかの魚はエラやヒレは捨ててしまうが、アンコウのものは食えるのじゃ。そしてなにより、肝の美味さはほかの魚より飛び抜けておる。ねっとりとして深みのある味わいじゃ。どぶ汁という鍋にしてよし、とも和えと申して擂り潰した肝を酢味噌に混ぜ、それに身や皮をつけて食うのもよい。白身をつけ揚げにして塩をかけて食うのも美味いぞ」

「ほほう……」

「雑喉場になくば、漁師のところを探すしかない。そこで、三平に頼んだのじゃ。そろそろ旬も終わるゆえ、どうなるかと思うていたがのう……」

「うまい具合に、昨日、泉尾《いずお》の佐助《さすけ》どんの網に入ったらしい。じつは、アンコウてわても食うたことないねん。ぐにゃぐにゃで、けったいな魚やなあ」

「それにしても醜うございますな。まことに美味なのでしょうか」

「この皮を剝げば、下から美しい白身が出てくる。それにのう、見かけが悪い魚ほど美味いのじゃ。フグでもオコゼでもウナギでもホウボウでもナマズでも、料理人の腕がよければ天晴《あっぱ》れ天下の美食となる。ほれ、小糸を恨んでつけ狙うておったあの浪人を見よ。男前を鼻にかけて女あさりをしておったが、中身はひどいものだったではないか。見てくれの美醜はあてにはならぬ。一皮剝いてみねば、まことのところはわからぬということよ。鯛でも鯉でも、外面の良い魚はいくら目先を変えてみてもいずれ飽きがくるが、アンコウはそうではないぞ」

喜内のアンコウを見る目が変わってきた。

「それでは、すぐにでも料理いたしましょう。私もお毒見を……」

「そうはいかぬ。一尾しかないゆえ、明日の勝負のために置いておかねばならぬ」

喜内は舌打ちをして、

「三平、アンコウをもっと探してまいれ」

「わかってる。わても食いたいもんな」

そう言うと三平はぴょこんとお辞儀をした。

◇

大坂城の大書院で、料理勝負は開催された。ものものしく陣幕が張り巡らされ、金《きん》屏風《びょうぶ》が立てられて、正面には甲冑《かっちゅう》をつけた大坂城代が軍配を手にして床几に座っている。左右には黒漆の陣笠をかぶり、槍を持った足軽体《てい》のものどもがずらりと並び、幟《のぼり》には「料理関ケ原東西献立戦」と墨痕鮮やかに記されている。

「ただいまより料理合戦を行う。戦は時の運。勝っても負けても恨みなしとする。東西両陣、支度はよいか」

東方の水野忠通、西方の大邉久右衛門が頭を下げた。

「いざ、出陣！」

青山が軍配を振ると、法螺貝《ほらがい》が吹き鳴らされ、陣鉦《じんがね》や太鼓が打ち叩かれた。

「まずは東方、水野殿、料理をこれへ」

「ははーっ」

水野が合図をすると、あでやかに着飾った女中たちが膳を運んできた。目のまえに置かれたその豪奢な料理を見て、青山は目を見張った。

「おお……なんとも絢爛《けんらん》たる盛り付け。これはすばらしい」

水野はにやりと笑い、

「我らの膳は鯛と鯉を同時に用いたものでござる。どの料理にも、海魚の王と川魚の王の両方を使いました。これも六名の板前を揃えたればこそ。大邉殿にはこの真似はできますまい」

「な、なんと……」

「端から、鯛と鯉の昆布《こぶ》巻き、鯛の子と鯉の子の煮物、鯛と鯉の重ね造り、鯛と鯉のすっぽん煮、鯛と鯉の塩焼き、鯉こくと鯛こく、鯛と鯉の合わせ真薯……」

たとえば「鯛と鯉の重ね造り」は、鯛と鯉をどちらも同じ形の薄い刺身にし、それをぴったりと重ね合わせたものだ。たいへんな手間がかかっているし、板前の包丁の冴《さ》えもすごい。「鯉こくと鯛こく」は鯉と鯛をぶつ切りにして味噌でことこと煮込んだもの。「鯛と鯉の合わせ真薯」は鯛と鯉を擂り潰してよく混ぜ合わせ、豆腐を加えて団子にしたもの。

奇抜もここに極まれり、であるわい、と久右衛門は舌を巻いた。してやられたりの思いだった。

「いかがでござる、ご城代。めで鯛と申してめでたさの極みの鯛と、滝を登って竜身と化す鯉のふたつをひとつの皿に合わせるという趣向は、まさしく上さま饗応にふさわしかろうと存ずるが……」

「うむ、これはようお考えなされた」

青山は品数の多い料理を、一箸ずつ食べていく。

「味もなかなか……これはよい」

ひととおり食べ終えると、

「盛り付けも美しく、まるで錦絵を見るようでござった。よほど手の込んだ料理と見える」

「西照庵の信七と申す板前が、絵心があるを幸い、彩りにも工夫をさせ申した。料理はまず、目で食う、つぎに舌で食うと申しますからな」

「さすがは通人でいらっしゃる。――つづいて西方、大邉殿、料理をこれへ」

久右衛門がぽんぽんと手を叩くと、羽織袴《はかま》を着けた源治郎が板のうえに大きな土鍋を載せて運んできた。鍋はしゅんしゅんと湯気をしきりに発しており、熱々であることが察せられた。途端、大書院中に美味そうな味噌の匂いが広がった。

「ううむ……良い匂いだのう。生姜が入っておるようだ」

青山は笑顔で鼻をうごめかせた。しかし、鍋がおのれのまえに置かれた途端、顔をしかめた。

「大邉殿、これはなんでござる」

「アンコウ鍋でござる」

「アンコウ……？　珍味だと聞いたことはあるが……これがそうか。どうにも不気味なるものだのう……。毒はあるまいな」

「フグとは異なり申す。まずは食うてみられよ」

「いや……大邉殿、ほかの料理はまだでござるか」

「わしの料理はこれ一品でござる」

聞いていた水野忠通が苦笑して、

「食されるまえから勝負あったものと見えるのう。アンコウなどという下魚を将軍家が口になさるかどうか、考えればわかると申すもの」

久右衛門はじろりと水野をにらみ、

「アンコウは下魚にあらず。水野殿がご存知ないならば教えてつかわすが、『三鳥二魚』と申してな、アンコウは鶴や鷭《ばん》、また、鯛などと並ぶ珍味と言われておる。まこと美味きものじゃ」

「いかに美味かろうと、かかる見苦しき魚を鯛や鯉と比べるのは笑止ではないか」

「料理は美醜にあらず。錦絵のごとくちまちまと体裁を整えても、肝心の味が不味うてはどうにもならぬ」

「なに？　わしの料理が不味いと申されるか。大坂中の名高き板前を集めてこしらえたものが不味いはずがない」

久右衛門は水野の言葉に耳も貸さず、

「ご城代、わしの料理はこれ一品じゃ。天下一品と申すではないか。この一品で勝負に臨まん」

「なるほど」

「アンコウは見てくれは悪うても、七つ道具というて捨てどころがなく、ヒレや皮まで美味く食える。しかも滋養があり、身体が芯まで温まり、値も鯛や鯉に比べるとずんと安い。このどぶ汁は、まず土鍋でアンコウの肝を乾煎《からい》りし、どろどろになったところに大根やゴボウ、ネギなんぞとアンコウの身をぶつ切りにして放り込む。アンコウは水気の多い魚ゆえ、水は一滴も足さず焦げ付かぬように煮ていけばよい。しまいに味噌を加えて味を調える。それだけじゃ。ご城代は、見かけに惑わされるような舌をお持ちではないと信ずる」

「ううむ……」

青山は箸を手にしたまま動かない。

「ご城代がこの料理戦の開催をお決めになられた。そして、その勝敗をつけるのもご城代じゃ。たとえ気が進まずとも、わしの料理を食うのはご城代の務めと考える。それに、アンコウは水気が多く、ぐにゃぐにゃゆえ、まな板のうえではいかに熟練の板前といえどもなかなか捌けぬ。それで、吊《つ》るし切りというやり方をもちいる。鉤《かぎ》にアンコウをひっかけて吊り下げ、胃の腑《ふ》に水をたっぷりと注ぐ。アンコウがぱんぱんに膨らんだら、出刃包丁でずばり、ずばりと切っていくのじゃ。これができる板前は上方にはなかなかおらぬでな……」

「では、だれが捌いたのだ」

「わしじゃ。このアンコウはわしが手ずから捌いた。ご城代に食うてもらおうと思うてのう」

青山は、まだぐらぐらと地獄の釜のごとく煮えたぎっている鍋におそるおそる箸をつけた。はじめはできるだけ小さな身を取り、口に運ぶ。そして……。

「う、う、美味い……！」

久右衛門の顔が笑み崩れた。青山は矢継ぎ早に手を伸ばし、身だけではなく、皮や肝、胃袋などをつぎつぎと食べている。よほど熱いらしく、ほふほふと口のなかで転がしているが、それでも食うのをやめぬ。

「これは、なんとも言えぬ。江戸におったころはアンコウなど大身《たいしん》の武家が食うものではないと思うていたが、かかる美味きものであったとは……わしはえらい損をしておった！　とろりとして、コリコリとして、ぬるりとして、さっくりとして、鍋ひとつのなかにいくつもの味わいがある。品数は一品でも、十分腹も心も満ちるわい」

「そうであろうとも」

久右衛門がうなずいているあいだに、青山は鍋のほとんどをひとりで食べてしまった。久右衛門は、

「シメに雑炊にするのもよいものでござる。見てくれは、もっと悪うなるがのう」

「いや、かならず雑炊にいたす。――だれぞ、飯を持ってまいれ」

「もう支度してある。たんと食うてくだされ」

水野忠通が汚らわしそうに、

「いくら美味くとも、このような忌まわしきもの、料理とは呼べぬ。わしはご免だ。かかる下賤《げせん》の食いものは、上さまの食卓にはふさわしゅうない！　それをよう考えて、勝敗を決されよ」

雑炊を掻き込みながら、青山は言った。

「ところが、もうそのことは気にせずともようなった」

「――なに？」

「ご老中から書面が届き、上さまご上洛の沙汰はなくなり申した」

これには久右衛門も水野忠通も仰天した。

「そのわけと申すは、ひとえに公儀の内情が窮乏しておること。とても、三代公のごとき大盤振る舞いの上洛はできぬ。各大名に負担を割り当てようにも、譜代も外様も大名家それぞれが逼迫《ひっぱく》しておる昨今、無茶は言いかねる。そこで、老中鳩首《きゅうしゅ》のうえ、ご上洛は取り止めとなった。ご安堵なされよ」

水野忠通が、

「ご安堵だと？　わしは上さまがおいでになられると思い、これまで……」

「公儀の決めたこと。いたしかたなし」

がっくりと肩を落とした水野に、雑炊をすべて平らげた青山は言った。

「鯛や鯉といっためでたき魚を上手にこしらえたる東方の料理、値は安けれど美味く、滋養のあるアンコウを使った西方……いずれも甲乙つけがたければ、この勝負引き分けといたす。東も西も天晴れ天晴れ。よかったよかった」

恵比寿《えびす》顔の大坂城代に向かって、久右衛門は傲然《ごうぜん》と言い放った。

「上さまが来られぬはやむなしといえど、ひとつだけご城代に申し上げたき儀これあり」

「ほう……なにかな」

「アンコウと申す魚は、常日頃深き海の底に棲み暮らしておる。この城……大坂城も、豊臣家の造りし石垣も土台もなにもかも土中深く埋めて、そのうえに徳川家が今われらがおる城を建てたのじゃ。青山殿も水野殿もそのうち江戸に戻り、公儀の重責に就かれるものと存ずるが、二百年近く地の底に埋められた大坂城、大坂の民の気持ちをよう汲《く》みとって、江戸にお戻り願いたい」

久右衛門の言葉に、青山は言った。

「大邉殿の申されること、肝に銘じまする」

「それを聞いて安堵いたした」

いまだ呆然《ぼうぜん》としている水野忠通を尻目に、久右衛門は立ち上がった。

◇

西町奉行所の奥書院に大勢が集っていた。久右衛門はもちろん、佐々木喜内、岩亀、鶴ヶ岡の両与力、村越勇太郎、千三、三平、トキ、それに岩坂三之助と小糸父娘も列席している。

「さあさあ……でけましたで！」

源治郎と権六が熱々の鍋を運んできた。もちろんアンコウ鍋である。

「待ってました！」

喜内が珍しく上気気味に言った。よほど食べたかったのだろう。

「此度の一件、皆のものの働きにより、無事始末をつけることができた。本日は慰労の席じゃ。飲んでくれ、食うてくれ。わしも飲む、食う。さあさ、はじめるぞ」

久右衛門の音頭で皆が一斉に箸を伸ばした。美味そうな匂いに辛抱たまらなくなっていたのだ。

「おおっ、これは美味い」

「はじめて食うたが、上品な白身だ」

「肝が口のなかでとろけるわい」

「ヒレの付け根をしゃぶるのもよいな」

口々にほめそやす。勇太郎もひと口食べて、

(これは……美味い)

そう思って小糸を見ると、ぱくぱくとアンコウを食べまくっている。

(あんなひどい目に遭ったのに……もうすっかり元気になっている……)

そう思ってじっと小糸を見つめていると、べつの目が彼に注がれているのに気付いた。岩坂三之助だ。あわてて咳払いし、鍋をつつく。美味い。

「上さまご上洛が取りやめになってよかったわい」

大きな湯呑みで酒をがぶがぶ飲みながら、久右衛門はそう独りごちた。

「なにゆえでございます」

喜内が問うと、

「上さまがアンコウを気に入ることは必定。もし、アンコウが上さまの食膳にかかせぬ魚となったら、わしらの口に入らぬようになる。値も上がる」

「なるほど……なれど、困ったことがひとつ」

「なんじゃ」

「上さまが来られるとばかり思うておりましたゆえ、鯛やらなにやら、金に糸目をつけずにやたらと購《あがな》いましたが、あのお代はどうなりましょうや」

「ふむ……それはだのう……」

久右衛門は酒をぐいとあおり、

「よい思案があるのじゃ」

「ほう、それはいかなる……」

「東町は、何人もの板前を雇い入れた。鯛も鯉も、呆れるほどに買い占めた。うちよりもよほど費《つい》えがかかっておろう」

「はあ……それで？」

「向こうの困り具合に比べれば、うちの損などしれておる。そう考えればよい」

「いや……それは……公儀の内証よりも大邉家の内証のほうがよほど窮乏しております

ぞ」

「うははは……わかっておる！」

久右衛門はふところから扇を出し、それを広げた。そこには、「君臣豊楽国家アンコウ」と書かれていた。

「世はなべて安康じゃ！」

そう言いながら呵々大笑《かかたいしょう》する久右衛門であった。

第二話

偽《にせ》鍋《なべ》奉《ぶ》行《ぎょう》登《とう》場《じょう》！

1

その夜、「美濃屋《みのや》」の丁稚《でっち》又吉《またきち》は、大戸を叩《たた》く音で目を覚ました。ドンドンと激しく叩くのではなく、トン……トン……トン……と間を置いて叩く。それが妙な落ち着きを感じさせた。

「どちらはんです？」

トン……トン……トン……。

又吉は眠い目をこすりながら布団から出ると、

「すんません、もう今日は終わりましたよって、また明日にしてもらえまへんか」

美濃屋は、南平野町《みなみひらのまち》十丁目に古くからある酒屋である。ときどき、夜中に酒が切れたといって呑《の》み助《すけ》が買いにくる。それかと思ったのだ。

「客ではない。多満寺《たまんじ》から参ったものだ。夜更けゆえ不審がるのももっともだが、住職からの火急の用件ゆえ、ここを開けてもらいたい」

下寺町筋にある多満寺は美濃屋の檀那寺《だんなでら》であり、又吉も何度もお使いで訪れている。あわてて大戸の横にある格子の隙間から外をのぞくと、提灯《ちょうちん》を持って立っているのは、顔はわからないが、僧衣を着て、つむりを剃《そ》り上げた僧侶に間違いはない。それもひとりではなく、何人もいるようだ。番頭を起こして、どうすればよいかきこうかとも思ったが、

「火急の用だと申したはず。ただちに開けぬとたいへんなことになりますぞ」

「へ、へえ……すぐに開けますよってしばらくお待ちを……」

　又吉は土間に下り、くぐり戸の閂《かんぬき》を外した。途端、七、八人の僧侶が入ってくると、最後のひとりがくぐり戸を閉めた。皆、覆面で顔を隠している。僧たちは土足のまま店に上がり込むと、呆然《ぼうぜん》としている又吉をあっという間に縛り上げ、猿ぐつわをかませた。悲鳴を上げる暇もなかった。

「なんやお店が騒がしいな……」

　起きてきた手代も手際よく縛り上げると、僧たちは店の奥へと向かった。途中の部屋を開けて、ぐっすり眠っていた番頭や丁稚、女子衆《おなごし》たちを慣れた手つきで縛めて《いまし》いき、ついに主《あるじ》の寝所へとたどりついた。

「起きろ」

　先頭の僧が主の枕を蹴った。主が驚いて逃げようとするのをむんずと捕まえ、刀を突

きつけた。

「われら仏門に仕えるもの。仏道無上誓願成《ぶつどうむじょうせいがんじょう》のための寄進を願《ねご》うておる。有り金全部寄越《よこ》さばよし、嫌だと抜かせばこの場で極楽往生させてつかわす。どうじゃ」

ドスの利いた低い声だ。

「い、い、命ばかりはお助けを……」

「ならば早《はよ》う言え」

「そ、そ、そこの車簞笥《くるまだんす》に……」

ひとりがすばやく車簞笥に取りつき、つぎつぎと引き出しを開けていった。そのうちのひとつに小判がしまわれていた。

「これだけの身代だ。まだほかにあるだろう」

「いえ……これで残らずで……」

僧は刃を主の首筋に当てた。その僧の手の甲に、火傷《やけど》の痕のようなひっつれがあることに主は気づいた。

「冥途《めいど》に行きたいようだな。よかろう。われらが枕経をあげてやる」

その言葉とともに、残りの僧たちが一斉に、

「如是我聞、一時仏在、舎衛国、祇樹給孤独園、与大比丘衆、千二百五十人倶、皆是大阿羅漢、衆所知識……」

阿弥陀経《あみだきよう》を唱え出した。先頭の僧は刀を振り上げた。主は蒼白《そうはく》になり、

「す、すんまへん。裏の蔵に……」

「蔵の鍵を寄越せ」

枕元の手文庫から鍵を出すと、僧はそれをひったくり、

「喝《か》ーっ！」

大喝とともに刀を振り下ろした。主はがっくりとその場に倒れた。

「よし、急げ」

僧たちは寝所を出ると、蔵へと向かった。

◇

「許せよ」

堂々たる巨体である。突き出た腹で今にも帯が切れそうだ。着流しに袴《はかま》、茶色の山岡《やまおか》頭巾《ずきん》をかぶり、腰には二本差している。

「へえ……」

居酒屋「たばこ屋」の主で当年六十歳の弥一《やいち》は武士の立派な押し出しに気を呑まれた。

居酒屋というのは、元来侍はあまり入らぬものだが、ことにこの店はめったに武家の客はなかった。店構えは屋台に毛が生えたほどで、肴《さかな》も煮豆や身欠《みが》きニシン、叩き牛蒡《ごぼう》に

酢だこぐらいのもの、安い酒を安い肴で飲ませるのが身上の店なのだ。たまに侍が来たとしてもいかにも金のなさそうな浪人ばかりで、こういったお歴々は来たためしがない。

「居酒屋でたばこ屋とは変わった屋号じゃな」

弥一はおどおどと、

「へえ、まえの持ち主がたばこ屋でございまして、看板を書き換えるのが面倒くさいもんだすさかい……」

「ふむ。無精《ぶしよう》そうな顔をしておるわい」

「なになさいます」

太った武士は小上がりに上がり込み、大刀のみを外して脇に置くと、

「まず酒じゃ。酒をくれい」

「一合でよろしいか」

「たわけ。一升持って来い」

一度聞いたら忘れられぬ、野太い声だった。頭巾からのぞくげじげじ眉とどんぐり眼《まなこ》も弥一をびくつかせた。顔も大きく、首は猪首《いくび》、肩幅も弥一の倍はあるだろう。

「徳利でよい。ここへ置け。あとは手酌でやる。——肴はなにができる」

「ただいまは……ニシンの付け焼き、竹輪《ちくわ》、煮豆腐、ナスの煮びたし、里芋の炊いたん……そんなもんしかおまへんけど」

「しけておるのう」

「すんまへん」

「謝らいでもよい。──みな持って来い」

「みな？」

「そうじゃ。しけた肴だが、ないよりましじゃ。早ういたせ」

　武士は、覆面の口のところを開けると、縁の欠けた湯呑みでぐびりぐびりと酒を飲みはじめた。

（まるでウワバミやな……）

　弥一は呆《あき》れたようにその武士の飲みっぷりを眺めた。武士はたちまち一升の酒を飲み終えると、

「かわりをもて」

「へ、へえ……」

　またしても、ぐびり、ぐびり……と美味《うま》そうに飲む。その合間に、肴を食う。ニシンも竹輪も豆腐も……どれもひと口で食べてしまう。

「主、近頃なにか物騒な話を耳にせなんだか」

「物騒……と申されますと」

「貴様のような商いをしておると、客同士の話を聞くこともままあろう。そんななかに、

どこぞに悪事を企《たくら》むやつがおるとか、どこそこで喧嘩《けんか》口論の果てに大怪我《おおけが》をしたとか、斬り合いがあったとかそのような噂《うわさ》を聞いたことがあれば申してみよ」

「も、もしかしたらお侍さんは町方のお役人だすか」

「ふふふ……まあ、そのようなものよ。貴様らの日々の暮らしの安寧を保つのがわしの務めじゃ」

「えっ？　ほな、お侍さんは……ま、まさか……」

相撲取りのような巨体、大酒飲みで大食らい……これはあの、大鍋食う衛門こと、西町の……。

「その先は言わぬが花じゃ。――酒のかわりを持て」

「へっ、へえっ！」

弥一は三升目の酒を持っていったあと、

「そない言うたら、昨日の晩、この近所にある酒屋に押し込みが入ったそうでおます」

「ほう、さようか。わしは聞いておらぬがのう」

「うちはその店から酒を仕入れてますさかい、そこの丁稚さんに聞いたんだすけどな……なんや変わった押し込みやそうで……」

「なにが変わっておった」

「それがその……坊主やそうですわ」

「坊主？　なにも盗《と》らずに逃げたということか」

「いえ……坊《ぼん》さんの押し込み、ゆうことですわ」

「ふん、どうせ願人《がんにん》坊主、すたすた坊主のたぐいであろう」

「ところが、そうやおまへんのや。きちんと僧衣をつけて、頭も剃った坊さんで、阿弥陀経あげたらしゅうおますわ」

「なにを盗られた」

「一切合財、なにもかもやそうだす。帳場にあったじゃら銭まで持っていかれた、ゆうてましたわ」

「坊主が盗人《ぬすと》を働くとは……世も末じゃのう」

「ほんま、そうだっせ。罰《ばち》当たりな連中や」

「その酒屋の主はなにゆえ町奉行所に届けぬのじゃ」

「届けたそうだすけど、なにもしてくれん、てぼやいとります」

「今月の月番は東町か……」

侍は脂ぎった鼻を指で掻《か》くと、残った酒を一息で干した。肴はすでに食い尽くしてしまっている。

「邪魔したのう。では、帰る」

「おおけに。お代はしめて……えーと……」

侍は、ぐいとおとがいを弥一に向かって突き出すと、

「貴様……わしがだれだか存じおろう」

「へ、へえ……たぶん……」

「そのわしから、貴様、金を取るつもりか」

「え……いや……けど……」

弥一は空いた三升の徳利と積み上がった皿を見た。

「多少でしたらおまけもできますけど、これだけすっくりというのはちょっと……」

「ほう……わしに楯突《たてつ》いたならば、この大坂で商売できぬようになるぞ」

「それはあまりに殺生だっせ。お頼《たの》申します。なんとか半分でもお下げ渡し願えんもんだすやろか」

「ふむ。多少は骨のあるやつじゃな。よかろう。払《はろ》うてやる。なれど、今は持ち合わせがない。——わしの屋敷はいずこか知っておるな」

「へえ……」

「明日にでも取りに参れ。用人に支払うよう申し伝えておく」

「あ、ありがとうございます」

頭を下げながら弥一は心のうちで、なんで飲み食いした銭をもらうのに頭下げなあかんのや、と思っていた。武士は立ち上がりざま、

「悪い酒ではないが、ちと甘かった。つぎはもう少し辛い酒を入れるよう、その酒屋に申しておけ。さらばじゃ」

巨漢の武士は大刀を腰に差すと、のっしのっしと歩み去った。弥一はため息をつき、

「お奉行さんが飲み逃げするやなんて……世も末や」

そうつぶやいた。

◇

寝所に入るまえから廊下に酒の匂いが漂っている。大邉家の用人佐々木喜内は鼻をつまんだ。ここのところ連日酒浸りではないか。どこで飲んでくるのかしらないが、夜になるとひとりでふらふらと出歩き、明け方に泥酔して帰ってくる。いちいち木戸を開ける木戸番もたいへんだろうが、相手が町奉行では通さざるをえまい。

「御前《ごぜん》！」

喜内は、容赦なく布団を引き剝がした。

「な、なんじゃ！」

熟寝《うまい》をむさぼっていた久右衛門は雷でも落ちたかのように飛び起きたが、相手が喜内だとわかるとぶすっとした顔で、

「眠い。もう少し寝かせておけ」

「もう昼までございますぞ」

「昼でも夜でもよい。今月は非番じゃ」

「昨夜はどちらにお出かけでございましたか」

「どこでもよかろう」

「そうはまいりませぬ。――掛け取りが参っております」

「――なに？」

久右衛門は目を剝《む》いた。

「そのような台所向きのことはいちいちわしの耳に入れるな」

「昨夜、御前が飲み食いされた酒肴《しゅこう》の代ですぞ」

久右衛門は首を傾《かし》げ、

「さようか。払うたように思うておったが、払わずに帰ったか……」

「覚えておられませぬので」

「うむ。へべれけであったゆえな」

「大坂町奉行ともあろうお方が、そんなことでは困りますな。しかも、主が代をもらおうとすると、わしから金を取るつもりか、大坂で商いできぬようにしてやろうか、などと凄《すご》んだそうで……」

「なんじゃと？」

久右衛門は神社の狛犬《こまいぬ》のような目で喜内をにらみ、

「貴様、わしがそのようなことをする男だと思うておるのか」

「思います」

「で、あろうな。懐具合がさびしければやるかもしれぬ」

「そのあと、明日、屋敷に取りに参れ、用人に払わせる……と申されたそうでございます」

「言うた覚えはないがのう」

「かかることが噂で広がれば、お上《かみ》の威信は地に落ちますぞ。大坂城代やご老中の覚えも悪うなることは必定《ひつじょう》……」

「して、その飲食《おんじき》の代はいくらじゃ」

喜内が口にした額を聞いて、久右衛門はもう一度目を剝いた。

「高いのう。よほど良い店で飲んだのか」

「いいえ、安い居酒屋でございます。どこで飲んだかも覚えておられませぬので？　そんなことでは大坂町奉行……」

「うるさい」

「話を聞くとけっして高《たこ》うはございません。御前は酒を三升飲み、店にあった肴を残らずお食べになられたそうで……」

「なんという店じゃ」

「『たばこ屋』と申しまして、高麗橋《こうらいばし》のたもとにあると主が申しておりました。屋号は、まえの持ち主がたばこ店《みせ》を営んでいた名残りだそうでございます」

「ふーむ……」

久右衛門は腕組みをして、

「喜内、そりゃ騙《かた》りではなかろうな」

「——は？」

「さように妙な名の店なら、なんとのう覚えておるものじゃが、今聞いてもまるでぴんと来ぬ。それに、昨夜、わしは高麗橋のほうには行かなんだ……と思うぞ」

「それはたしかでございますか」

「ううむ……そう言われると……」

「ほれ、ごらんなされ。行ったに決まっております。主も、相撲取りのように肥えた侍で、怖《おそ》ろしい勢いで飲み食いし、町奉行であるとほのめかしていた、と申しておりまするぞ。そのような御仁がほかにおりますか。いくら外見だけ似せても、三升の酒を飲むのはむつかしゅうございます」

「では、やはりわしがやったのか」

「間違いございません」

「まあ、よい。払うべきものを払うべくして払うまでのことじゃ」

「いえ、町奉行としての威信が……」

「そんなものはどうでもよい。わしは寝るぞ」

久右衛門は喜内から掛布団を取り返すと、頭から引っかぶった。

◇

「なにゆえいけないのです」

勇太郎は、母すゑと対座していた。すゑは無言のまま横を向いていた。

「母上……」

「…………」

「母上も、小糸殿のことは気に入っておられるものと思っておりました」

「気に入ってはおります。ええ子やなあ、と思ってます。けどな、それとこれとは話がべつです」

大坂城での一件以来、勇太郎はおのれにとって、おのれのこれからの人生にとって、小糸はなくてはならぬ女性だと思うようになった。いや……まえからそう思っていたのかもしれない。今の付き合い方が心地よいので、正面から向き合うのを避けていたのだ。

勇太郎は数日間悩みに悩んだすえ、母親に打ち明けることにした。朝餉《あさげ》の膳につき、お

ひつから飯をよそおうとしたすゑのまえに正座し、

「少しお話があるのですが……」

と言った途端、

「縁談か？」

ぎくっ。

「相手は、小糸さんか？」

「わかりますか」

「そらわかるわ。綾音ちゃんが祝言《しゅうげん》挙げたとこやし、小糸さんはこないだ大坂城であんな目に遭《お》うたし、あんたらがそういうことを思うたかておかしないわ」

「それなら話が早い。母上、小糸殿と一緒にさせてください」

と頭を下げると、すゑは、

「あかん」

と即座に言ったのである。

勇太郎は恨めし気にすゑを見つめ、

「母上も以前、小糸さんが勇太郎の嫁になってくれたらなあ、と申しておられました」

「なってくれたらなあ、とは思うけど……無理やろ」

「どうしてです。俺は小糸殿とどうしても一緒になりたいのです」

「好きなんか」

「——はい」

　息子のあまりにあからさまな言葉にも、すゑは目をそらしたまま、

「勇太郎……」

「はい」

「あんたと一緒になる、ゆうのを小糸さんは承知なんか？　あんた、ちゃんと向こうさんの気持ちをたしかめたんか」

「あ、いや……それはまだ……」

「ほな、あんたが勝手に言うてるだけやないか。きちんとそれをたしかめなはれ。話はそれからや」

「では、小糸殿の考えがわかったら、そのときは岩坂家に母上から縁談を申し込んでくださるのですね」

「それはあかん」

「なにゆえいけないのです」

　話が堂々巡りしている。

「あのな、勇太郎。うちは代々大坂町奉行所の同心や。あんたは村越家の主や。よそから嫁をもらわなあかん身やで」

「わかっております」

「小糸さんは岩坂家のひとり娘や。あんたとこに嫁に来たら、岩坂家も岩坂道場も潰れてしまうで」

今度は勇太郎が黙り込んだ。

「しかるべきところからご養子を迎えて、跡継ぎにするのが向こうさんのご意向やないんかな。あんたがひとりで騒いだかて、どうにもならんやろ」

「…………」

「あの子は、こんな貧乏同心の家の嫁になるより、道場を継いで剣術を続けるほうがええんとちがうかな」

その言葉は勇太郎の胸に突き刺さった。

「小糸さんをあんたの嫁にください、と申し入れることはでけるで。けど、それが向こうさんのお考えとちごてたら……岩坂先生にご迷惑をおかけすることになる。それがわかってるのに申し入れるゆうのは私にはできまへん。そこを無理矢理通したら……かなりぎくしゃくするやろなあ」

勇太郎はため息をつき、

「では、俺と小糸殿が一緒になるというのは……」

「まともに考えたら無理やろなあ」

勇太郎はがっくりと肩を落とした。

「私もあんたのお父さんと一緒になるときはたいへんやったで。柔太郎さんが、私と一緒になれなんだら死んでしまう、て言わはって、お祖父《じい》さんが先祖伝来の刀を売って金をこしらえて私を落籍《ひ》いたんやけど、芸子《げいこ》がお役人の家に嫁げるはずもないやろ。どないしはるんかいなあと思てたら……」

「どういう手を使ったのです」

「それはまあ、どがちゃがどがちゃがと……」

そのあたりのことはいつも口を濁すが、だいたいの見当はつく。京の貧乏公家《くげ》に金を渡して形だけの養女にし、そこからの嫁入りということにしたのだろう。しかし、今度はそういう手を使うわけにはいかない。勇太郎は情けなくて泣きそうになったが、すゑはすかさず、

「あんた、泣くつもりやないやろな」

「――え？」

「あんた、男やろ。人生山あり谷あり海あり森あり林ありや。それしきのことで泣いてるようでは、大坂町奉行所の同心が務まりますかいな」

「はあ……では、どうすればよいのでしょう」

「笑いなはれ」

はれ」

「そや。悲しいとき、つらいとき、しんどいとき、死にたいとき、大坂のもんは前を向いて、一生懸命それを笑い飛ばすことで生きてきたんや。せやさかい、あんたも笑いなはれ」

「えっ？　い、今、ここでですか」

「あったりまえやがな。お奉行所で笑うてみ？　頭おかしいと思われるで。はよ笑いなはれ。なにぐずぐずしてんねん。笑えちゅうたら笑わんかいな！」

「あ、ははは……あはは……」

「おほほほほ……」

「あは、あは、あはははは」

「おほほほほほ……」

ひとしきり無理矢理笑ったあとで、すゑは言った。

「ちゃっちゃと朝ごはん食べんと、出仕に遅れますえ」

そう言われても食欲は皆無である。勇太郎は、膳のうえをちらと見た。

「まあ、よう思案しなはれ。くれぐれも駆け落ちとかアホなことをしでかさんようにしてや」

「笑うのですか」

昼間の朝顔のようにしぼみ切ったわが息子に冷たい一言をかけると、すゑは台所に入ってしまった。ひとり残された勇太郎がもう一度大きなため息をついたとき、隣の部屋との境の襖《ふすま》が開き、妹のきぬが顔を出した。

「兄上……兄上」

「きぬか」

「母上とのお話を聞くともなしに聞いておりましたが……」

「嘘《うそ》をつけ。じっと聞き耳を立てていただろうに」

「私は兄上と小糸さまの恋路の成就を願っております」

「恋路って……そんなものではない」

「いえいえ、恋というものは障りがあってこそ燃え上がるもの。浄瑠璃《じょうるり》でも芝居でもそうではございませぬか」

「浄瑠璃や芝居とひとつにするな」

「まえにどれほど高い山がたちはだかろうと、ふたりで手を取り合って進めばかならず乗り越えられます。たがいを信じて幾多の難儀に打ち勝つのです。それが恋というものでございます」

きぬはおのれの言葉に酔っているようだ。

「わかった風な口をきくな。俺は……もうダメだ。母上にあそこまではっきりと拒まれてはどうにもならん。俺は生涯小糸殿とは一緒になれぬ」

「おほほほほ……そのように女々しいことを……」

「うるさい。あっちへ行け」

「私は兄上と小糸さんの味方です。私を邪険になさいますと損しますよ」

「なに？」

「兄上……兄上は母上のお心をわかっておられません」

「どういうことだ。おまえはわかっているというのか」

「はい、おそらく。申しましょうか？」

「言ってみろ」

勇太郎は不機嫌そうにうながした。

「もし、兄上の言うように母上が正面から岩坂先生に縁談を申し込んだら、あちらとしてはお断りするほかないでしょう。そうなると、このお話はおしまいです」

「だから、おしまいなんだよ」

「そうふてくされないでお聞きください。兄上はなにゆえ母上が、ご自分の昔話などなさったと思います？　母上も、父上とすんなり一緒になれたわけではなく、いろいろご苦労をなされたのでしょう？　正面からはむずかしいのならほかのやり方を考えなさい、とそれとなくお教えくださったのではないですか」

「いや、そこまで深いお考えはなかろう。武家の嫁入り、嫁取りはむずかしいということを言いたかっただけだ」

「では、小糸さんのお気持ちをたしかめろ、まずはそれからだ、とおっしゃったわけはなんでしょう。もし、兄上と小糸さんがしっかりと心をひとつにしておれば、どんなに難渋しても乗り越えることができるはずだ、ということではないでしょうか」

「うーむ……」

勇太郎は唸《うな》った。そうだ……あきらめるには早すぎる。それどころか、まだなにもはじまってすらいないのだ。

「よし……やるぞ！」

勇太郎は、今日の務めが終わったら小糸に会いにいく決心をした。顔を紅潮させ、拳をかため、

「急に腹が減ってきた。——うん、美味い」

冷めた飯に冷めた味噌汁《みそしる》、冷めた鰯《いわし》の丸干しをむしゃむしゃ食べ出した兄を見て、

「おめでたいひと……」

きぬが思わずそうつぶやくと、

「なにか言ったか？」

「いえ、生一本《きいっぽん》なひと、と……」

きぬは後ろを向いて、ぺろりと舌を出した。

◇

「……ということだ。東町からの報《しら》せによると、坊主ばかりの盗人どもに押し入られた店はすでに三軒に及ぶらしい」

居並ぶ西町奉行所の定町廻《じょうまちまわ》り同心たちをまえに、岩亀与力が言った。今月の月番は東町だが、もちろんその間、西町奉行所が休んでいるわけではない。公事《くじ》出入りや白洲《しらす》が開かれぬだけで、いつもどおりに日々の市中見廻りや盗人の詮議などは行われているし、東西町奉行所間も密に日報を交わし合っていた。

「しかも、町方の取り締まりを逃れるために坊主の恰好《かっこう》をよそおっているのではなく、まことの坊主のようなのだ。脅すつもりなのか、店の主を取り巻いて、皆で経を読むのをならわしにしておるが、押し入られた店のものにきくと、声といい読み方といい本式に修行した僧の読経《どきょう》に思えたそうだ。つまり、まことの坊主どもが盗みを働いておるということに……おい……おいっ！　村越、なにをボーッとしておる。聞いておるのか」

「え？　あ……はい、聞いております」

「昨日飲み過ぎたか」

一同が失笑した。

「いえ……そういうわけでは……」

「この一件、月番ではないわれら西町も大いに働かねばならぬのだ。気を引き締めよ」

「は、はい……失礼いたしました」

岩亀は皆を見渡すと、

「寺社方からも、僧侶の身分を方便にすること許し難く、市中の固めを厳しくしてもらいたい、との達しが両町奉行所に届いておる。願人坊主、すたすた坊主のたぐいでなく、まことの僧であるならば、どこかの寺に籍を置いておるはずだ。おのおのは今から、盗賊吟味方与力《よりき》、同心とともに手分けして大坂の寺という寺を廻り、盗人坊主どもの根城になっておらぬかを詮議いたすように。――よいな」

皆は頭を下げ、立ち上がった。勇太郎も出て行こうとすると、岩亀に呼び止められた。

「村越、どうしたのだ。ひとが話しておる中途ににやにや笑ったり、泣き顔になったり、しかめ面《つら》をしたり……百面相か」

「まことにあいすみません。考えごとをしておりました」

「たるんでおるぞ。しっかりせよ」

「はいっ」

勇太郎はおのれを恥じた。

（こんなことでは祝言どころではない。手柄を挙げて、失態を取り戻さねば……）

彼は両頰を叩いて気合いを入れ、別棟になっている手廻り部屋に行った。役木戸《やくきど》の千三はそこに控えていた。家僕の厳兵衛《げんべえ》を使いに出し、呼び寄せておいたのだ。

「遠路《とおみち》をすまんな」

「今来たとこだすねん。ちょっと汗だけ拭かせとくなはれ」

秋深しといえど、おそらく道頓堀からここまで駆けてきたのだろう。千三は汗びっしょりだった。すぐ裏にある井戸で手拭いを濡《ぬ》らし、よくしぼって身体《からだ》を拭きながら、

「どんなやつらを召し捕ったらよろしいんや」

「坊主の盗人だ」

「坊主頭の盗人だすか」

「まことの僧侶たちらしいんだ」

勇太郎はだいたいのところをざっと話してきかせた。

「月番は東町だが、俺たちにもお鉢が回ってきた。ボーッとするなよ」

「わかっとりま。けど、お経をあげる押し込みやなんて、なんやおもろおまんなあ」

「笑いごとではないぞ。かならず俺たちふたりの手で召し捕るのだ」

「旦那、えろう気合いが入っとりますなあ」

「わかるか」

「目の色が違《ちご》てますわ。なんぞおましたんか」

岩亀与力から叱責されたとは言えぬ。

「盗人どもの手口は、商家の檀那寺からの使いだと言って信じさせ、丁稚にくぐり戸を開けさせるんだ。もちろんその檀那寺を調べてもそれらしい坊主はいない。今のところ盗人にやられたのは、南平野町の酒屋、綿屋町《めんやまち》の筆屋、それに安居《やすい》天神の並びにある仏具屋だ」

「坊主のくせに仏具屋に押し入るとは罰当たりな連中だすな」

「押し込みはみんな罰当たりだ。とにかく押し込みのあったあたりの寺を廻ろう」

「あのへんは下寺町と西寺町のあいだだすさかい、寺は百ほどおまっせ。ひとつひとつ吟味しとったら何日かかるやわからん。ここぞ、という目星をつけてからのほうがええんとちがいますか」

「目星らしい目星がないんだ。ひとつひとつ、根気よく廻るしかない」

「犬も歩けば棒に当たる、か……。こっちの足が棒になりまっせ」

「これもお役目だ。文句を言うな。――行こう」

千三は、勇太郎のやる気に首を傾げた。

「やっぱり変やなあ。なんぞありまんのやろ。わてにだけ教えとくなはれ」

「なにもないって」

「あ、わかった。小糸さんとの祝言が近いんだっしゃろ。あははは……図星とちがいまっか。そうなるとこれから一家を構える身としては張り切らなあきまへんわな。おめでとうございます」

「馬鹿。まるで逆さだ」

勇太郎は吐き捨てるように言った。

「へ？　どういうことです？」

それからはなにを問われても一言も応えず、西町奉行所から松屋町筋《まつやまちすじ》を南へ南へと無言で歩き続ける。

「旦那……旦那。わて、なんぞお気に障るようなことでも申しましたかいな」

極楽橋《ごくらくばし》を過ぎたあたりでようよう勇太郎は振り向くと、

「それは今の俺には一番言ってはいけないことだ」

「なんでだす？」

勇太郎は百斗ほどもため息をつくと、立ち止まっていきさつを話した。

「そうだしたんか。それはそれは、なんと言うてええやら、その……ご愁傷さまでおます」

お通夜のようなことを言いながらぺこりと頭を下げる。

「人生、なかなかうまいことといきまへんなあ」

「だなあ」

道の左右にずらりと寺が並んでいる。

「旦那……その盗人どもは、どんなお経をあげてましたんや」

「どんな、と言われてもな……」

「たとえば般若心経《はんにゃしんぎょう》とか観音経《かんのんぎょう》とかおますやろ」

「うーん……『美濃屋』という酒屋では阿弥陀経だったと聞いたが、ほかの二軒は知らないなあ。東町からの申し送りにもなにも書いてなかったように思うが……どうしてそれを知りたい？」

「わてもよう知りまへんけど、門徒やったらナンマイダー、法華《ほっけ》やったらナンミョウホーレンゲキョー、禅寺やったらナムシャカムニブツ……」

「なるほど。言いたいことはわかった。賊が読んだ経によって、吟味する寺院を絞り込めるというのだな」

「そうそう。そういうことでおます」

たしかにそのとおりだ。美濃屋で読まれたという阿弥陀経は、浄土真宗《じょうどしんしゅう》、浄土宗、天台宗《てんだい》などでよく用いられるが、ほかの二軒がどうだったかをたしかめればなにかがわかるかもしれない……。勇太郎と千三は、いきなり寺に入るのではなく押し入られた商家に行くことにした。まず、綿屋町の筆屋を訪れると、主は疲れ切ったような顔で、

「またご詮議だすか。もうなにもかもこと細かに話しましたで」

「それは東町にだろう。俺は西町から来た定町廻り同心の村越勇太郎と申す。手数《てすう》をか

けるが、どうしてもひとつだけききたいことがあるのだ」

「へえ……」

「その坊主たちは、奉公人を縛り上げたあと、おまえに刀を突きつけて、経をあげたそうだな」

「そうだんにゃ。枕経とか言うてね……冗談きついわ」

「その経、どういうものだったか覚えているか。般若心経とか観音経とか、いろいろあるだろう」

「えーと……なんやったかいな。私も刀ばっか見てましたんでな……おい、お政《まさ》」

主は、内儀を呼んだ。

「なんだす」

内儀の顔も疲れ切っていた。よほど押し込みがこたえたのだろう。

「おまえ、あの盗人連中があげてたお経、なんやったか覚えてるか」

「そんなもん、どうでもよろしやん」

「お役人がな、ききたいて言うてはんのや」

「そうだっか。しゃあないなあ……あれはたしか……座禅和讃《わさん》ですわ」

「ああ、白隠禅師《はくいんぜんじ》の……。間違いないか」

「へえ、衆生《しゅじょう》本来仏なり、水と氷の如《ごと》くにて、水を離れて氷なく、衆生の外《ほか》に仏なし……て言うてましたさかい」

禅宗、それも臨済《りんざい》宗で唱えられるものだ。

「似非《えせ》坊主ということはないか」

「いやー、そんなことおまへんやろ」

内儀はかぶりを振り、

「衣もまがいものには見えまへんでしたし、お経もええ声で、よう揃《そろ》てましたで」

勇太郎たちが出て行こうとすると、主が、

「なんとかあいつらを捕まえて、金を取り戻しとくなはれ。半年分の稼ぎを盗られましたんや。よそさんは知りまへんけど、うちは立ちゆきまへん」

「東西町奉行所あげて詮議しているところだ。もう少し待ってくれ」

「いつまで待ったらよろしいねん。このままでは潰れてしまいます」

なおも主の愚痴をしばらく聞かされたあと、勇太郎と千三は店を出た。

「となると、禅寺が怪しいな」

「そうだんな」

ふたりは逢坂《おうさか》にある仏具屋に向かった。丁稚が店先でおりんや木魚、小さな仏像などの埃《ほこり》をはたいていた。主が奥から現れ、

「お役人さま、お役目ご苦労さまでございます」

勇太郎はおなじことをここでもきいた。

「ああ、あれは光明《こうみよう》真言《しんごん》だすわ」

さすがに仏具屋だけあって即答だった。

「間違いないか」

「オンアボキャー、ベーロシャノー、マカボダラ、マニハンドマ、ジンバラハラバリタヤウン……て言うとりましたさかい、間違いおまへんわ」

勇太郎と千三は顔を見合わせた。

(真言宗か……)

経を調べれば寺を絞り込めると思っていたのに、かえってややこしくなってしまった。

「そいつら、偽者ではないだろうな」

「ありえまへんなあ。長年仏具屋やっとりますさかい、ひと目見ただけで、坊主かそうでないか、だけやのうて、宗旨はなにか、どれぐらい修行を積んどるのかもわかりますわ」

「そういうおまえの目から見て、盗人どもは何宗だ?」

「お大師さんだっしゃろな」

弘法《こうぼう》大師、つまり、真言宗ということだ。

ふたりは首をひねりながら仏具屋を出た。浄土真宗か臨済宗か真言宗か……いや、そもそも盗賊たちはなにゆえ僧衣を着ているのか。まことの僧であることを示して油断させ、戸を開けさせるためだとすれば、ひとりが着るだけでよい。いかに深夜とはいえ、皆が僧衣を着て道を駆けていたら、これは目立ちまくる。賊にとってはもっとも避けたいはずの「目立つ」ということをどうしてわざとするのか。しかも、経まで読むというのは、よほど捕まらぬ覚えがあるのか……。

「とにかく、坊主が夜中に徒党を組んでいたら、かならずだれかに見られているはずだ。それを探そう」

ふたりはそれから順番に寺を回ったが、目ぼしいネタは拾えなかった。どの寺の住持《じゅうじ》も、盗人坊主の噂は耳にしていたが、

「うちの寺とは関わりおまへん。うちにはそんな物騒なことを企てるものはひとりもいてまへん」

と蒼白になって打ち消した。そして、夜は僧の出入りを禁じているだの、厳格なしつけをしているのでそういう不心得者はいないだの、うちの寺は町方から不作法な詮議を受けるような格式ではないだの、いろいろと申し開きをする。どこも、おのれの寺から縄付きを出して、お上からにらまれることを怖れているようだ。

このあたりに並ぶ寺も内証はそれぞれ異なっていて、敷地の広い立派な寺から貧乏寺までさまざまだ。なかには境内に葭簀《よしず》張りの小屋を作り、落語や講釈、軽業《かるわざ》、手妻《てづま》など

の芸を披露している寺もあった。「櫓休寺《ろきゅうじ》」という禅刹《ぜんさつ》だが、壁なども崩れており、清浄な雰囲気とはほど遠く、禁制のはずの宝引《ほうび》きや賭けすごろく、女相撲なども行われている。寺は芸人や香具師《やし》たちに場所を貸し、上がりのうちのいくばくかをもらうのだ。

「賭博はご法度だっせ。ちと脅かしてきまひょか」

千三が十手を抜きかけたのを、

「やめておけ。こども相手の遊びだ」

「女相撲のほうは……」

「今は、賊の詮議が先だろう」

「へ……」

千三は、土俵のうえで四股《しこ》を踏む肥えた女たちを惜しそうに見やったが、勇太郎は目もくれずにまっすぐ本堂を目指した。こすっからそうな中年の住持は、町方と聞くと露骨に嫌そうな顔をした。脂ぎった顔つきで、上目遣いに勇太郎を見る。

「当寺にやましいことは一切ござらぬ。根も葉もない詮議立ては迷惑至極」

勇太郎はすごろくや女相撲にちらと目をやったあと、

「噂にでも聞いておられぬか、僧侶が盗みを働いているという……」

「聞いておりませぬ」

にべもない。

「では、見当がつきませぬか。このあたりの寺で、そういう坊主の盗人をかくまっていそうなところが知りたいのですが……」

暗に、この寺がそうではないのか、という意を込めての問いだったが、

「さて……他寺のことは愚僧にはとんとわかり申さぬ」

「こちらには住職のほかに坊さまは幾人《いくたり》おられますか」

「わしのほかは寺男がおるだけじゃ。禅寺ゆえ、雲水《うんすい》が泊まっていることはあるが、今はだれもおらぬ」

「本堂の奥に部屋があると思います。見せていただけませんか」

「取り散らかしておるゆえお断りいたす。——仏事繁多ゆえ、そろそろお引き取りいただきましょうかな」

「わかりました。手間を取らせて申し訳ない。——あとひとつだけうかがいたいのですが……」

「手短にな」

「賊の宗派は、門徒のようで臨済宗のようでもあり、また真言宗のようでもありますが、これはどういうことでしょう」

住持は勇太郎の顔をじっと見つめたあと、払子《ほっす》をすっと伸ばした。

「わかるか」

「さあ……」

「だろうな。世俗にまみれた不浄役人にわかろうはずがない。——帰れ」

「ああ、帰ります」

馬鹿にされたように思って、勇太郎はその寺をあとにした。

「あの坊さん、なんや怪しいんとちがいますか」

「おまえもそう思ったか」

「もしかしたらこの寺が盗賊の根城かもしれまへんで。あの和尚《おしょう》が頭領で……」

まだそこまでは言えぬが、住職の様子は定町廻り同心としての勇太郎の勘に働きかけるものがあった。

「千三……振り返るなよ」

「わかってま。じっとこっちを見とりまんな」

「よし、このまま一度表に出よう」

ふたりは寺の表門から外に出ると、ぐるりと裏に回り、裏門をそっと開けて境内に戻った。住職が表門のほうを歩いているのをたしかめてから、ふたりは本堂に入り込み、奥の部屋の襖を開けた。

「旦那……」

「うむ……」

そこはだだっ広い一間で、床は割れ、天井からは蜘蛛《くも》の巣が垂れている。そして、あちこちにぼろぼろの布団が二十組ほど敷かれていた。染みだらけの枕のほかに、食器類、衣服などもそれぞれに置かれている。

「おのれのほかは寺男だけやて言うとりましたなあ。嘘つき坊主め」

千三がそう言ったとき、

「おい、おまえらだれや！」

振り返ると蟹《かに》のような顔をした男が割り木を手にして立っている。これが住職の言っていた寺男だろう。

「勝手にここに上がり込むのは許さんぞ」

「あ、いや……道に迷ってしまってな」

「ははあん……おまえら町方やな。わしが叩き出したる！」

寺男は太い腕で割り木を振り上げ、ふたりはあわててその場をのがれ、裏門から走り出た。

◇

結局、その日は五軒の寺を当たったが、ほかにはこれといった収穫はなかった。夕方、道頓堀の水茶屋に行く千三とわかれ、勇太郎はひとり、西町奉行所に戻った。櫓休寺と

その住職の怪しげなふるまいについて岩亀与力に報せたが、

「それだけではその寺が盗人宿だとは言えまい。たしかな証《あかし》がいる」

「わかっております。今夜から当面、櫓休寺を見張るつもりです」

「うむ……よろしい」

岩亀はうなずいた。

その足で勇太郎は、津村南町《つむらみなみのまち》の菓子屋「玄徳堂《げんとくどう》」に向かった。店先には、かねて見知りの絵師鳩好《きゆうこう》の姿があった。彼は菓子に目がなく、有り金をすべて菓子代に使ってしまうほどの菓子好きだが、ここ「玄徳堂」の主太吉《たきち》に頼まれて菓子の絵を描き、太吉はそれを目録として得意先に配っていた。

「鳩好ではないか。久しぶりだな」

「これは村越の旦那、今日はどこかへお遣いものですか」

目がくりくりとして鳩《はと》のような容貌だ。まだ二十歳《はたち》そこそこだが、絵師とはかくあるべしと思っているのか、頭を剃り、不釣り合いな髭《ひげ》を生やしているが、まるで似合っていない。

「まあ、そんなところだ。おまえも菓子を買いに来たのか」

すると、店の奥から主の太吉が顔を出した。

「いえ、鳩好さんには相談に乗ってもろてまんねん」

「相談……？」

「じつは……これだすのや」

太吉はひとつの生菓子を皿に載せて、勇太郎に差し出した。それは、黄色いきんとんをそうめんのように細くして籠のような形の台座を作り、そこに栗餡《くりあん》を詰め、そのうえに甘煮にした栗をひとつ飾ったものだ。この菓子を作るのにはたいへんな腕がいる、というのは勇太郎にもわかった。

「手の込んだものだな。でも……美味そうだ」

「食べてみはりますか？」

「あ……いや、これを手土産《てみやげ》にしたいのだが、四つもらえないか」

「よろしゅおますけど……高おまっせ」

「いくらだ」

太吉が口にした額はとんでもなかった。菓子ひとつが酒一斗ほどの値なのだ。

「どうしてそんなに高いんだ」

「まあ、聞いとくなはれ」

この菓子は、太吉が数年まえに考案したもので、名を「栗白山《くりはくさん》」という。良質の丹波栗のなかでも良いものを選《え》りすぐり、それを蒸したあと、大きな擂鉢《すりばち》に入れて擂り潰すのだが、このときとんでもない力がいるので太吉はへとへとになるのだという。そこに味をつけて布袋に入れ、小さな金口から押し出すと栗のそうめんのようなものができる。それをそっと積み重ねていき、細工物を作るのだが、そうめんが柔らかすぎると崩れるし、固すぎると細工ができない。熟練の技を要するうえ、なかに詰める栗餡も、丹波栗をふんだんに使って、焦がさぬように弱火でじっくり炊きながらそのあいだ中ずっと大しゃもじで掻き混ぜ続けねばならぬ。これもしんどい仕事だ。最後に載せるのは栗の甘煮で、これは形の良い栗をとろとろと一昼夜煮込んで味を芯まで染み込ませるのだが、ほとんどが途中で割れてしまい、使いものにならなくなる。したがって、この菓子ひとつ作るのに、ほかの菓子を作る何倍もの手間と力がいるうえ、今年はただでさえ高価な丹波栗が不作で天満《てんま》の青物市場でも目の玉が飛びでそうなほど高いため、この値になるのはしかたないのだ、という。

「なるほどなあ……」

勇太郎は、茶の湯のとき道具を拝見するようにしげしげとその菓子を見た。

「良いものであれば、少々高くとも目利きが買うだろう」

「味はとびきりよろしいです。私が請け合います」

鳩好が胸を叩いた。

「よし、では、思い切って購《あがな》うか」

勇太郎は財布の中身を思い浮かべながら言った。小糸に大事な話をしにいく手土産だ。

ここでケチると、あとで悔やみそうな気がしたのだ。

「さすがは旦那、太っ腹」

「いや……そういうわけではないのだが……」

勇太郎は、菓子折りを大事そうに捧《ささ》げ持つと、

「では、また来る」

そう言って、店を出ようとしたが、

「ちょ、ちょっと待っとくなはれ。ご相談がおまんのや」

気持ちは焦ったが、太吉にそう言われると無下《むげ》にはできない。

「鳩好さんにも言うてましたんやが、近頃、この『栗白山』の偽ものが出回ってますのや」

「ほう……」

「本町《ほんまち》の『金華堂《きんかどう》』ゆう菓子屋が作ってまんのや。形はそっくりだすのやが、値がえろう安いんだすわ。ひとつ十文だす」

「それはまた安いな。こどもにも買えるじゃないか。どうしてそんなに安くできるのだ」

「栗のかわりにさつまいもを使《つこ》てますねん」

「さつまいも……唐《から》いもののことだな」

聞けば、さつまいもは「八里半」ともいうが、それは栗、すなわち「九里」にあと半

里届かぬ、という洒落《しゃれ》なのである。

「たしかにさつまいもは栗に似ているが、味の上品さや深み、細やかさは比べものにならないだろう」

「それはそうだす。けど……安いほうが売れますわな。それに、栗は擂り潰したりするのにえろう手間暇がかかりますのやが、さつまいもは柔らかいし、ねばりもあるさかい、楽にできます。栗のそうめんも、細くすればするほどむずかしゅうなりますけど、さつまいもやったらたやすうできますねん」

「それで、よそでも真似《まね》ができるんだな」

「そういうことですわ。どないしたらええやろかと思て……」

小糸のところに行こうとはじめは急いでいた勇太郎だが、次第に太吉の話に引き込まれた。

「ほかの店はどういう名で売っているんだ」

「『栗将軍』でおます」

「さつまいもなのに栗を名乗るのは騙りじゃないか」

「ところがうえにひと粒だけ、小さい栗の甘煮を載せてまんのや。わてが金華堂に文句言いにいったら、栗が載った菓子やさかい『栗将軍』やないか、なにがあかんのや……逆さまにねじこまれました。うちの菓子の作り方を盗んだな、と言うたら、形が似たのはたまたまや、それにうちはさつまいもであんたとこは栗やから、べつの菓子や、と開き直りよって……」

「うーん……」

菓子というものは、だれかが新しい工夫をしても、すぐに真似をする連中が現れ、それを上菓子屋仲間に申し出ても、おたがいさまやないか、と言われるのがオチだし、町奉行所に訴えても、訴えを起こす暇があるならばもっと新しい工夫をすればいいではないか、と言われるだけだという。

「私は太吉さんに、さつまいもで『栗白山』をこしらえるようにすすめているのです。太吉さんの腕まえなら、さつまいもでも美味《おい》しい『栗白山』が作れると思うのですが……」

「いや、それはあかん」

太吉は手をひらひらさせた。

「さつまいもでこさえた『栗白山』なんぞ所詮はまがいもんや。栗のあっさりした味わいを出すためにこっちは苦労しとるのに、さつまいものあのべったりした舌触りはあかんで。甘さも似てるようで栗とは違う。とどのつまりが『八里半』や。栗にはあと半里及ばん」

「いや、そこをさつまいもでなんとか……。もしくはカボチャでもよろしいかと」

「馬鹿馬鹿しい。栗とさつまいも、南京《なんきん》はそれぞれちがうもんや。これが不作やから言うて、こっちで代わりをというわけにはいかんのや」

「太吉さん、あなたは頭が固いのです」

「なんやと……！」

揉《も》めだしたふたりを交互に見たあと、勇太郎はそっと店から離れた。もう十分だ。あとはこの手土産を持って岩坂道場に行かねば……。

◇

岩坂家を訪ねると、折よく小糸がいた。

「なにご用でございますか」

玄関で三つ指を突く小糸に、

「えーと……じつは……その……折り入って話があるのです」

それだけ言うのに勇太郎は顔を真っ赤にしていた。

「父に、でございますか」

「いえっ、小糸殿にです」

「私にですか。ならばお聞かせください」

「いや……その……」

勇太郎は、持っていた菓子折りを小糸に渡した。

「これは『玄徳堂』の栗の菓子です」

「まあ！　『栗白山』ですね。私も父も大好物です。ありがとうございます！　お高かったでしょう」

「ははは……それほどでも……」

「この菓子を私どもにくださるためにお越しいただいたのですか」

「そういうわけでもありません。これはただの手土産です」

勇太郎はもじもじした。

「では、どのようなご用件で参られたのです」

「それがその……」

どういう風に話そうかと道々いろいろ考えてはいた。しかしそれが、玄徳堂で太吉や鳩好としゃべったことで全部忘れてしまった。なにかを言おうとしたが、頭のなかが真っ白になって言葉がなにも出てこない。しばらく下を向いて黙っていたが、小糸が不思議そうな顔でこちらを見ているので、必死に絞り出した。

「あの……先日」

「はい」

「先日、曲者《くせもの》が先生と小糸殿を襲いました。それで……」

「あの節はお助けいただきありがとうございました」

「え？　あ、はい。それで……えーと、その……」

小糸の目はなにかを期するように勇太郎に注がれている。

「それで、小糸殿がかどわかされたとき、俺は決めたのです。かならずお救いすると。もしも小糸殿になにかあったら、俺も生きてはいないと。だから俺は……」

「私は勇太郎さまが助けてくださると信じておりました」

「あ、ええ……そうですね。それで……」

勇太郎はため息をつき、

「すいません。話がしにくいので、いちいち口を挟まないでください。俺の言うことをまず聞いてください」

「失礼しました。もうなにも言いません。黙ってお聞きいたします」

小糸は微笑《ほほえ》みながら言った。しかし、黙られるとまた困ってしまう。勇太郎は咳払《せきばら》いばかりを繰り返して本題に入れなかった。小糸は、無言でそんな勇太郎を見つめている。かれこれ線香一本が燃え尽きるぐらいの間があってから、勇太郎はその場にがばと伏し、

「俺と……一緒になってください！」

しかし、返事はない。おそるおそる顔を上げてみると、小糸の両眼《りょうめ》から涙があふれ、頬に筋を作っていた。

「勇太郎さま……ありがとうございます。そのお言葉を待っておりました」

「小糸殿……」

張りつめた気持ちが一気にほどけ、勇太郎はうれしさのあまり、あたりを駆け回りそうになった。

「私は、ずっと勇太郎さまをお慕いしておりました。でも、勇太郎さまのお気持ちが今ひとつわからなくて……」

「お、お、俺もずっと小糸殿だけを見ていました」

「うれしゅうございます。そのお言葉を信じてもよろしいのですね」

勇太郎は強くうなずくと、

「小糸殿はひとり娘、俺も嫡男なのでむずかしいとは承知しておりました。ですが、そんなことはどうでもいいと思ったのです」

「私も同じ気持ちです。でも、父がなんと言うか……」

「そうですね……先生はどうお考えなのでしょう」

「わかりません。私は、なんとしてでも勇太郎さまと一緒になりたいのですが、父は私に婿を取り、道場を継がせるつもりかもしれません。門弟のなかにも、蔵役人や大坂城に勤める与力の次男三男が何人かおります。そのものたちは父から一刀流を学んでいるわけですから、入り婿にかなっています。そんな話が進まぬうちに、勇太郎さまから父に申し入れていただけませぬか」

「……………」

勇太郎は即答できなかった。すゑの言葉が頭に蘇《よみがえ》ったのだ。

（小糸さんは岩坂家のひとり娘や。あんたとこに嫁に来たら、岩坂家も岩坂道場も潰れてしまうで）

（あの子は、こんな貧乏同心の家の嫁になるより、道場を継いで剣術を続けるほうがええんとちがうかな）

（岩坂先生にご迷惑をおかけすることになる。それがわかってるのに申し入れるゆうのは私にはできまへん。そこを無理矢理通したら……かなりぎくしゃくするやろなあ）

黙り込む勇太郎を小糸は不安げに見つめている。

「小糸殿……岩坂道場が潰れてしまうかもしれない。それでも小糸殿は俺のところに来てもらえますか」

「……………」

「先生が他家から養子を迎えることはできるかもしれない。そうなると、岩坂道場は縁もゆかりもないものが跡を継ぐことになります。それでもよいのですか」

「…………」

「俺と小糸殿のあいだに子ができたら、その子を岩坂家の跡取りにすることはできる。

でも、村越家にも跡取りはいないと困るわけで、その……」

「勇太郎さま」

小糸は厳しい顔つきで勇太郎をにらんだ。勇太郎は口を閉ざした。

「あなたは今日、そのぐらいのお気持ちでここへ参られたのですか」

「──え?」

「勇太郎さまもご嫡男、私もひとり娘……それをよくわかったうえで、私を妻に迎えてくださるのだとばかり思っておりました」

「いや、それは……」

「難儀があるのは承知しております。でも、それを吹き飛ばすような強い気持ちがあればなんとかなる……そうおっしゃってくださるのかと……」

「………」

「こういうときは後先を考えず、無茶だとそしられようとしゃにむにまえに進む……勇太郎様にはそういうところを見せてほしかったです」

「も、もうしわけない。俺は、その……」

「私をめとると決めたならば、それくらいのお覚悟をお持ちください。でないと、私はついていけません」

小糸は立ち上がると、早足で奥に入ってしまった。玄関には、玄徳堂の菓子折りがひ

とつ、悲しげにぽつりと置かれていた。残された勇太郎は呆然としながら、

（俺は甘かった……）

唇を嚙《か》みしめながらそう思った。なにもされていないのに、頰に引っぱたかれたような痛みがあった。

（そもそもが無理な話なのだ。それをなんとかするには、俺が肝を据えてぶつかるしかない。そんなあたりまえのことに俺は気づかなかったなんて……）

小糸のほうが勇太郎よりはるかに覚悟を決めていたのだ。勇太郎は情けない思いでしばらく玄関先にたたずんでいたが、やがて、「栗白山」の折りを持ち、岩坂家を辞した。心のなかは苦い思いでいっぱいだった。

◇

「美味しいわあ！」

「栗白山」を口にしたすゑは歓声をあげた。

「ほんまや。なにこれ。美味しすぎる」

きぬもうなずいた。夕飯後の甘味として勇太郎が持ち帰った「栗白山」を食しているのだ。

「栗のほんのりとした嫌味のない甘味がよろしいなあ。口のなかに秋が来ます」

すゑはうっとりと目を閉じた。

「朴訥《ぼくとつ》で香ばしい栗の味で、舌も歯茎も頬もくまなく塗りつぶされます。匂いもなんともいえません」

きぬも鼻をひくひくさせながら少しずつ味わっている。

「栗をこんな風に細かく細工するのはむずかしいのとちがいますか。さすが、玄徳堂さんやねえ」

「近頃はさつまいもを使ったまがいものが出回っていると、太吉は怒っておりました」

「それは違うわ。栗とさつまいもは別のもんやろ。栗には栗の、さつまいもにはさつまいもの美味しさがあるのや。——なあ、きぬ」

「そう思います、母上。私は栗もさつまいももどちらも好きですから」

「へえ、私もそうです」

母親と妹の応えが今ひとつ思っていたものと違っていたので、

「太吉は、さつまいもはねっとりしているので細工はたやすい、と申しておりました」

「たやすいほうがあかん、手間のかかるほうがええ……そういうことかいな。私は、美味しいほうがええ、とただ思うだけやけどな。考えてみ、お造りなんか、生の魚をただ切っただけやで。それでも美味いものは美味いやろ」

「……………」

「あんたも食べてみ」

「いえ、俺は……母上ときぬで……」

「ええから食べてみなはれ」

　言われるがまま、勇太郎は岩坂家から持ち帰った「栗白山」を口にした。栗でできたそうめんがほろほろ……と崩れていき、そのとき香ばしい香りが立ち上がる。そこはかとない甘味が口のなかに薄く塗られていき、それが積み重なるにしたがって、染み入るような深い甘さになる。少し残されている栗ならではの渋味もまた「秋」を感じさせる。

（ううん……美味い！）

　勇太郎は感激した。菓子というものは、これほどまでに食べるものの心を動かすのか。飾り気のないこの味わいを出すための太吉の努力を考えると、熱いものがこみ上げてきた。

（さつまいもはまがいものだ。この味は栗でしか出せぬ。よし……俺も栗のようにまことの道を貫くぞ）

　わけのわからない教訓を汲《く》み取りながら、勇太郎は小皿に落ちた屑《くず》までも指先につけて食べた。それほど美味かったのである。熱い茶を口に含むと、

「では、母上、行ってまいります」

　立ち上がった勇太郎に、

「どこ行きますのや」

「僧体《そうたい》の盗賊が横行しており、寺社方からも東西両奉行所で市中を見張るようにとの求めがあったのです。今宵《こよい》から毎晩、夜は千三と町廻りに出かけます」

「その話、私も耳にしました」

ときぬが言った。

「まことのお坊さまたちらしいとの噂があるようですね」

「だから寺社は困っているのだ」

「おかしいんやない？　盗賊ゆうたら目立たんようにこそこそ動くもんやろ。みんながお坊さんの恰好して夜中にどやどや駆けてたら、悪目立ちするんとちがう？」

「けど、四十七士は夜中に、袖に入山形《いりやまがた》の柄が入った揃いの羽織を着て大勢でお江戸の町にいてたのでしょう？」

「アホやなあ、きぬ、あれはお芝居だけのことやないの」

のんびりした母子の話を聞きながら、勇太郎は部屋を出た。

◇

「許せよ」

深夜、九つを少し過ぎたころ、道頓堀から南へ延びる高津《こうづ》入堀川《いりほりがわ》沿い、西高津新地九丁目に店を出していた屋台のうどん屋にその武士は現れた。かぶっている頭巾がはちきれそうになっているので、頭もよほど大きいのだろう。武士は、布袋尊《ほていそん》のように突き出た腹を手で押さえるようにして、窮屈そうに床几《しょうぎ》に腰をおろした。座ってうどんを食べていた町人がびくっとしたのは、その武士の巨漢ぶりに恐れをなしたからだろう。

「なにができる」

小汚い恰好をして無精髭《ひげ》を生やしたうどん屋の親爺《おやじ》が、

「へえ、でけますものは……すうどん、しっぽく、けいらんにあんぺいでおます」

「酒はあるのか」

「へえ、おますけど……」

「酒のアテになるようなものはあるか」

「そうでんなあ……今日は奴豆腐《やっこどうふ》に蓮根《れんこん》、里芋、ごんぼの甘煮だっしゃろか。あとは、うどんに載せるもんをちょっとつまんでいただくぐらいしかできまへんけど、かまぼこと卵焼き、くわいぐらいのもんだす」

「それをありったけここへ出せ。皆、食うてつかわす」

「み、み、皆だっか」

「そうじゃ。二度も言わせるな！」

「へっ、へえ……」

主はあるだけの肴をそこに並べた。

「酒は燗《かん》をせずともよい。冷やで飲《や》るゆえ、徳利をここに置け」

「へ、へえ……」

主はおそるおそる一升徳利と猪口《ちょこ》を侍のまえに出した。

「こんなものではいかがいかぬ。湯呑みを……いや、うどんの鉢を出せ」

「う、うどんの鉢だすか」

言われたとおり主が大きな鉢を出すと、武士はそこに徳利から酒をなみなみと注《つ》ぎ、頭巾の口のところを外して、一気に飲み干した。分厚い唇だ。横で見ていた客が思わず、

「おお……」

と感嘆の声を発した。太った武士はにやりと笑い、出された肴に醤油《しょうゆ》をかけると片っ端から平らげていく。鯨のように酒を飲み、馬のように肴を食らう。その合間にときどき息をする。みるみるうちに酒も肴もなくなっていく。

「主、酒がないぞ。かわりを持て」

二升目の徳利もあっという間に空にして、

「かわりを持て」

主が泣きそうな顔で、

「すんまへん。もし勘定が足らんてなことになったら大事《おおごと》だすよって、今までのお代を

お下げ渡し願えまへんやろか」

「なに？　今までの代を払わねば三升目は出せぬと申すか」

「す、すんまへん。けど、うちみたいなしょうもない店、現金でお支払いいただかんとやっていけまへんねん。ことにもうかなりお飲みになりましたさかい……」

「ふふふ……その懸念はもっともなれど、安堵《あんど》せよ。わしは飲み逃げ食い逃げを取り締まる側のものじゃ」

「と申されますと……？」

　武士は太い指でおのれを指差しながら、

「わからぬか。ほれ……わしじゃ、わしじゃ」

　そのとき、隣の町人が、あっ！　と声を上げた。

「西町奉行の大鍋食う衛門……あ、いや、大邉久右衛門さま！」

　武士はにやにや笑いながらその町人を見ると、

「わしが西町奉行に見えるか」

「見えますわいな。わてはお会いしたことはおまへんけど、大邉さまは相撲取りみたいな身体つきで、顔も熊みたい……いや、その、熊さんみたいに大きゅうて、飯も酒も底なしやと聞いとります」

「そうかそうか」

武士は主に向き直ると、

「聞いたであろう。酒のかわりを持て。――三度は言わぬぞ」

「へ、へ、へえっ」

主は三本目の一升徳利を武士のまえに置いた。武士は、手酌でぐびぐびと飲んでいたが、そのうちにまた、

「かわりを持て」

主がその場に両手を突いて、

「すんまへん！　酒がもうおまへんのや。屋台だすさかい、そうぎょうさんは積めまへんねん」

「嘘ではなかろうな」

「ほんまだす。わかっとくなはれ」

「さようか。ならばいたしかたない。――うどんを出せ」

「すうどんしかでけまへんで。うどんの具はお殿さまがみな、アテにしはったさかい」

「すうどんでかまわぬ。早ういたせ」

「一杯でよろしいな」

「たわけ！　あるだけ食う」

「そ、そんなアホな。五十玉からおまっせ」

おかわり

「よい。どんどん作れ。総じまいにしてやる」

主は蒼白になっていた。うどんを湯がく手も震えている。出汁《だし》を丼に張り、そこにうどんを放り込み、

「へえ、お待たせしました」

武士はそこに七味唐辛子をたっぷりとふりかけ、ふうふうと熱い出汁を吹いていたが、やがて、箸でうどんをまとめて手繰《たぐ》り寄せるようにしてがばっと口に入れた。一人前のうどんは一瞬で消え去っていた。

「うむ、なかなか美味い。腰もある。——主、二杯目はうどんの湯切りをしたら、ここに入れろ。いちいち鉢を取り換えるのが面倒くさい」

そう言われて主は、湯がいたうどんを湯切りするとそのまま武士の手もとにある鉢に入れた。それをまた瞬《まばた》きするほどのあいだに食べてしまうのだ。三杯目、四杯目、五杯、六杯、七、八、九、十、十一、十二……。

町人が感に堪えぬように首を左右に振り、

「聞いてたとおりや。どえらい飲みっぷり、食いっぷりや」
二十一、二十二、二十三、二十四、二十五……。
「うどんが勝手に口へ飛び込んでいくみたいやな……」
三十七、三十八、三十九、四十、四十一……。

「これは参った。度肝抜かれたわ……」
四十七、四十八、四十九……。
「これで五十杯じゃ！」

武士はすべてのうどんを食い尽くすと、膨らんだ腹を撫《な》でた。おそらくそこに大量のうどんが詰まっているのだろう。

「うわあ……ええもん見せてもろたわ」

町人は化け物を見るような目で武士を見た。武士は立ち上がり、

「美味かった。また来るぞ」

主は驚いて、

「ええっ？　お奉行さま、お代は……？」

「持ち合わせがない。つけておけ」

「そ、それは殺生だっせ。せやさかいにさっき、現金でお願いしますて言いましたがな。こんな小さい店、貸し売りではすぐに潰れてしまいます」

「つけが嫌なら、タダにいたせ」

「そんなアホな……！」

「アホ？　わしをアホと申したな。無礼ものめ、そこへなおれ！」

武士は床几に置いた刀を鞘《さや》ごとつかんだ。

「ひええっ……お、お、お許しを……」

主は拝むようにして許しを請うたが、

「このわしを阿呆《あほう》呼ばわりとは許せぬ。こんな屋台、こうしてくれるわ！」

武士は松の切り株のように太い足で床几を踏みつぶした。床几は真ん中から真っ二つに折れた。座っていた町人は地面に滑り落ち、仰向けにひっくり返った。武士は屋台の提灯を引き裂き、支柱のすべてを軽々とへし折り、煮えたぎった湯をぶちまけ、丼鉢を叩き割り、しまいには屋台ごと持ち上げて、堀川へ放り込んだ。

「な、な、なにをしまんのや！」

血相変えてむしゃぶりつく主の頰を、武士は大きな手のひらで張り飛ばした。主はごろごろと俵のように転がった。武士は泥だらけの主に向かって、

「明日取りに参れ。飲み食いの金も、屋台の費《つい》えも、膏薬《こうやく》代も、なにもかも払うてやる。用人にさよう申しつけておくゆえ、安堵いたせ。うははははは……」

巨体の武士は豪快な笑いを夜空に向かって放ちながら、ゆっくりと歩み去った。

「な、なんやったんや、あれは……」

主も客も、まるで嵐が通り過ぎたあとのように放心していた。

◇

同じころ、巫女町《みこまち》に住む町医者小佐田効験《おさだこうけん》の表門を叩くものがあった。

「お頼み申す、お頼み申す」

「こんな夜更けにどなたでございます」

弟子の効若《こうじゃく》が応対に出ると、

「近くの柴沢寺《さいたくじ》のものでございます。住持に急に変が参りまして、こちらの先生にお越しいただきたいとまかりこしました」

柴沢寺の住持なら小佐田効験の碁仇《ごがたき》である。

「先生に取り次いでまいりますのでしばらくお待ちくだされ」

効若はあわてて寝所に向かい、師に告げると、

「それはいかん。さっそくお見舞い申さねばならぬ。そういえば昨日、四天王寺《してんのうじ》のまえですれ違うたとき、顔色が冴《さ》えぬと思うた。薬箱を支度しなさい。お遣いの方はなかでお待ちいただくように」

寝間着を着替えながらそう言った。

「棒の者はいかがいたしましょう」

「柴沢寺なら近いゆえ歩いていく」

効若がふたたび門へと戻り、くぐり戸を開けた途端、七、八人の僧が入ってきた。皆、覆面で顔を隠しているが、墨染の衣を着、首から数珠をかけている。先頭のひとりが刀

を抜き、効若に突きつけた。

「金を寄越せ。貯《た》め込んでおると聞く」

効若は恐ろしさに声も出ず、震えるばかりだ。

「ここには医者と弟子ひとり、あとは駕籠かきふたりと下男がひとり、つごう五人しかおらぬことは承知しておる。とっとと出さぬと五人とも十万億土に旅立たせてやるぞ」

そこに、着替えを終えた小佐田効験がやってきた。

「支度はできたか。——あっ！」

立ちすくむ医者に、

「われら仏門に仕えるもの。仏道無上誓願成のための寄進を願うておる。金というものは持っておればおるほど魂が穢《けが》れて極楽に行けぬ。それをわれらがもろうてつかわすことにより、そなたたちの後生を安楽にしてやろうというのだ。われらが申すことを聞かねば仏罰ただちに下るぞ」

だが、効験は肝の据わった男だった。

「御身《おんみ》たちが僧侶であろうはずがない」

「なに？」

僧たちは気色《けしき》ばんだ。

「この身なり風体《ふうてい》がなによりの証ではないか。どこに疑いあらん」

効験は鼻で笑うと、

「御身たちがまことの僧侶ならば、まずわしから金を奪うというのは偸盗戒《ちゅうとうかい》に当たる。また、わしらを斬り殺すいうなら、それは殺生戒《せっしょうかい》に当たる。柴沢寺から来た、お住持に変があった、というのが嘘ならば、妄語戒《もうごかい》をも犯しておる。僧侶が守るべき五戒のうち三つも破っておいて、まことの僧とは片腹痛い。御身たちが僧ならば、御身たちこそ真っ先に地獄へ堕《お》ちるはずじゃ」

「ええ、うるさい。ぺらぺらと鸚鵡《おうむ》のようにしゃべる医者だ。命が惜しくはないのか」

先頭の僧が刃を効験の肌に押し付けると、

「ほほう、御身は手の甲に火傷の痕があるな。わしが治してやってもよいぞ」

「ふざけるな！」

憤った僧は効験の頬を張り飛ばしたが、

「いくら脅しても無駄だ。金の在《あ》り処《か》は言わぬぞ」

「殺されてもよいのだな」

「わしも医者として数々の病人をあの世に送ってきた。たまには送られる側もよかろう」

うそぶく効験に見切りをつけた僧は、効若に向き直ると、

「ならば、おまえにたずねる。弟子なら師が金をどこに置いているのか心得ておろう。言わねば殺す」

「ひえええ、申します、申します、すぐに申します。金は台所の床下の瓶《かめ》に入れてございます。私は先生が毎晩そこに金を仕舞うのをこっそり見ておりました」

効験は苦い顔をし、僧は両手を打って喜んだ。すぐにべつの僧が台所に向かい、しばらくして戻ってくると、

「大臣殿、ございましたぞ」

「うむ、ならば引き揚げよう」

そのとき、

「おーい、町方のもんや。夜中にくぐりが開けっ放しやで。近頃は物騒やさかい、戸締まりに気ぃつけえ。——なにごともないか？」

それは千三の声だった。

「ちょっと入らせてもらうで。——あ、こいつら！」

抜刀した僧たちを見かけた千三が叫んだ。

「旦那！　坊主の押し込みだっせ！」

僧たちはあわてて門のほうに押し寄せようとしたが、手に火傷の痕のある僧が、

「待て。与力か同心も来ておるようだな。——こっちだ！」

そう叫ぶと、先頭に立って庭を回り、裏にある勝手口を開けると、そこから出て行った。入ってきた勇太郎は千三と必死にあとを追ったが、勝手口を出て左右を見てもそれ

らしい姿はなかった。

「あいつら……どこに消えよったんや」

千三は巫女町の通りを東へ走り、また西へ戻り、綿屋町のあたりまで盗賊たちの行方を探したが、坊主たちは煙のように姿を消していた。

「おかしいな……」

小さな商店や長屋などがまばらにあるだけで、とうてい七、八人の僧たちが突然姿を隠せるような建物はない。ただ、四天王寺の長い白塀の向こうに聳《そび》え立つ塔が見えた。

四天王寺の五重塔である。

2

「わしは知らぬ！」

久右衛門は咆哮《ほうこう》した。翌日の昼過ぎのことである。

「知らぬとおっしゃいますが、現に御前が飲み倒し食い倒したあげく屋台を壊し、金を払わずに立ち去ったと申す町人が今参っております」

喜内がそう言うと、

「知らぬ知らぬ。その町人はでたらめを申しておるのだ」

「居合わせた客が西町奉行の大邉久右衛門さまと言うと、わしが西町奉行に見えるかと笑ってうなずかれたそうでございます」

「うなずくぐらいはだれにでもできるぞ」

「昨夜もかなり酩酊《めいてい》して戻られましたな。どこでどなたと飲んでおられましたか」

「うーむ……おそらくは……」

「おそらくは……？」

「どこかで飲んでおった。それは間違いない」

喜内はずっこけた。

「西高津新地のうどんの屋台で飲んでおられたのではございませぬか」

「昨夜はそこには行っておらぬ」

「言い切れますか」

「支払いをなされたかどうかは覚えておいでで？」

「いや……言い切るとまでは……」

「払うた」

「言い切れますか」

「いや……言い切るとまでは……」

「屋台の主は、相撲取りのように肥え太ったお侍で、酒を三升飲み、そのうえうどんを五十杯平らげたと申しております。そのような御仁が大坂にふたりとおいででしょうか」

「その男は嘘つきじゃ。即刻召し捕って打ち首にせよ！」

「見るからに律儀そうな男で、とても嘘をついているようには思えませぬ」

「そこがかえって怪しいと申すのじゃ。真面目《まじめ》そうなものほど信用ならぬ。ほれ、ことわざにも、ひとを見たら盗人と思え、と申すではないか」

「主は、その侍に頬げたを張り飛ばされた、と申しておりまして、顔の半分が青く腫れ上がっておりました。あれは、だれぞに顔を張られたに相違ございません」

「いかに酔うておろうと、大坂町奉行たるこのわしが、見ず知らずの町人の顔を張り飛ばすと思うのか、このたわけめ」

「――いかにも御前がやりそうなことでございます。かつては酔うて、見知らぬ相手とよう喧嘩なさっておいででした」

「そうじゃな……」

久右衛門は憮然《ぶぜん》として横を向き、

「ならばそのうどん屋の主とやらに対面させよ。わしのこの面相を見て、たしかに昨夜の客だったと申さば、銭を払うてつかわす。それでどうじゃ」

「いかにもそれで結構でございます」

喜内は一旦下がると、うどん屋の主を伴い、戻ってきた。主はおどおどと平伏した。

喜内が、

「おもてを上げよ。面前のお方が昨夜の武家かどうか有体《ありてい》に申せ」

主は幾度かうながされてようよう顔を上げた。久右衛門がぐっと巨大な顔面を突き出すと、主はびくっとした。

「どうじゃ、主。その客はわしと似ておったかな」

「へ、へえ……」

主は久右衛門の顔をこわごわ見つめていたが、

「山岡頭巾をかぶって、口のところだけを外しておられましたので、顔はよう見えませなんだ。ただ……見かけなどは瓜二《うりふた》つでございます」

「なんじゃと！」

久右衛門が怒気を露わにしたので、主は額を畳にこすりつけた。

「声はどうじゃ。わしの声に似ておったか」

「少し昨夜のほうが高かったように思いますが、よう似ておりました」

「ふむ……」

久右衛門は腕を組み替え、

「今、わしと対面して、おまえはわしが昨夜の客だと思うか、それとも思わぬか」

「さようでございますな……うーん……」

いらいらが募ってきた久右衛門は、

「さっさと申さぬか、たわけめ！」

主はその大声にひっくり返りそうになりながら、

「そ、そ、それや！　昨夜のお客さまの怒鳴り方とそっくりですわ。耳がびりびりするようなその凄み……間違いおまへん！　あなたさまが昨夜のお客さんでおます！」

「なんじゃと！　でたらめを申すな！」

「でたらめやおまへん。飲み食いの代、払とくなはれ。屋台もまどうてやるとおっしゃいましたな」

主も必死である。

「そんなことは言うておらん！」

「お奉行さまともあろうお方がごまかすのはズルいやおまへんか。明日、なにもかも払うてやる、用人に申し付けておく、とおっしゃったはず……」

「知らぬ知らぬ知らぬ、わしは知らぬと言ったら知らーぬっ！」

結局、喜内はうどん屋に言われるがままの金を払うはめになった。

◇

ちょうど同じころ、少し離れた部屋で勇太郎も岩亀与力に叱責されていた。

「馬鹿者！　目のまえで坊主どもの押し入ったるところを見ておきながらみすみす逃がすとは……なんたることだ！」

「まことに申し訳なく……」

「千載一遇の好機であったのに……ううう、これは失態ぞ」

「まことに申し訳なく……」

「たとえひとりでも召し捕っておけば、そこから一味の素性や隠れ家なども割れたであろう。たとえひとりでも……」

「まことに申し訳なく……」

「たるんでおる。気持ちを引き締めてかかれ。よいな」

「はっ」

「じつは、下寺町の寺から連名で寺社方を通して文句が来ておる。寺は寺社奉行所の支配のはず、町方に調べられる覚えはない、御仏《みほとけ》のおわす清浄な場である寺領を十手を持った町役人が踏み荒らすのは檀家《だんか》に対しても面目がない、今後は詮議を見合わせてほしい、とのことだ」

「盗人坊主の捕縛は寺社方からも望まれていたはずでは……」

「寺社方も下寺町の寺すべてを敵に回すわけにはいかぬのだろうな。ほどほどにしてくれとの内意だ」

「動きにくいですね」

「そうだ、うちも東町も動きにくうなった。あとは、ここぞという寺に目星をつけ、思い切って踏み込み、盗賊を召し捕るほかない。ただし、もし見込みが外れたらたいへんなことになる」

「はい」

「嫁をもらうつもりならば、とにかくしっかり働いて手柄を立てよ。よいな」

「ど、ど、どうしてそのことを……」

「先ほどおまえの御母堂が参られてな、息子に手柄を立てさせてほしいと頼まれた。むずかしい嫁取り話があって、それを進めるにはなにか功を立てねばならぬのだ、とな」

「………」

「どこの大名家の姫さまをもらうつもりかしらぬが、おまえの働きで盗人坊主の一味を首尾よく召し捕れれば、これは大功だ。だれの目にも明らかな殊勲だろう」

　勇太郎は頭を下げた。

◇

　夕刻、家に帰ると、小糸が待っていた。その顔色が優れぬことを勇太郎はすぐに見て取った。

「どうなさったのです」

　勇太郎が言うと、

「父の具合が悪うなりました」

「なんですって」

「昨夜半、書見の最中に急に倒れたのです。傘庵先生に来ていただいたのですが、持病である腸のできもののせいではなく、心の臓が弱っているとのことでした。先生のお話では、人参《にんじん》を処方したので少しはましになるだろうとのことでございましたが、本復するかどうかはわからぬと……」

「なんと……」

「蟾酥《せんそ》や牛黄《ごおう》などを出していただきましたが、それが効けばよし、もし効かなかったときは、余命は半年、早ければ三月《みつき》……」

「………」

「当人もすっかり気落ちして、残り少ない命ならば、生きているうちに道場の跡継ぎを決しておきたいと言い出しました。門弟の川崎松露兵衛《かわさきしょうろべえ》に秘伝を伝え、入り婿にしたいと申しております」

　川崎松露兵衛ならば勇太郎も知っている。上野国高崎《こうずけのくにたかさき》の松平家蔵役人の次男坊で、一刀流免許皆伝の腕前である。暇に飽かせて、剣術だけでなく、小唄、三味線、俳諧《はいかい》などもたしなんでいる。学問もあり、筆も立つ。

「すぐに見舞いに参ります」

小糸はかぶりを振り、

「父は、勇太郎さまには会いとうないと申しております」

「なにゆえですか」

「私の気持ちに気づいているから……」

「………」

勇太郎は、なにか言おうとしたが言葉が出てこなかった。

（あなたはどうしたいのですか）

（たとえ先生が亡くなろうと、俺と一緒になってください）

（ふたりでここから逃げましょう）

（俺はあきらめます。川崎殿と一緒になって道場をお守りください）

（あなたを幸せにできるのは俺です。川崎なんかじゃない）

（俺は身を引きます。先生への恩は山より高い。その恩に報いるのが弟子の取るべき道です）

（小糸殿は、俺に今なんと言ってほしいのですか）

さまざまな文言が頭のなかをぐるぐる回っていた。しかし、どれひとつとして正しい

と思われるものはなかった。小糸は、なにも言わない勇太郎を恨めしそうな目で見つめていたが、

「父の様子が気がかりですので、失礼します」

そう言うと、足早に屋敷を出て行った。

(終わった……)

そう思った。小糸との縁がこれで切れたのだとわかった。

(俺はふられたのだ……)

勇太郎は酒を飲んだ。浴びるほど飲みたかったが、家にはそれほど酒はなかった。彼は、家を出た。老松町《おいまつちょう》にある「大伊狸屋《おおいりや》」という料理屋に向かう。仁太《じんた》とさだという夫婦がやっている店で、「三味撰《しゃみせん》」というコンニャクを使った三種の小鉢が売りである。目印になっている大きな狸《たぬき》の置物を横目にのれんをくぐる。

「いらっしゃ……あら、村越の旦那」

忙しそうに働いていたさだが勇太郎を目ざとく見つけた。

「お久しぶりです。そのせつはありがとうございました」

「いや……俺はなにもしていない」

小上がりに座った勇太郎に、名物の「三味撰」を出し、

「なにになさいます。今日はイカのええのが入ってますし、鮭《さけ》、ハモ、穴子のひとり鍋

もできますけど」

「いや……酒をくれ。冷やでよい」

　さだは妙な顔をしたが、なにも言わず二合徳利を持ってきた。勇太郎はひとり静かに酒を飲んだ。二本目を頼むと、

「旦那……なにかおましたんか。わてでよかったら話聞きまっせ」

　勇太郎は少し考えたが、

「いや……なんでもない。気にしないでくれ」

「さよか……」

　さだが去ったあと、勇太郎は酒を口に含み、コンニャクをつまんだ。美味い。ふうわりと包み込まれるようなその美味さが心にどう働いたのか、勇太郎の目から涙がこぼれ落ちた。大きなものを失ってしまった。だが、だれのせいでもないのだ。

（仕方がないのだ……）

　涙は盃《さかずき》のなかに落ちた。勇太郎はその酒を飲み干した。そのとき、

「うわはははは、久しいのう！」

　聞き慣れた銅鑼《どら》声が響き渡った。客たちは一斉にそちらを見たが、勇太郎は顔を向けなくてもそれがだれのものかわかっていた。大邉久右衛門である。

「まあ、御前さま、ようお越しでございます」

「うむ、仁太の料理を久しく食うておらぬゆえ、足がひとりでにこちらに向かったのじゃ。なにがある」

「イカのええのがおます。お造りでも醬油や味噌で焼いても、さっと煮付けても召し上がれます。あと、穴子を焼いて、ひとり鍋に仕立てたのもおすすめです。それから、精進ものやったら、蓮《はす》の揚げもの、お芋とネギの炊き合わせ、凍《し》み豆腐の旨煮《うまに》……」

「どれも美味そうじゃ。片っ端から持ってまいれ。あと、酒じゃ」

そう命じて小上がりに上がろうとする久右衛門にさだがささやいた。

「お奉行所の村越さまがおひとりでおみえですねん」

「村越が？　それはよい。ともに飲もうぞ」

「それがその……なんや思いつめてなはるご様子で、陰気なお顔でお酒ばかりお召し上がりでおます。ご一緒なさるのはいかがなもんやろかと……」

ひそひそ話のつもりなのだろうが、ふたりとも声がでかいので丸聞こえだ。

「わはははは……村越はそのような男ではない。気にするな。――村越！　村越はどこじゃ！　村越！　村越！」

どすどすと足音荒く近づいてきた。勇太郎は顔を伏せたが、遅かった。

「おお、そこにおったか。よいところで会《お》うたのう。飲もうではないか！」

見つかった……。

「辛気臭い顔をしておるの。まあ飲め。今宵はわしのおごりじゃ」

「は、はあ……」

久右衛門は、運ばれてきた酒をがばがば飲みながら、

「人生にはいろいろなことがある。それに真っ向から立ち向かい、乗り越えるもよし、また、回り道をするもよしじゃ。わしなどはつねに回り道をしておる。回り道万歳じゃ」

「はい……」

「生きておると、つらいこと、悲しいことがたんとある。いくら踏ん張っても、ひとりの力ではどうにもできぬこともある。そういうときにどうするか……おまえにわかるか」

「わかりませぬ」

「飲むのじゃ！」

久右衛門は湯呑みの酒を一息に干し、

「どうにもできぬことをどうにかしようとしても、これはどうにもならぬ。と申して、ひとであることを辞めるわけにはいかぬ。憂さを晴らすには……ただ飲むしかない」

「酒が飲めぬものはどうすればよいでしょう」

久右衛門は、そのときちょうど運ばれてきた焼いたイカを指差すと、

「食うことじゃ！　美味いものを食うことで、ひとは生きる喜びを味わう。――見ておれよ」

そう言うが早いか、箸で熱々のイカを挟んで口に放り込んだ。

「熱っ！　熱々々々……熱いっ！」

そして、酒をがぶりと飲み、

「美味い！　これこそ生きる喜びじゃあっ！」

勇太郎も、久右衛門の食べっぷりがあまりに美味そうだったので、つい真似をして箸を伸ばした。味噌の焼けた香ばしい匂い、熱々のイカのぬるりとした歯応え、焦げたところのカリカリとした歯触り……それらが口のなかでひとつになり、

「熱々々々……！」

「そこで、すかさず酒じゃ！」

言われたとおりに酒を含む。

「美味い！」

勇太郎は目を輝かせた。また涙があふれてきた。こんな悲しいときでも、なぜ美味いものは美味いと感じるのだろう。感じてしまうのだろう。そのことが悲しかった。

「そうかそうか、泣くほど美味いか。それでよい！」

久右衛門は勇太郎の背中を平手でどしんと叩くと、

「今宵は心ゆくまで飲むぞ、食うぞ。おまえも付き合え、よいな。うっははははは……」

こうして町奉行と同心の果てしない宴《うたげ》がはじまった。

◇

「御前！　御前！　御前！　御前！」

喜内の声で目が覚めた。

「なんじゃあっ！　毎朝毎朝うるさいわい！」

久右衛門が怒鳴り返すと、

「毎朝毎朝、支払いをさせられる私の身にもなってくだされ」

「なに？　またか……」

久右衛門は二日酔いの頭を振った。

「いくらなんでもこう毎日では困ります。町奉行が連夜、金を払わずに飲み歩き、諸人に迷惑をかけている、などということがご老中の耳にでも入ったらどうなさいます」

「うーむ……そうじゃのう。毎夜というのはちとおかしいわい」

「そうでございます。御前はおかしいのでございます。飲み歩くなとは申しませぬ。きちんと代を払うてくだされませ」

「むむ……して、わしは昨夜、どこで飲んだのじゃ」

「太郎左衛門町《たろうざえもんまち》の『新左《しんざ》』と申す芋屋でございます」

「芋屋？」

「はい、唐人《とうじん》蒸しというやつで……」

「馬鹿者！　ふかしたさつまいもで酒が飲めるか！　いや……飲めるかも……」

「いえ、酒は置いていないと申しますと、ならば芋を食うと、ありったけの蒸し芋を平らげたそうで……」

「ううむ……わしが芋だけをのう……。なれど、酔うておらんのだから代は払ったであろう」

「持ち合わせがないと、そのまま帰ろうとしたので、代をいただきたいと主が追いかけると、張り倒されたうえ、とんでもなく大きな屁《へ》をひとつかましたそうでございます」

「酔うておらぬのに金を払わぬとはおかしいではないか。わしは昨夜、酔うて戻ったであろう。それはどこで飲んだのじゃ」

「それはこちらが聞きとうございます。どうせ芋屋に行くまえにもどこぞでお飲みになられて、そのあともどこぞで飲んだにちがいありません」

「むむむむ……」

久右衛門は昨夜のことを思い出そうとして首をひねっていたが、

「そ、そうじゃ！　たしか村越もいて、ともに飲んだぞ。うむ、間違いない。――村越を呼べ」

「村越は本日夕番ゆえ、まだ参っておりませぬ」

「呼び出せ！　わしは芋屋などには行っておらぬぞ」

「と申しましても、主の言うその客の見かけは御前そのものでございますし、西町奉行と名乗ったそうでございますぞ」

久右衛門は目をつむり、

「頭巾で顔を隠しておったのであろうな」

「はい、そのようで……」

「思うたとおりじゃあっ！」

久右衛門は雷のような声で叫ぶと、畳を両手で思い切り叩いた。喜内はぴょんと跳び上がった。

「わしは昨夜、頭巾を持っていかなんだ。そやつは偽者じゃ。どうもおかしいと思うておった。わしの偽者が闊歩《かっぽ》しておるのじゃ」

「まことでございますか」

「間違いない。わしは昨夜、一晩中村越と飲んでおった。やつに聞けばわかるはずじゃ。どこのどやつかは知らぬが、わしのふりをしてタダ酒を飲み、タダ飯を食ろうておるものがおる！　許せぬ！」

「御前の偽者……御前のごとく化け物のように飲み食いができるものがほかにおろうとは……」

「そんなことに感心しておってどうする」

「いや、これは由々しきことでござりまするぞ。なにものがなんのためにそのようなことをしておるのか……」

「喜内、芋屋の主に金を払うたのか」

「はあ……払うてしまいました」

「たわけものめ！　払わずともよい金じゃ。ああ……もったいない！」

「銭金《ぜにかね》のことではございませぬ。太郎左衛門町といえば、当奉行所から目と鼻の先。いわば御前の膝元。そのようなところを偽者が往来するとは、なめられたものでございます」

「ううむ……そうじゃのう。なにやつがなんのためにそのようなことをしておるのか……」

「とにかく真偽をたしかめるためにも、村越をこれに呼びつけましょう。小者を同心町に走らせまする」

喜内がそう言ったとき、

「岩亀でございます」

廊下で声がした。

「なにごとだ」

「七つ半頃、またしても坊主どもが押し込みを働きました」

「入れ」

襖を開き、岩亀与力が入室した。久右衛門は苦虫を嚙み潰したような顔で、

「またか。商人には用心せよとの触れを出しておるはずだが……」

「ところが昨夜はやや、勝手が違うておりました」

「申せ」

明け方近くになって、南平野町の味噌屋「荒磯堂《あらいそどう》」の戸を叩くものがあった。荒磯堂では、同じ南平野町の美濃屋が賊に入られたこともあって、主が毎晩奉公人が寝るまえに、くれぐれも用心するように、と言い聞かせていたらしい。しかし、七つ半頃といえば、夜も明けかけている。朝の早い商家ならそろそろ起き出そうかという時分である。荒磯堂でも、早起きの一番番頭が帳場に座り、昨夜やり残した帳合いをしていた。そこに戸が叩かれたのだ。

（朝の早い客やな……）

そう思った番頭は、

「すんまへん、まだ店開いてまへんのや。あと一刻《いっとき》ほどしてから来とくなはれ」

すると、戸の向こうから聞こえてきたのは女の声だった。

「羽光寺《うこうじ》から参ったものでございます。朝のおつゆに使う味噌が切れてしまいまして、

庵主より言いつかりましたが、どこの店も開いておらず、難渋しております。どうか助けると思うて、お味噌を少々分けていただけませぬか」

羽光寺は近くにある尼寺である。戸の隙間からのぞくと、なるほど、頭を剃り上げた若い尼僧がひとり、困り果てた顔で立っている。まさか尼が盗人を働くはずもない……そう思った番頭が親切心半分すけべ心半分で、

「それやったら、お分けしてさしあげまっさ。味噌はどれほどいりますのや」

そう言いながらみずからくぐり戸を開けると、その尼を先頭に数名が入ってきた。皆、尼ばかりである。驚いた番頭に小刀を突きつけて縛り上げ、帳場の引き出しから金を奪って、風のごとく逃げ去った。そのあいだ、丁稚や手代、主などもまるで気が付かなかったという。つぎに起きてきた丁稚が、一番番頭が帳場で縛られているのを見つけ、ようよう押し込みがあったとわかったらしい。主ははじめ、番頭の狂言を疑ったが、様子を見るかぎりはそうとは思えないと考え直した。長年真面目に勤めており、暖簾《のれん》分けも目のまえなのに、そんな危ない橋を渡るはずがないからである。

「ふーむ……尼まで仲間におるのか」

「番頭の話では、まことの尼僧に見えたとのことでございます」

「下寺町の店ばかりを狙《ねろ》うておるのはなにゆえじゃ」

「あのあたりは大坂でももっとも寺が集まっている地でございますゆえ、坊主がうろつ

いていてもだれも怪しみませぬ。姿を隠しやすいからではありませぬかな」

「それはまあそうじゃが……それだけかな」

「お頭《かしら》はほかにもわけがあると？」

「わからぬが、どうもそんな気がするわい。——なんにいたせ、皆、ふんどしを締め直してことに当たってくれい。そろそろ老中の耳にも届いておるはずじゃ。月番の東町は必死になっておろうのう」

　喜内が、

「西町も叱責されることは必定でござるぞ。上に立つものが呑気《のんき》に毎晩飲み歩いているときではございませぬ。御前がそうだから、偽者が現れるのです」

　岩亀が聞きとがめ、

「偽者とはなんのことです」

「わしにそっくりの侍が、あちこちでタダ飲みタダ食いを繰り返しておるのよ」

「なんと……」

「とてつもない飲みっぷり食いっぷりで、わしよりもわしに似ているようなのじゃ」

　喜内があとを引き取り、細かに説いて聞かせた。

「なにものがなんのためにやっておるのかわかりませぬが、由々しきこと。西町奉行の評判を落とし、お頭に喧嘩を売るつもりに違いありません」

「そんなことをしてなんの得になる」

「もしやお頭に恨みのあるもののしわざかもしれませぬ」

「ふふふふ……仏の久右衛門と呼ばれておるわしが、他人から恨みを受けることがあろうか」

「あります」

岩亀は即座に言った。

「食いものの恨みは怖ろしいと申しますが、お頭は食いものの恨みについては日本一受けておいでかと……。失礼ながら、あまりに意地汚くて、わがままで、腹減らしで、ひとの食べているものも奪い取りますからな」

「ふんっ」

鼻息を荒くした久右衛門に、岩亀は言った。

「いずれにいたせ、お上をないがしろにする許し難き悪行。即刻召し捕らえねば西町奉行所の威信にもかかわりまする。ただちに与力・同心を集め、お頭の偽者を探し出すよう申しつけましょう。なに、こちらのほうはすぐに見つかるはず。お頭に釣り合うほどの大食らいで底なしの酒飲みなど、大坂に何人とおりますまい。おそらくは大食らいで名が知られているような連中でございましょう。ぶくぶく太った大酒飲み、大飯食らいを探せばよいのです」

「なぜかわしが馬鹿にされているような気がするのう……」

「けっしてそのようなことは……」

「まあよい。盗人坊主とわしの偽者のふたつをひとときに追いかけるのは骨であろうが、しっかりやってくれ」

　岩亀は頭を下げ、部屋を辞した。そのあと腕組みをして天井を見つめていた久右衛門が、喜内に言った。

「喜内……」

「はっ」

「その芋屋、なんと申したかな」

「新左でございますが……」

「わしも芋を食いとうなった。すぐに買《こ》うてまいれ」

◇

　その頃、勇太郎は下寺町にいた。詮議のためではなく、父親の墓参りに来たのだ。

（昨日は飲み過ぎた……）

　憂さを晴らすために「大伊狸屋」に行くと、久右衛門がやってきて、ともに酒を飲んだところまでは覚えているのだが、そのあとどうなったかがわからない。久右衛門の手拍子に乗って半裸になって踊りを踊っていたような……いや、まさかそんなことはないだろう。でも、頭に鉢巻をして、そこに徳利を二本、逆さに差し込み、牛の真似をしていたような……ははは、いくらなんでもそんな……。

気が付いたときには家の布団で寝ていた。部屋のなかは酒の甘い匂いが立ち込めていた。

（痛《い》たたた……）

二日酔いで痛む頭をなだめつつ、南へ南へと道をとる。

村越家の代々の墓は下寺町の菟念寺《ずくねんじ》にある。手桶《ておけ》と仏花を持って山門を入ると、萩《はぎ》や女郎花《おみなえし》が秋風に揺れていた。勇太郎は墓のうえに積もった落ち葉を掃き出し、墓石を擦《こす》り、水をかけて拭ったあと、花と線香を供えた。

「父上、勇太郎です。たいへんご無沙汰《ぶさた》しております。父上のあとを継いでのお役目はなんとか果たしております。岩亀さまにお叱りを受けたところではございますが、父上のお顔を潰さぬよう励んでおります」

そのあとしばらく黙り込んだ。やがて、意を決したように口を開いた。

「じつは……岩坂道場の小糸殿を嫁に迎えたいと思うようになりました。小糸殿も同じ心にて、その……たがいに好いた好かれたと申しますか、その……ははは、照れますね。これが恋というものなのでしょうか。父上と母上の若いころはどうだったのか、うかがっておけばよかった」

勇太郎はだれも見ていないのをよいことに、墓に向かってわけのわからないことを話しかけている。

「私も跡継ぎで、あちらもひとり娘ゆえ、困難があるとはわかっておりましたが、困難があるほど恋の炎は燃え上がると、きぬも申しておりました。私もそのとおりだと思います」

勇太郎は言葉を切り、持ってきた酒を墓石にかけた。

「父上のお好きだった池田《いけだ》の酒です。どうぞ心ゆくまでお飲みください」

そして、

「ところが……昨日、岩坂先生に変が起こりました。心の臓が弱っておられるそうです。傘庵叔父《おじ》の診立《みた》てでは、薬がもし効かなければ三カ月の余命かもしれぬ、とのことでした。岩坂先生は気弱になられ、すぐにでも道場の跡継ぎを決めてしまいたい、と申されているそうです。川崎松露兵衛という門弟が、腕といい家柄といい、もっとも見込みのある男のようです。蔵役人の次男坊で、私ごときではとうてい太刀《たち》打ちできぬ相手です。小糸殿も、父親の気持ちを第一番に考え、私との婚儀はあきらめたものと思われます」

勇太郎は感極まり、墓石に取りすがるようにして、

「私はどうしたらよいのでしょうか。父上……なにとぞ私の行く道をお教えくださ

い！」

勇太郎が女々しく涙をこぼしていると、

「なかなかむつかしいことじゃのう……」

すぐ後ろから声がしたので、勇太郎はびっくりして飛びしさった。立っていたのは住職の眉光《びこう》和尚だった。山羊《やぎ》のような白髭を垂らし、眉毛も真っ白である。

「勇太郎殿じゃな。久しいのう」

老齢の眉光和尚とは長年の見知りである。勇太郎が一礼して無沙汰を詫《わ》びると、

「あの世のお父上にご相談に来られたか」

「はは……そういうわけでもないのですが……」

「隠さずともよい。さだめし女子《おなご》のことであろう。血は争えぬのう」

「と申されますと？」

「そなたのお父上も、よう墓石に相談しておられたわい。芸子に惚《ほ》れてしもうたが、どうすれば嫁にできるか……などとな。はてさて俗人というものは……」

眉光和尚は微笑みながらそう言うと、

「せっかく参られたのじゃから、茶でもたててしんぜましょう。奥へお越しなされ」

勇太郎は手桶や掃除道具などを本堂のまえに置くと、和尚の住居へと向かった。

「以前よりもお元気になられたご様子ですね」

「ははは。医者も驚いておる。少しまえまでは目はしょぼつく、痰《たん》はからむ、頭はぼーっとする、手足は震える、そのうえ心の臓が衰えて、そろそろこの世とおさらばする支度をせねばと思うておったのじゃが、食養生が効いたのか、近頃は足腰もしっかりし、頭もすっきりして、すっかり目方も増えた」

茶をたてながら和尚は言った。

「そんなこともあるのですか……」

勇太郎は、岩坂三之助もそうであってほしいと心より願った。

世間話をしたあと、ふと思いついて勇太郎は言った。

「このあたりを坊主の盗賊たちが跳梁《ちょうりょう》しておるのですが、なにかお気づきのことなどありませぬか」

「おお、そのことじゃ……」

眉光和尚は声をひそめ、

「じつは、賊の一味にならぬか、と持ちかけられたものがおる」

「ええっ？」

勇太郎は死ぬほど驚いた。

「和尚が、ですか」

「ははははは……まさか。真菩寺《しんぼじ》の深望《しんぼう》という若い僧じゃ」

真菩寺といえば、下寺町一番の貧乏寺として知られており、住職の奥望和尚は「真菩寺の奥望和尚」ではなく「貧乏寺《びんぼじ》の横暴和尚」と呼ばれている。大邉久右衛門の昔からの知己でもあり、うどんと酒がなにより好きで、金が入るとすべて酒に換えてしまう。

「あそこの奥望さんとは同じ禅寺ということで親しゅうしておるが、深望という弟子がおってな、それがまた奥望さんに輪をかけた大酒飲みなのじゃ」

勇太郎は身を乗り出し、

「詳しく教えていただけませぬか」

「それなら深望からじかに聞いたほうがよいな」

「はい。今から行ってまいります」

勇太郎はそれから同じ下寺町にある真菩寺に赴いた。住職の奥望は留守だったが、深望は在宿していた。髭は伸び放題で、頭も剃っていない。僧衣もぼろぼろで今にもぴりぴりと引き裂けそうである。見かけからは、無愛想で、ひと当たりの悪い、ひねくれものの坊主に思えたが、勇太郎がおのれの身分と眉光和尚から聞いた話を告げると、案外愛想よく話しはじめた。

「数日前の夜、私が毘沙門池《びしやもんいけ》の近くにある煮売り屋で一杯飲んでおりましたら、五人のやくざものにからまれました。裕福な檀家から出てくるところを見られていたのですな。お布施をたんまりもらっただろう、それを寄越せ、と言うのです。はじめは軽くいなしておったのですが、ひとりが私をはがいじめにして、もうひとりが懐中に手を伸ばしてきたので、つい……」

深望は出家するまえは侍で、柔《やわら》の使い手なのだそうだ。

「四人を地面に叩き伏せると、のこりのひとりが匕首《あいくち》を抜いたので、手首を摑《つか》んで腕をねじってやりますと、悲鳴を上げて刃物を取り落とし、逃げていきました。そのまま寺へ戻ろうとすると、後ろから来たひとりの僧に話しかけられたのです」

その僧は、

「一部始終を見ておりました。お強いですな」

「いえ、それほどでも」

「いやいや、お強い。柔の心得があると見たは僻目《ひがめ》ですかな」

「心得というほどではありませぬが、いささかわきまえております」

「失礼ながら、そのお身なりからして、よほど困窮しておられるのではありませぬか。衣も袈裟《けさ》も雑巾のように破れておりますぞ」

「はっはっはっ……銭はないですな。今日はたまたまお布施が入ったので飲みにきた次第です。あ、坊主が酒を飲むというのはあまり公言せぬほうがよろしいかな」

「いや、葷酒《くんしゅ》山門に入《い》るを許さずというぐらいですから、山門の外で飲む分には大事ないかと……」

そんなことを言いながら、僧は深望についてくる。なんの用件かといぶかしみはじめた深望に、

「どちらのお寺のお方です」

「下寺町の真善寺です」

「おお……なるほど」

それならその身なりもわかる、とでも言いたそうな口ぶりだった。

「よい金儲《かねもう》けの話があるのですが、いかがですかな」

「金儲け？　それはどのような……」

「近頃は商人ばかりが儲けておるように思いませぬか。その銭は、大名貸しに使われて武家に流れていくばかり。われら仏門に帰依するものには、鐚銭《びたせん》一文もまわって来ぬ。寺を保ち続けるにも金がいる。そこでわれらは、裕福な商人からほんの少しだけ寄進を願うておるのです。あなたもわれらの仲間に入りませぬか。どうせ今の世の中、どの寺の僧も腐敗堕落し、女色《にょしょく》、肉食《にくじき》、飲酒にふけっておる。ありもせぬ来世を思い願うより、現世で面白おかしく暮らそうではありませぬか」

「私は、酒も飲むし、ろくに勤行《ごんぎょう》もせず寝てばかりいる。もう十分面白おかしく暮らしております」

「われらの仲間になれば、もっと愉快に暮らせます」

深望ははたと思い当たって、

「もしや近頃評判の盗人坊主のことですか」

僧はそれには答えず、

「穢れた金を持っていると成仏の邪魔になります。我々は悪徳商人の金をもろうてやっておるだけです」

「銭は喉から手が出るほどほしいですが、僧が盗人の真似をするというのもいかがなものかと……」

「あなたのその腕まえ、われらの大望には欠かせぬものです。ぜひとも……」

「いやあ……遠慮しておきましょう」

「わかりました。このことはくれぐれも俗人には洩《も》らさぬように。それと、もし気が変わったら、二十二日の九つにおいでなさいませ。あなたならいつでも喜んでお迎えいたします」

「二十二日？　どこへ？」

「それは……」

そのとき、どこかで呼子《よびこ》の音と大勢が走り騒ぐ足音がした。僧は血相を変え、

「これを……」

そう言うと、なにかを深望の懐に押し込み、足早に駆け去った。

「どうしてすぐに町奉行所にお知らせいただけなかったのです」

深望は頭を掻き、

「面倒くさくて……」

「その僧の風貌などは覚えておられますか」

勇太郎がきくと、

「顔は暗くてよう見えませんでしたが、のっぺりとした、あまり目立たぬ顔立ちだったように思います。――あ、それと……右の手の甲に火傷の痕がありました」

「ふーむ……」

「そして、これがその僧が私に渡したものです」

深望は、経木《きょうぎ》のような一枚の薄い木板を勇太郎に見せた。表にも裏にもなにも書かれていない。おそらくこれを持っていけば、盗人坊主の仲間入りができるのだろう。だが、どこへ行けばいいのかがわからない。

「ありがとうございます。大きな手がかりを得ることができました」

「それはよかった。――あなたもなかなかいける口らしい。どうです、今から一杯……」

「いえ……今日はもう……」

「よいではありませんか。まあまあまあまあまあ……」

まあまあまあと言われると、勇太郎も好きな口だから断れぬ。つい数杯、盃《はい》を重

ねてしまった。話のついでに、

「下寺町にある寺をかなりの数廻りましたが、俺は櫓休寺というのが怪しいと思いました。ひどいボロ寺で……あ、いや、その……」

勇太郎は部屋を見回して言葉を濁した。

「ははは……オンボロではうちに勝つ寺はありません」

「でも、櫓休寺は境内で禁制のすごろく博打《ばくち》や宝引き、女相撲などが行われているのを住職が野放しにしているのです。しかも、寺男のほかだれもいないと言ったくせに、まことは本堂の奥に何十人もが寝起きしているらしいのです。俺は盗賊の根城かもしれぬとにらんでいます」

「うーん……そんなことはないと思います。私は櫓休寺のご住職をよう存じておりますが、つねに弱いものや貧乏人の味方をする、情け深いお方だと思うております」

「そ、そうなんですか」

深望は安酒をがぶがぶと飲む。つられて勇太郎もかなり飲んだ。

「本堂に寝起きしているのは、境内で店を出したり、芸を披露したりしている連中が寝泊まりしておるのではないですか。彼らはたいがい長町《ながまち》や日本橋《にっぽんばし》の安宿に住んでおりますが、そういうところですら日家賃が払えず、宿なしになるものがおる。櫓休寺のご住職は彼らに境内で仕事をさせたうえ、本堂にタダで住まわせてやっているのでは」

「――あ！」

なるほど、そう言われてみればそうかもしれない。いや、きっとそうだ……。

「でも、俺が、賊の宗派は、門徒のようで臨済宗のようでもあり、また真言宗のようでもあるが、これはどういうことか、と聞くと、払子をすっと伸ばして、わかるか、と言うたのです。禅問答ではあるまいし、なにか隠しているのではないでしょうか」

「払子を伸ばして、ですか」

「はい。俺が、わからないでいると、世俗にまみれた不浄役人にわかろうはずがないと一喝されました」

「なるほど。あなたは相手が禅僧だったので、ご住職の行いを禅問答のように思われたのですな。もし、相手が俗人で、場所が道のうえだったら、そのふるまいをどう考えたでしょう」

「うーん……払子を伸ばして……」

勇太郎は払子を持っている体《てい》でやってみた。

「どこかを指し示しているようにも思えます」

「でしょう？　ご住職が払子を伸ばした先にはなにがありました？」

「――四天王寺です」

勇太郎は、小佐田効験という医者宅に押し込んだ賊を四天王寺のあたりで見失ったことを思い出した。

「ですが……天下の四天王寺ともあろうものが盗みを働くとは思われません」

「四天王寺は、今でこそ天台の寺ですが、聖徳太子《しょうとくたいし》の創建になる日本最古の寺院のひとつで、まだ仏教の宗派が分かれるまえに作られたため、もともとは『八宗兼学《はっしゅうけんがく》』といって、仏教であればどんな宗派でも受け入れておったのです」

「………」

「それに、毎月二十二日は聖徳太子の月命日であり、四天王寺の『太子会《たいしえ》』の日です」

勇太郎は残りの酒を飲み干した。どうやらそれに決まりのようだ。

勇太郎は二日酔いの頭を振りながら真善寺を辞し、まっすぐに西町奉行所に向かった。門番に、

「村越さま、ご用人さまが探しておられましたぞ」

「ご用人が……？」

なにかあったのかと奥へ急ぐと、佐々木喜内は久右衛門や岩亀と同席していた。勇太郎が部屋に入るなり、

「おお、村越。わしは昨夜、おまえと飲んでいたのう」

久右衛門がそう言った。

「はい。遅くまでご一緒させていただきました」

「やはりそうか。わしは片時も席を離れなかったであろう」

「はい。ずっと、ずっと、ずーっと飲んでおられました」

「どこの店じゃ」

「覚えておられないのですか。『大伊狸屋』でございます」

「おおおおっ、思い出したぞ。『大伊狸屋』じゃ。これでわしへの疑いは晴れた！　村越、礼を言うぞ、うっはははははは！」

「はあ……」

なんのことかわからず勇太郎は空返事をしたあと、岩亀に向かい、今さっき深望から聞いたばかりの話をした。

「二十二日に四天王寺で賊の集会がある、ということか。これはちとやっかいだぞ」

「なぜです」

「四天王寺といえば、天台宗の大本山だ。その権威はたいしたもので、寺社方でもうかつには手出しはできぬ。いわんやわれら町方においてをやだ」

「天領である大坂の寺社はわれら町奉行所の扱いではないのですか」

「あちらはそうは思うておらぬ。どんな細かいことでも、こちらが手出し、口出しをすると文句を言うてくる」

「おそらくは四天王寺ぐるみで悪事に手を染めているわけではなく、一部の僧が四天王寺を隠れ蓑《みの》にして盗みを働いているのだろうが、だとしても正面切って管主に、寺内を調べさせてくれ、出入りしている僧を吟味させてくれ、と申し入れても断られるだろう」

悪事の温床になっているのは小さな貧乏寺ではない、と岩亀は言う。四天王寺をはじめとする大刹《たいさつ》は、悪僧たちのかっこうの逃げ込み場所になっているのだ。

「寺社方を通してくれ、ということでしょうか。ならば、寺社役与力からそのようにすればよいではありませぬか」

「そのやり方はいかにもまずい。悪党どもに勘付かれて逃げられるのが落ちだろう」

「はあ……」

「どうすればよいのか……」

四人とも黙り込んだ。そして、勇太郎が言った。

「ならば、なかから崩すまでです。二十二日にこの経木を持って四天王寺に行けば、賊の仲間に入ることができるのではないでしょうか。そうすればやつらの尻尾《しっぽ》をつかむことができます」

「そうたやすくことは運ぶまい。まず、やつらの仲間になるには、まことの僧でなければならぬ。手下《てか》を潜り込ませても、僧としての修行をしていないことはすぐに露見してしまう。と申して、われらの知り合いの僧のだれかに、盗人の仲間になったふりをしてくれ、とはとても頼めぬ。バレたら殺されるのだからな」

「私がやります」

「──なに？」

「私が坊主になって、賊の一味に加わります」

「はははは……気持ちはわかるが、村越、それはむずかしいぞ。まず、頭が坊主ではない。しかも、僧としての修行を積んでいない。あっというまに露見してしまう」

「頭は剃ります」

「本心か？」

「はい。修行も、付け焼刃ではありますが、いずれかの寺で今から勤めます。私にやらせてください」

頭を剃る、坊主頭になる、というのはたいへんなことである。およそまともな人間のすることではないし、それなりの覚悟がいる。

「どうしても手柄を立てたいのです。岩亀さま、なにとぞお許しを……」

「馬鹿なことを言うな。露見したら殺されるのだぞ。とうてい許すことなどできぬ」

「許してくださらねば……勝手にやります」

「だめだ。死ぬのがわかっているのにみすみすやらせるわけにはいかん」

「お許しをいただけぬならば……腹を切ります」

「なに？　貴様、なにを言うておるのかわかっているのか。お頭とわしを脅しにかけているも同然だぞ」

「脅しではありません。まことに腹を切ります。俺は……もうどうなってもいいのです」

勇太郎は吐き捨てるように言った。

「自棄《やけ》になるな。ほかに道があるはずだ」

岩亀がそう言ったとき、

「待て。――どういうことじゃ」

久右衛門が勇太郎をにらみすえた。岩亀が、小糸や岩坂三之助の病など、ことの次第を話したあと、

「お頭からも、命を粗末にするな、と申し聞かせてやってくだされ」

「なるほどのう」

久右衛門は顎に指をあてがうと、

「やってみるか」

「ええっ！」

岩亀が頓狂な声を上げた。

「どうせ人間、一度は死ぬのじゃ。惚れた女のために命を懸けるのもよかろう。岩坂三之助の気持ちもわかるが、おまえがそれを乗り越えるにはのう、村越、余人にはできかねるなにごとかをやってみせるほかないぞ」

「ははっ！」

勇太郎は頭を下げた。

「このこと、おまえに任せる。骨はわしが拾うてつかわす。存分にしてのけよ」

「ははっ！」

喜内と岩亀は、ふたりのやりとりを聞いて顔を見合わせた。岩亀が、

「なれど、嘘でも坊主としての修行をせねば、見破られましょう」

「真菩寺の奥望に頼めばよい。二十二日までまだ十日ある。なあに、本式の修行は無理としても、二、三日もあれば、坊主らしゅう見える工夫や経の読み方、数珠のまさぐり方ぐらいは覚えられるであろう。——行ってこい」

こうして勇太郎は真菩寺で僧侶としての修行をすることになった。住職の奥望は大笑いして、

「同心が坊主になるとは面白い。骨の髄まで染み込むよう、しっかり鍛えてやるゆえ安堵せい」

「いえ、そこまでしていただくことはありません。ボロさえ出なければそれでいいのです」

「たわけ！　僧侶には身につけるべき三千の威儀と八万の戒律がある。経の読み方、座禅のしかたひとつとっても、見るものが見ればわかるぞ。付け焼刃ではすぐに露見する。

わしらに任せておけ」

言いながらも、奥望はずいぶんと愉快そうである。

「は、はい。なにぶんよろしくお願いいたします」

仕方なく勇太郎が頭を下げたとき、ふたりがにやにや笑い合っているのがちらりと見えた。

「では、まず、剃髪《ていはつ》をせぬと話にならぬの」

「い、いえ……頭を剃るのは修行の上がりのときでけっこうです」

武士にしろ町人にしろ、髪をなくすというのはたいへんなことなのである。

「そうはいかん。坊主頭でないと修行への身の入り方がちがうゆえな。——深望、剃刀《かみそり》を持って来い。それと水じゃ」

「はいはい」

こうなってはもう逃げられぬ。勇太郎は覚悟を決めてそこに座り、

「得度にもいろいろと作法があるのですか」

そうきくと、

「そんなことはどうでもよい。頭が丸まりさえすればよいのじゃ。——うむ、持ってきたか。こっちへ寄越せ。む……？　これは水ではないな」

「ええ、水壺《みずつぼ》の水が切れとりましてな、井戸まで行くのはめんどくさいさかい、盥《たらい》に酒

入れて持ってきました」

　奥望は叱りつけるかと思いのほか、

「おお、それは気が利いておる。おまえにしては上出来じゃ」

　そう言うと剃刀の刃をしめそうとしたが、

「刃をしめすには猪口一杯ほどでよい。もったいないのう」

　奥望は盥ごと持ち上げると、縁に口をつけ、うんぐうんぐと酒を飲んだ。

「和尚、ひとりじめはずるいですぞ。私にも飲ませてくだされ」

　深望は師から盥を奪い取ると、残りを一気に飲み干した。

「これ、猪口一杯ほど残しておかぬか」

「あ、皆飲んでしもうた。もう一度汲んできます」

　深望はまた酒を盥に入れてきたが、

「少なめにと言うたではないか。また飲まねばならぬ」

「いや、此度《こたび》は私が先に……」

「わしが先じゃ」

　勇太郎はたまりかねて、

「早くしてください！」

　こうして勇太郎は髪を失った。はじめのひと剃りで、どさ、と頭髪がその場に落ちた

ときはさすがに身体が震えたが、もう後戻りはできないのだ、と思うと肝が据わった。あとは心を平穏に保つことができた。髪がばさり、ばさり、ばさり……と床に積もっていく。

「よし、きれいにつるつるになったわい」

奥望は満足げにうなずくと、手鏡を勇太郎に渡した。それをのぞきこんで、勇太郎は呆然とした。

（これが……俺？）

そこに映っていたのは、頼りなさげで貧相な若い坊主だった。おそるおそる頭部に手を当てる。手のひらがひたと肌に貼りつく。哀《かな》しいような切ないような……感慨にふけっていた勇太郎に、奥望が言った。

「さあ、まずは水汲みと掃除からじゃ」

「は、はい」

立ち上がろうとしたときに、深望が言った。

「和尚、名がないと呼びにくうございます」

「それもそうじゃの。ならば……勇望《ゆうぼう》とでもしておくか」

「勇望、ですか……」

「勇望、なにをぐずぐずしておる！　とっとと動かぬか！」

「そうだぞ、勇望！　ここらに落ちておるおまえの髪を片付けろ。一本でも残っていたら許さんぞ」

「いえ、私は僧ではないとバレぬようにしていただければよいので、そんな細かい修行までは……」

「つべこべ抜かすな！　弟子のくせに生意気だぞ！」

あわてて勇太郎は、いや、勇望は箒《ほうき》を手にした。

3

東西両町奉行所は連名で、大坂にあるすべての寺の住職宛に書状を出した。書状には、貴寺に属する僧のなかに怪しいものはいないか、あるいはそういう僧がどこかの寺にいると聞いたことはないか、貴寺の僧に盗賊の一味にならぬかという誘いはなかったか……そういった問いが列記されていた。じつのところその問いは、四天王寺に向けてのものだったのだが、それでは四天王寺が疑われていると悪党たちに勘付かれてしまう恐れがあるため、あらゆる寺に送ったのである。

しかし、返事はどこの寺も似たようなものだった。怪しい僧などいない、よその寺のことは知らない、誘いもない。なかでも四天王寺からの返書はかなり厳しいもので、

「聖徳太子以来の仏法を守る伝統ある当寺に町方が疑いの目を向けるなどとんでもないことである。もし、町方役人やその手先が寺内にいるのを見つけたら、ただちに寺侍もしくは当番僧によって捕縛し、寺の外へ放逐する。また、西町奉行大邉久右衛門は、近頃、無銭での飲食《おんじき》を行っているという評判を聞く。そのような人道に外れたものが仏法の地を汚れた足で蹂躙《じゅうりん》するなどとうてい許せることではない」

久右衛門は、東町奉行所から回ってきたその書状をびりびりに引き裂いた。

「あ……読み終えたらあちらに返さねばならぬものでしたのに……」

喜内がそう言ったが、あとの祭である。

「四天王寺め……」

久右衛門は歯噛みをして、

「わしは悪い僧を召し捕ってやろうと思うておるのに、それがわからぬとは……。四天王寺など雷で焼けてしまえ！」

「そんな罰当たりな……」

「なにが罰当たりじゃ。わしは、人道に外れているとまで言われておるのじゃぞ！」

久右衛門は、誰が四天王寺などに行くか！　おまえの顔を見たくないのだ、町奉公所のものもそちらに足を踏み入れることなどない、馬鹿、間抜け……と悪口雑言を書きつらねた書状を四天王寺の管長に送った。こうなるとこどもの喧嘩である。

久右衛門の憤激をよそに、その後も坊主どもはあちこちの商家を襲った。手口が毎度変わるので、いくら用心を重ねていてもどうしてもだまされて、くぐりを開けてしまうのだ。また、一味にはさまざまな宗派の僧侶が関わっており、押し込む店《たな》の宗旨や檀那寺についても詳しいため、年端もいかぬ丁稚などはつい信用してしまう。男だけでなく尼もかなりの数にのぼることもわかっていた。しかし、夜間に町廻りをしている同心たちが見かけて、あとを追っても、まるで南蛮手妻のように行方をくらましてしまう。東町はもとより、西町奉行所も頭を痛めていた。

両町奉行所は、「夜中に坊主が訪ねてきても戸を開けるな」という達しを大坂中の商家に送り、油断せぬようながしてはいるが、盗人たちも心得たもので、今度はくぐり戸を開けていないのに、いつのまにか店のなかに入り込んでいる。

「それが……どこから入りよったのかわかりまへんのや。屋根の瓦を外したか、縁の下から潜り込んだのか……」

頼りないことこのうえないが、店主たちは異口同音にそう言った。

岩亀は言った。

「これは、ただの坊主ではないぞ」

「一味のなかに、忍びの技を心得ているものがおるにちがいない。戸を開けぬだけでは防ぎきれぬ」

だが、西町奉行所がもっと頭を痛めていたのは、奉行所の頭領である大邉久右衛門の偽者が出没を繰り返していることだった。毎朝のように市中のどこかで「昨夜、でっぷりと太った、頭巾で顔を隠した侍が、たらふく飲み倒し食い倒したあげく、金を払わずに帰っていった」という苦情が西町奉行所に寄せられる。それは奉行の偽者である、と喜内が断っても、

「ほかのものには支払いをしたのに、どうしてうちだけ払ってくれないのだ」

と怒り出すので、しかたなく支払いをする。西町奉行には会うたことはないが、大邉久右衛門という御仁が「大鍋食う衛門」とあだ名されるほど飲み食いが好きで、牛のように肥えているということは知っている……そういう店を狙っているようだ。

大坂で大酒飲みかつ大食いとして知られているものたちを調べてみたが、首尾ははかばかしくなかった。ある与力は太っている男を見かけると片っ端から会所に呼び、詮議したが、さすがにこれはあちこちから苦情が出た。

「肥えてるだけで召し捕るやなんて無茶苦茶や」

「目方が何貫目よりうえは牢屋《ろうや》行きらしいで」

「大鍋食う衛門もろくなもんやないなあ。そろそろ辞めたらどないや」

また、損を受けた店の主たちに、偽者になにか目立つところはなかったかと問うても、

「肥えていた」

「めちゃくちゃ酒を飲んだ」

「めちゃくちゃものを食べた」

「偉そうにしていた」

「声がでかかった」

「怖かった」

などという答ばかりで、それらはいずれも久右衛門にも当てはまるのだった。

西町奉行があちこちの店でタダ飲み、タダ食いを繰り返している、という噂は大坂市中にじわじわ広がっており、与力、同心たちがいくら「あれは偽者だ」と必死に打ち消しても信じるものは少ない。どこそこに偽者が現れた！　と報せが来るたびに町奉行所をあげて東奔西走せざるをえず、日々翻弄されていた。

西町奉行所の一室で、久右衛門と岩亀、鶴ヶ岡をはじめとする与力たちが鳩首《きゅうしゅ》していた。どの顔にも疲労の色が濃い。皆、寝ていないのだ。定町廻りや盗賊改め方だけでなく、すべての与力・同心が、非番のものも含め、毎夜、休みなく市中を見廻っている。昼は昼でそれぞれの務めを行わねばならぬ。しかも、これ以上人数は増やせないのだ。

「なにかよき思案はないか。どんなことでもよい。役立たぬと思うてもとりあえず申してみよ」

久右衛門の言葉にだれも顔を上げなかった。そういうなかで、鶴ヶ岡与力が言った。

「今、ふと思うたのですが、盗人坊主とお頭の偽者……このふたつは関わり合いがあるのではありませぬかな」

「どういうことじゃ」

「ほんの思いつきではありますが、お頭の偽者が現れた場所が、その日に賊が押し入った店とはまるで違うところばかり。これは奉行所の人数を二手に分けさせようという企みではありませぬか」

「かもしれぬが……だとすると、わしらは向こうの思う壺にはまっておるということではないか！」

「さようでございますな」

「ううう……役に立たぬことを申すな！　たわけもの！」

理不尽に久右衛門が怒鳴ったとき、

「御前……」

襖の外から声がした。喜内である。

「今、大事の寄り合い中じゃ。あとにせよ」

「火急の用件にございます」

喜内の声にさしせまったものが感じられた。

「入れ」

襖が開き、廊下から喜内が入ってきた。顔が真っ青である。久右衛門のまえにまわり、正座すると、一通の書状を手渡す。久右衛門は中身を一瞥《いちべつ》し、

「ふむ……」

と唸ったきりなにも言わぬ。与力たちは、なにごとかと久右衛門を見つめている。やがて、

「老中からの書状じゃ。――偽者一件が片付くまで、当面のあいだ『慎み』せよ、とのことである」

一同寂《じゃく》として声もなかった。「慎み」とは、屋敷の一室に閉じこもり、他出を禁じられる刑である。蟄居《ちっきょ》閉門などよりも軽い処罰であり、本来、夜間ならば目立たぬように出かけることが許されるが、今度の偽者の出没は夜のみだ。とうてい他出は許されないだろう。

「西町奉行を騙るものが民に迷惑をかけておるのに、召し捕ることができぬからだそうじゃ。なるほど、たしかにわしが屋敷から出ねば、飲み食いしておるのは偽者だとだれでもわかるのう」

喜内がため息をつき、

「大邉家にとっても西町奉行所にとってもはなはだ不名誉なることなれど、それが御前に罪なき証となるならばやむをえませぬな。本日より奉行所のうち、屋敷内《うち》はすべて封

し、御前はそこより公の場には出られぬようお願いいたします。その旨、市中にも触れを出し、もし大邉久右衛門に見せかけたるもの、あるいはそう名乗るものが参っても、それは偽者ゆえただちに奉行所に届けるようにせよ、と……」

久右衛門は目を閉じ、しばらくなにごとかを考えていたが、

「気に入らぬな」

「それはもとよりそうでございましょう。不自由をかこつことになりますゆえ……。なれど、これはやむをえぬ仕儀にて……」

「不自由になるから気に入らぬというのではない。偽者がおるゆえ本物はおとなしゅうしておれ、という考えが気に食わぬのじゃ。おとなしゅうすべきは偽者のほうであろう。わしは慎まぬ。なにがあろうと慎まぬぞ！」

「なれど、ご老中のお指図……」

「老中だろうと将軍だろうとわしはやりたいようにやる」

「町奉行をお役御免になりますぞ」

「かまわぬ」

久右衛門はあっさりと言った。

「やりたいことがやれぬならば、町奉行などどうでもよい。すぐに辞めてやる」

「それでは大坂の民があまりにないがしろ……」

「うるさいっ！」

久右衛門は両の拳で床を叩いた。

「居酒屋や煮売り屋、芋屋なんぞの主どもがなにゆえわしの偽者にだまされたと思う？　わしのまことの顔形や声を知らぬゆえ、ちいとばかり太っておる、よう飲みよう食らう……ぐらいのことでわしだと思うてしまうのじゃ。わしも悪かった。大坂の民を守るべき町奉行が、その民に顔も声も知られておらぬとは……わしと民のあいだに溝があったということだ。もっとわしが皆と親しく接しておれば、かかることは起きなかった。今からでも遅うはない。わしは、おのれを民に知らしめるよう努めることにした」

「え……な、なにをなさるおつもりで？」

「知れたこと。わしを売り込むのよ」

「売り込む？　どのように……？」

久右衛門は喜内を近くに招いて、その耳に長々となにごとかをささやいた。喜内ははじめ呆れていたが、やがて久右衛門の熱弁にうなずくようになり、しまいには合点して部屋を出ていった。居並ぶ与力たちは呆然として、

（老中から「慎み」を命じられたというのにこの明るさはなんだ……）

と驚いていた。そのあと久右衛門は急に真顔になり、岩亀与力に向かって、

「もう二十二日は間近じゃ。村越の上首尾を祈るしかないのう」

一同は平伏した。

◇

「あの……」

ためらいがちな声に応対に出た家僕の厳兵衛が、

「こ、これはこれはいら、いら、いらっしゃいました。……ちょちょ、ちょっと待っとくんなはれ。奥さま！　奥さま！」

すゑはいつもどおりの落ち着いた物腰で、

「なんやのん、厳兵衛。だれが来たのかと思たやないの。――小糸さん、ようお越し」

「ご無沙汰をいたしまして申し訳ございません」

「立ち話もなんやさかい、さあ、上がってちょうだい」

「いえ、ここで……」

「まあまあまあ……」

遠慮がちな小糸を無理矢理上がらせると、客間に通した。

「先生のお具合はどないやの？　私も案じてましたのやが、お見舞いに行くのもなあ……」

「お気遣いいいただきありがとうございます。寝たり起きたりですが、傘庵先生のお話では、薬は効いていないわけではない、あとは当人の生きる気力次第だと……」

「岩坂先生、気力がおまへんのか」

「自分はまもなく死ぬのだから、門人を婿に取り、一刻も早う道場の跡継ぎを決しなければならぬ、とそればかり申しております」

「はあ……」

「勇太郎さまはおられますか。お話ししたいことがあるのです」

「いてないねん」

「お奉行所ですか」

「それがやなあ……だれにも言うたらあかんことになっとるんやけど、小糸さんにだけは話します。あの子な、今、お寺におるんや」

「お寺……？」

すゑは手短にいきさつを話した。二十二日に盗人坊主の集会がある。そこに潜り込むために、久右衛門の知り合いの寺で修行をしているのだ、と。小糸は真っ青になり、

「盗人たちのなかに入り込むなんて、もし露見したら殺されます！」

「たいへんなお役目や。私も、そんな危ないこと……て思うけど、当人がどうしてもやる、て言うとるんやからしかたない。お奉行さまも、ご老中から『慎み』ゆうてお奉行所から出られへん罰を受けはったらしゅうて、与力も同心も皆血相変えてお勤めしては

りますわ」

「そうでしたか……」

「髪も下ろしたんやで。私は会うてないけど、今はくりくり坊主のはずや」

「…………」

「こんなこと言うたらあかんのかもしらんけど、あの子、あんたと一緒になれんことでこのお役目を買って出たみたいやで」

「まさか……」

「自棄になったとか、そんなんやのうて、あんたをかどわかしてでも一緒になりたい、けど、ご病気の先生のことを考えるとそんなことはできん……その悶々《もんもん》とした気持ちをなにかにぶつけたかったんやろな。ほんまド不器用な子やで」

「申し訳ありません……」

「いやいや、あんたのせいやない。なにもかもめぐり合わせや。けど……私は女やからあんたの気持ちはわかってる、と思う」

「え……？」

「私に、それを聞かせてほしいねん。あかんかな」

小糸は、うつむいたまま黙っていた。すゑも強いてうながすことはなかった。

「あ、そや。お茶も出さんとえらい失礼を……ちょっと待っといてや」

すゑは台所に入ると、すぐに出てきて、小糸のまえに盆を置いた。そこには徳利と湯呑みが載せられていた。

「これは……」

「こういうときはお茶よりお茶けだす。どうぞ」

小糸はためらっていたが、やがて、まなじりを決して、湯呑みの酒を一息に飲んだ。

「ええ飲みっぷりやこと」

「もう一杯ちょうだいいたします」

今度はみずから酒を注ぎ、二杯目も息もつかずに飲み干すと、

「すゑさま……」

「はい」

「お聞きいただけますか」

「はい」

「父が病気だろうと、おたがいが跡取りだろうと、そんなことどうでもいい。なにがあろうとかならずおまえと一緒になる。私は勇太郎さまにそう言ってほしかったのです。そうしたら私は……許されないことですが、父を捨ててあの家を出たでしょう。勇太郎さまとふたりで、どこか遠い国へ行って……もちろん夢物語です。でも……」

小糸の目からぼろぼろと涙がこぼれた。

「そう言ってほしかった。――今日ここへ来たのはそれを勇太郎さまに申し上げたかったからです」

「あの子は、それが言えんかった。そのかわりに、命懸けのお役目を引き受けたんや」

「…………」

「あんたの気持ちが聞けて、私もうれしいわ。けど……こういうとき、私たち女子にできるのは、天神さんか仏さんかご先祖さんかわからへんけど、お祈りすることだけやなあ」

しかし、小糸は決然と顔を上げ、

「いえ……そんなことはないと思います」

その言葉には、さっきまでは感じられなかった気迫がこもっていた。

◇

「ほんま、残念ですわ」

玄徳堂の太吉が肩を落としていた。

「そう申すな。おまえのこしらえた菓子ならば、わしは喜んで食うぞ」

西町奉行所の居間で、久右衛門は目のまえに置かれた菓子折りから薯蕷《じょうよ》饅頭《まんじゅう》をぱくぱくと食べていた。

「うーむ、美味い美味い。おまえの菓子はなんでも美味いのう」

「けど、お奉行さまがご老中から『慎み』を食ろうたて聞きまして、さぞかしご不自由にしてはるやろさかいお慰めをと思うて、季節のお菓子をお持ちするつもりだしたのやが……ええ栗がどうしても手に入りまへんのや。せっかくお奉行さまに『栗白山』をお召し上がりいただこうと思うてましたのに……」

「よい栗がなければ、さつまいもを使えばよいのではないか」

「絵師の鳩好さんもそう言うてはりましたけど、わては承服できまへんのや。所詮、さつまいもは『八里半』だすわ。栗の美味さにはあと半里届きまへん」

「栗より美味い十三里とも申すではないか」

「いえいえ、やっぱり菓子には栗のほうがずっと向いとります。さつまいもは下品やし、味が大雑把やし、栗にはとてもかないまへん」

「屁もこくし」

「まあ……それもおますなあ。ええ栗が手に入ったら、またお届けにあがりますわ」

「待て待て。おまえは頭からさつまいもはいかん、栗の代用品だ、と思い込んでおるようだが、さつまいもは美味いものじゃ。――少し待っておれ、源治郎に支度させるゆえ……」

　久右衛門は、料理方を務める源治郎を呼び寄せ、さつまいもを使った料理を何品か言いつけた。源治郎は承知して台所へ戻っていった。

「慎みなど言い渡されると暇でのう、一日中食うことばかり考えておる。あれをああしたらどうなるか、これをこうしたら美味いか……などとな」

太吉は、そんな暇があれば、盗人を召し捕る算段をすればいいのでは……と思ったが口には出さなかった。しばらくして、源治郎が持ってきたものを見て太吉は驚いた。

「これがさつまいもだすか」

まずは、細切りにしたさつまいもを使ったかき揚げのようなものだ。揚げたてらしく、まだしゅんしゅんと音を立てている。

「さあ、食うてみい」

「へ……」

熱々に塩をかけて食べてみると、

「おおっ、ほくほくとして香ばしい。ころあいの甘味もあって……美味い」

「これは太い拍子木に切ったさつまいもと生姜《しょうが》をうどん粉を溶いたころもで揚げたものじゃ。酒の肴にもなるであろう」

「ほんまだすなあ。これは栗ではでけんわ」

「こちらはどうだす」

源治郎がすすめたもう一品も揚げもののようだった。椀《わん》のなかに入れられ、熱い餡をかけてある。

「がんもどきみたいに見えますけど……」

箸で持ち上げてみると、柔らかい。少しかじると、なかから熱い汁がじゅっと染み出てきて、口のなかが塗りつぶされた。

「うわあ、やっぱりがんもどきや。けど……甘味がおますなあ」

「さつまいもを生ですりおろして、そこに潰した豆腐とか銀杏《ぎんなん》、キクラゲなんぞを混ぜて、揚げましたんや。そこに生姜を入れた餡をかけてみた」

「これは上品や。一流の料理屋で出てもおかしないわ」

「へへへ……太吉さんにほめられるとおいどがこそばいわ。――ほな、これも食べてみてんか」

そう言って出されたのは、茶色くて平たいものだ。ところどころに焦げ目がある。

「ウナギの蒲焼《かばや》きとちがいますか」

「そう見えますやろ。ところがこれがさつまいもだすのや」

食べてみると、味も蒲焼きに似ているが、口のなかでほろほろと崩れる。

「すりおろした芋を平たくして蒸しにかける。その下に海苔《のり》を敷いて形を整えたら、油で焼きますねん。あとは蒲焼きのタレを塗って、山椒《さんしょう》かけたらしまいだす」

「これも酒が進みそうや。いや、参ったなあ……」

「ほな、これも……」

「なんぼほどおまんねん」

それは、田楽《でんがく》だった。串に刺され、味噌を塗ってある。焼けた味噌の香りとさつまいもの香りが食い気をそそる。

「見たままですわ。さつまいもをすりおろして、薄い板でできた箱に入れて蒸します。それをこういう形に切って、あとは木の芽味噌を塗って焼くだけです」

「これが絶品なのじゃ。豆腐やコンニャクの田楽よりも美味いかもしれんぞ」

久右衛門はよだれを垂らさんばかりにしてそう言うと、ひとつを手に取ってひと口で食べた。

「美味い！」

「太吉さんのためにこさえたもんだっせ」

「ひとつぐらいよいではないか。――太吉、さあ食え」

太吉は田楽を口にして、

「うーん……これはええわ。甘さと辛さの加減がちょうどええ」

「どうじゃ、太吉。これでもさつまいもは栗よりも下等と申すか」

「とんでもない。まず、味はまるで別ものやということがわかりました。栗には栗の、さつまいもにはさつまいものよさがある。それに、こんな短いあいだに幾品もささっと作れるゆうのも芋のよさだすなあ。栗は下ごしらえが手間やさかい、こうはいきまへん。そのうえ、こうしていろいろな形に整えることができるのもさつまいものええとこや」

「それだけではないぞ。さつまいもはさほど水や肥料を与えずとも育つゆえ、飢饉《ききん》の折に重宝し、多くの民の命を救う。蒸してよし焼いてよしすりおろしてよし……飯に炊き込んだり、雑炊にしたり……焼酎にもなるぞ。どうじゃ、さつまいもの良さがわかったか」

「へえ。ようわかりました。それではわてはこれで……」

「待て。わしもさつまいもが食いとうなった。源治郎、わしにも芋料理を持ってまいれ。あと、酒じゃ」

久右衛門は血色のよい額をてかてかさせながらそう言った。

◇

そして二十二日が来た。勇太郎が町奉行所にも寄らず、真善寺からじかに四天王寺に向かったのは、だれにも見られぬようにとの配慮からだった。ときどきたちどまってわが身を見下ろすと、

（われながらひどい恰好だな……）

と思う。真善寺で与えられた僧衣は擦り切れてボロボロ、しかも垢《あか》だらけでちぎれかけたもの一枚だけだった。珠《たま》が割れた数珠、色の変わった袈裟などを身につけ、勇太郎は四天王寺の西門《さいもん》のまえに立った。

これからたいへんなお役目が待っている……とは思ったが、正直、

（ようやくきつい、つらい、しんどい修行から離れられる……）

という気持ちのほうが強かった。ボロボロの僧衣を着て、朝まだ暗いうちから起きての座禅にはじまり、本堂の掃除、洗濯、食事の支度、境内の掃除……と朝食まえにやるべきことが山ほどある。おかげで寺内はみちがえるようにきれいになったが、彼が来るまえにもそういうことが行われていたのかというとどうも怪しい。勇太郎がはじめて寺に来たときは、あらゆるところに埃がうずたかく積もっており、掃除をした跡など微塵《みじん》もなかったからだ。奥望も深望も夜通し酒を飲むから、昼ごろになってやっと起きてくる。それから勇太郎が作った朝飯を茶漬けにして流し込むのだ。座禅を組んでいる姿など見たこともない。ときどき檀家が来るが、そのときも、

「おまえが経をあげておけ」

と言うので、

「私はお経を習《なろ》うていません」

「経本を読め」

なにひとつ知らぬ勇太郎が経本を見ながらなんとかかんとか必死で経をあげる。そのため、けっこう経も覚えた。「坊主らしいふるまい」についてたずねると、

「わしらの真似をすればよい」

と言う。もちろんそんなことはできないので、みずから書物を読んで学ぶ。わからぬところをたずねると、ものすごく面倒くさそうに答える。座禅を組んでいると、ときどきやってきては肩といい背中といい警策という棒でめちゃくちゃに叩く。そして、食事は三度ともおかゆだ。しかも、米粒がほとんど入っていない、お湯のようなやつである。自分たちは美味そうなものを食い、酒も浴びるほど飲んでいるのに、だ。勇太郎は数日でげっそりと痩せた。

ただひとつ、修行をはじめるにあたって「公案」を出された。公案とは、臨済禅などで用いられる「問い」であって、それについての答を修行者おのおのが思案することで悟りを得る、というものだ。奥望が勇太郎に与えた公案は、

「いかなるかこれ『運を天に任す』の意」

というものだった。つまり、「運を天に任す」ということわざの意味はなにか、と問うているのだ。もちろんなんのことだかまるでわからない。座禅をしながら毎日ずっと考えてみたが見当もつかない。

（すべてを成り行きに任せろ、ということだな。此度のお役目も、敵地に乗り込んでい

くのだから、あれこれ考えずその場の成り行きに任せるのがいい、ということだろうか……)

勇太郎はそう解釈して奥望に言うと、

「ちがう」

と警策で思い切り叩かれた。どうせなんと答えても叩くつもりなのだろうが、気になるので深望に答を教えてくれ、と言うと、

「公案の答はひとりずつちがう。私が答を言うても、おまえの答にはならぬ」

などと言う。うまくごまかされているとしか思えない。

夕刻、四天王寺に入ると、境内はたくさんの僧と善男善女であふれていた。暮れ六つには寺の門は閉められる。それまでになかに入り、九つまでどこかに身をひそめておかねばならぬ。

(まことにその集まりは四天王寺で行われるのだろうか……)

四天王寺、というのは勇太郎たちが推し量っているだけだ。深望に声をかけてきた僧は「二十二日の九つ」としか言っていないのである。だが、たぐれる糸は今のところこれしかないのだ。勇太郎は亀の池や五重塔、本堂のあたりを歩き回ったが、それらしい気配はない。声をかけてくるものもいない。ただ、「善男善女」からは、

(汚らしい坊主やな……)

と白い目を向けられる。

門が閉まるまえに、勇太郎は食堂《じきどう》の裏手にある炭小屋に隠れた。暮れ六つの鐘を聞きながら息を殺し、そこから動かなかった。日が暮れて、ときおり僧が目のまえを行き交うこともあったが、夜が更けるにつれ、それもなくなった。三刻という長いあいだを炭小屋で過ごしていると、九つの鐘が鳴った。勇太郎は立ち上がると外に出た。境内は静まり返っていて、小さな物音でも遠くまで響く。足音をなるべく立てぬようにして歩く。しばらく徘徊《はいかい》し、六時堂のまえまで来たとき、黒い影が屋根から飛び降りてきて勇太郎のまえに立った。足下の砂利が鳴らない。僧体をしており、頭も剃っているが、

（忍びか……）

と勇太郎は思った。

「仲間入りを望むものか」

勇太郎はうなずいた。

「ご持参の経木をお渡しくだされ」

懐から、なにも書かれていない経木を出して、男に手渡す。心の臓が破裂しそうなほどにばくばくしたが、男はちらと見てうなずき、

「当地、荒陵山《こうりようざん》四天王寺の寺内には世俗のものは入れぬ決まりゆえ、ご安堵めされよ」

男は勇太郎を従えて聖霊院《しようりよういん》に向かうと、手洗水に経木を浸した。すると、

仏の顔も三度

という文言が浮かび上がった。男は満足そうにうなずき、堂の壁をこつこつこつ、と三度叩いた。内側からもこつこつこつと返事があった。やがて、壁だと見えていたところが扉のように開いた。

（隠し扉か……！）

勇太郎が身を引き締めたとき、なかから出てきた僧が経木を受け取り、

「ここからは拙僧が案内申す。ついてこられよ」

地下に降りる階段があり、ところどころに設けられている燭台《しょくだい》の蠟燭《ろうそく》の灯を頼りに下へ下へと降りていく。地の底に着いた、と思ったら、そこからは腰を屈《かが》めなければ通れぬほどの横穴が延々と伸びていた。どれほどの時が経《た》ったかもわからぬほど歩いたあと、

「ここだ」

見ると、そこには鉄でできた両開きの扉があった。僧はその扉をまた三度叩くと、なかから、

「仏作って」

という声がした。僧が、

「魂入れず」

と答えると扉が片側だけ開いた。内側はかがりが焚《た》かれているのか、まばゆい光がそこから漏れた。

「入れ」

案内役の僧にうながされて恐る恐るなかに入ると、僧たちが一斉にこちらを向いた。その数はなんと百名ほどだ。勇太郎はすばやく目を走らせた。僧衣を着てはいるが、恰好はそれぞればらばらで、宗派の違いが見てとれた。尼僧も数名目についた。正面に祭壇のようなものがあり、そこに長身の僧が立っていた。いかにも高僧然とした姿で、頭頂の尖《とが》った金襴《きんらん》の頭巾をかぶり、錦の袈裟を着て、珠の大きな数珠を首にかけている。その左側にいた僧が、案内役の僧から経木を受け取ったとき、その手の甲に火傷の痕があることに勇太郎は気づいた。正面の僧は勇太郎に向かって、

「名はなんと申す」

「ゆ、勇望でございます」

口のなかがからからだ。

「どこの寺のものか」

「真善寺でございます」

「柔の使い手と聞いたが」

ぎくっ。

「いささか心得はございます」

「どれほどの腕か見たい。ここで、披露してくれ。——慈念《じねん》」

一同のなかから屈強そうな大坊主が進み出た。

(しまった……)

勇太郎は剣術はともかく柔術はほとんど知らぬ。岩坂三之助から少し手ほどきを受けただけだ。どうする。このままだと見破られてしまう。そのまま投げ殺されるかもしれない。今は刀も十手もない。そのとき勇太郎の頭に、

「運を天に任す」

という公案の言葉が浮かんだ。

(ええい、ままよ!)

勇太郎はまえに出ると、慈念と呼ばれた坊主と対峙《たいじ》した。

相手は、強《こわ》い髭をたくわえ、はだけた胸にも剛毛が生えている。広い肩は牛のようで、腕も力瘤《ちからこぶ》が盛り上がっている。それに比べると勇太郎は竹のように細い。

「慈念坊、そんなひょろひょろ、叩き潰してやれ」

僧たちのあいだから声がかかった。慈念という僧はにやりと笑い、

「ううりゃあっ」

慈念は両手を広げて勇太郎に向かってきた。すばやい動きで、勇太郎は考えるゆとりもなく、同じように手を広げた。組み合った途端、相手は勇太郎の襟を摑み、力任せに左右に振った。勇太郎が振り払おうと半身になったとき、左襟の手を離し、右腕だけで勇太郎を投げ飛ばそうとした。必死に抗《あらが》ったが、あまりの金剛力に勇太郎は立っていられず、床に倒れた。慈念はそのまま腕の力だけで勇太郎を引きずると、

「でええええっ」

気合いもろとも壁目がけて放り投げようとした。

（死ぬ……）

勇太郎はそう思った。壁は、石を組んだような岩壁だ。あそこに激突したら頭の骨が折れるだろう。しかし、さいわいにもそうならなかった。慈念の力が強すぎたのか、勇太郎の僧衣の襟が破けたのだ。勇太郎は半裸になってその場に落ちた。落ちながらも、彼は慈念の足にしがみついた。

「うわっ」

慈念の巨体がどうと仰向けに倒れた。このときを逃しては勝機はない。勇太郎は無我夢中で相手の襟を摑み、渾身《こんしん》の力を込めて絞め上げた。これでもか……これでもか……と絞め続けていると、

「勇望……」

声がかかった。

「もうよい。慈念はもう落ちておる」

相手を見ると、いつのまにか泡を吹いて白目を剝いている。勇太郎はあわてて手を放した。身体中にべったりと大汗をかいている。息がはずんで、それを整えるのにしばらくかかった。部屋中の僧たちの眼が勇太郎に注がれている。痛いほどだ。勇太郎は彼らの顔を見た。いかにも貧乏臭いものもいれば、それなりに富貴そうなものもいるが、皆等しく、なにか怨念を抱えている風だった。それは今の暮らし向きや仏教界、もっと広く言えば天下国家への憎悪なのかもしれなかった。彼らの発するぴりぴりした気が地下に満ちていた。

「なるほど、慈念坊を倒すとは、聞きしに勝る柔《やわら》の腕だのう」

錦の袈裟を着た正面の高僧は満足げに言った。

「わが眼力に狂いはございませぬ」

火傷痕のある僧はやや自慢めいた口調で言った。彼は、勇太郎のことを、先日、毘沙門池のあたりで五人のやくざものを叩き伏せた深望と信じて疑わぬようだ。あのときは夜だったし、経木を持っているうえ、頭も剃っている。出家するか医者になるほかに剃髪するというのは、ほとんどない。ことに武士にとってはありえぬことと言ってよい。

「そのほう、寺はいずこであったかな」

「真菩寺でございます」

「真菩寺……?」

錦の袈裟を着た僧は聞きとがめた。

「聞いたことのない寺じゃな。真菩寺について、だれぞ知っておるか」

居合わせた僧のなかのひとりが、

「あそこは臨済宗の寺でございますが、絵に描いたような貧乏寺でして……住持は大酒飲みで人付き合いが悪く、うちの寺とも近いのですが私は一度も住持に会うたことはございませぬ。檀家も寄りつかず、寺男も雇えぬと聞きます」

「さようか」

「ただ……ひとつ気になることがございまして……」

「なんじゃ、申してみよ」

「今の西町奉行大邉久右衛門が住持と旧知の仲だと耳にしております」

「なに?」

高僧の声がにわかに鋭さを帯びた。

「勇望とやら、そりゃまことか」

ヤバい……。

「まことでございます。西町奉行大邉はたまさかうちの寺を訪れ、住持とともに酒を飲み、明け方までなにが面白いのかくだらぬことばかりぺらぺらとしゃべっては泥酔して帰っていきます。世話をするものはたまりません。傍若無人にして下品、気が利かず、やたらと声がでかい。あのような無能無策なものをなにゆえお上が大事の町奉行職に据えているのかまったくもってわかりかねます」

「ふおっふおっふおっ……そうかそうか、大邉久右衛門は無能か」

「さようでございます。食うことと飲むことのほか頭にはなにもございません」

それはまことのことであった。

「頭領……」

火傷痕の男が、

「真菩寺のものならば、町奉行の動きもわれらの耳に入り、都合がよいのでは」

「そうじゃな。今、大邉は老中から『慎み』を命じられておるそうな。当面は屋敷から出られまいて」

「われらの計略、図に当たりましたな」

「そういうことよ。あとは、東町の水野だけを相手にすればよい。やつも能無しゆえ、われらの敵ではない」

勇太郎は「計略が図に当たった」という言葉にハッとした。ということはつまり、あの偽奉行もこの坊主たちのはかりごとの一環だったのだ。おのれらの仕事がやりよいように、まずは目障りな西町奉行を身動きできぬようにしたのだろう。

「勇望とやら、われらの仲間になりたいか」

金襴の頭巾を目深《まぶか》にかぶった高僧が言った。

「はい、お仲間の端に加えていただきとう存じます」

火傷痕のある僧が厳かに、

「このお方は、今聖徳王《いましようとくおう》と申される」

「今聖徳王……?」

「聖徳太子の生まれ変わりにて、われらを統《す》べる頭領であらせられる。拙僧はその側勤《そばづと》めにて、蘇我大臣《そがのだいじん》と申す」

聖徳太子と蘇我馬子《うまこ》を模しているのか……と思いながら頭《こうべ》を垂れた勇太郎に、今聖徳王は言った。

「われらの望みは、腐敗堕落した仏教界を立て直し、聖徳太子が目指した仏・法・僧の世界をこの世に作り上げることじゃ。そのためには、寺を寺社奉行の支配下から解き放ち、僧が武士よりも上位であることを示さねばならぬ。まずは賊徒の衆によって金を集め、武器弾薬を調え、いずれ機を見て兵を挙げる。徳川家は、寺請けによって民を治めている。侍の世と言い条、まことは寺の力を借りておるのじゃ。ならば、日本中の寺社がわれらに呼応すれば、徳川を転覆するなどたやすいことではないか」

熱弁を振るう今聖徳王に勇太郎は慄然とした。たかだか坊主の盗賊と思っていたら、天下を騒擾《そうじよう》に導き、徳川の治世をひっくり返す企てだったとは……。

「われらと志をともにするには、まず僧侶としての勤めを捨て、五戒を破り、みずから手を悪事に染める気概がのうてはならぬ。ときには人殺しをもせねばならぬやもしれぬ。目指す世の到来のためには地獄へ堕ちる覚悟がいるが……勇望、われらに賛同するつもりはあるか」

「おっしゃること、ことごとく腑《ふ》に落ちてございます。この私で間に合うものならば、進んで地獄へ堕ち、今聖徳王さまの手足となって働きとうございます」

「うむ、よう言うた。おまえのような柔の心得のあるものを欲しておったのじゃ。今までは商家のみを狙うていたが、これからは蔵屋敷や武家にも手を広げるつもりゆえ、腕に覚えのあるものがいてくれると助かるわい」

「ありがたきお言葉」

「――なれど、一味徒党に加わるには、ひとつだけ試しごとがある」

「試しごと……？」

「疑うわけではないが、願人《がんにん》坊主、捨て坊主、鉢《はつち》坊主の類ならばともかく、まともに修行をした僧ならば、経文のひとつもそらで読めるはず。なにかここで唱えてみよ」

勇太郎の脇の下から冷や汗が滴った。

「短いもので結構。どの経にするかはまかせるが、最後まで読み通せればよし。中途で間違えたときは、にわか道心とみなし、ここにおるもの皆でなぶり殺しにする。――よいかな」

真菩寺では奥望も深望もなにもしなかったので、檀家が来たときにはむりやり経を上げてはみたが、きちんと覚えてはいない。一番短い経といえば般若心経だが、それすらそらでは言えまい……。

「もちろんよろしゅうございます」

カシワ屋に奉公していた若い衆がにわか坊主になり、葬式ででたらめな経を上げてしくじるという落とし噺《ばなし》をまえに聴いたことがあったが、まわりじゅうがまことの僧侶ではそうもいかぬ。いちばん短いという「般若心経」でも二百七十六文字もあり、間違えずに暗唱するのは素人《しろうと》にはむずかしい。

下を向いて考え込んでいる勇太郎に、

「早うせぬか」

と蘇我大臣がうながした。そのときふと、勇太郎は思い出した。真菩寺で奥望と深望が酒を飲みながらのよもやま話をしているとき、

「のう、勇望、知っておるか。この世でもっとも短い経というのがある」

「さあ……般若心経でしょうか」

「ちがーう！　なにも知らんやつだのう」

「なにも知らんから修行させていただいているのです」

「言いよるわい。――あのな、この世でもっとも短い経は『十句観音経《じっくかんのんぎょう》』である」

「十句……なんですか、それは」

「観音経の流れを汲むもので、幾度も唱えるだけで霊験があるというありがたい経だが、ことにわれら臨済宗には縁が深い。それと言うのも、白隠禅師が『延命十句観音経霊験記』という書物のなかで、たった四十二文字しかないゆえすぐに覚えられるうえ、ご利益もあると皆に勧められたのだ」

「それは短いですね」

「短いが中身は深い。一度しか言わぬゆえ、よう覚えておけよ」

　そう言って、奥望は盃をかたわらに置くと、

「えーと、観世音南無仏《かんぜおんなむぶつ》……なんだったかな」

「与仏有因与仏有縁《よぶつういんよぶつうえん》です」

　深望が助け舟を出したが、

「そうだ。与仏有因……えーと……」

「和尚は酔っ払っておられる。私がかわりに教えよう。えーと……」

　ふたりとも四十二文字が出てこないようだ。やがて、深望がようよう思い出し、

観世音、南無仏
与仏有因、与仏有縁
仏法僧縁《ぶっぽうそうえん》、常楽我浄《じょうらくがじょう》
朝念観世音《ちょうねんかんぜおん》、暮念観世音《ぼねんかんぜおん》
念念従心起《ねんねんじゅうしんき》、念念不離心《ねんねんふりしん》

「どうじゃ、言えたぞ！」

あたりまえである。二句ずつ対になっているので、たしかに覚えやすい。しかし、そのとき一度しか聞いていないので、思い出せるかどうかは定かではない。

だが。

やるしかない。勇太郎は一歩進み出ると、深く息を吸ってから唱え出した。

「観世音、南無仏、与仏有因、与仏有縁……」

案外すらすらと出てきた。だが、いつ止まるかいつ止まるか、と怖かった。

「仏法僧縁……」

ここで詰まった。やっぱり……と思った。思い出そうにも頭のなかが真っ白だ。どこにも手がかりがない。考え込んでいるのを悟られるだけでもおしまいなのだ。

そのとき、どこからか小声で、

「常楽……」

という言葉が聞こえた。いや、まことに聞こえたのかどうかもわからない。勇太郎の頭に浮かんだのを聞こえたと思っただけかもしれない。とにかくその瞬間に勇太郎には続きが「見えた」のだ。

「常楽我浄、朝念観世音、暮念観世音、念念従心起、念念不離心」

今聖徳王はにやりと笑い、

「『十句観音経』とは考えたのう。なれど、臨済の寺ならばそれもありじゃな。――よかろう」

そう言うと、蘇我大臣にうなずいてみせた。蘇我大臣は、

「お許しが出た。ただいまから勇望殿はわれらが一味だ。裏切ることのなきよう、また、一味の秘密を洩らさぬようにせよ。もし、戒を破ったとわかったときは、われら一党、地の果てまで追っておまえの一命貰《もら》い受けるぞ」

「けっして裏切りませぬ」

「では、今宵の認可式はこれにて終わる。皆の衆、解散してそれぞれの寺へ戻るがよい。――ただし、今から名を呼ぶものは残れ。道祥寺《どうしようじ》の享念《きようねん》殿、沿双寺《えんそうじ》の紫鏡《しきよう》殿、米秦寺《べいしんじ》の祐鉢《ゆうはつ》殿……」

蘇我大臣は六人の名を挙げた。呼ばれた僧たちは進み出た。残りは出口からぞろぞろと出ていった。今聖徳王も彼らのしんがりについた。

「御身《おみ》たちには今から、石灰町の砂原屋《すなはらや》という呉服屋に押し込んでいただく。私を入れて七人だな。仏道にかなう盗みをお願いいたしますぞ」

「大臣殿、米秦寺の祐鉢殿は今宵腹が差し込むとかで来ておられませぬ」

ひとりが言った。

「それは困ったな。祐鉢は力が強く、柔ができるゆえ、頼りにしておったのだが……」

言いながら大臣は、ふと勇太郎を見て、

「そうか。勇望殿がおったな。――徒党に入ってすぐ、というのもなんだが、今宵の『勤行』に加わっていただこう」

「え？　今からですか。まだ入ったばかりで、右も左もわかりませぬし……」

「どうせいつかはやることだ。なれば早いほうがよい。それに、慈念坊を手玉に取ったあの腕はたいしたものだ」

「はあ……」

「黙ってついてきて、われらのやることを見ておればそれでよい。もし、向こうに屈強で血気の若いものがいたり、用心棒の侍などがいたなら、そのときは働いてもらう」

「わかりました」

妙なことになったな……と思いつつ、勇太郎は彼らのあとに続いて地下の部屋を出た。皆、無言で四天王寺の境内を歩いている。勇太郎は蘇我大臣に話しかけた。

「このような夜遅くに四天王寺のなかをうろつき回っても大丈夫なのでしょうか。夜の勤めをしている当番僧にでも見られたら……」

「四天王寺のなかは安泰なのだ」

「それはなにゆえ……」

「まあ、おいおいわかる」

「あの今聖徳王と申される方は、どこの寺のどういうお方なのでしょう」

「そんなことを知ってどうする」

「いえ……あまりに威厳がおありですので、よほどの身分のお方か、と……」

「わきまえよ。秘事ゆえ詮索してはならぬことぞ」

「はい……あのー」

「まだなにかあるのか」

「石灰町とはかなり遠方ですね。これまでは四天王寺界隈《かいわい》で働くことが多かったのでは？」

「よう知っておるな」

「い、いえ……その……こちらの一味に加えていただくにあたって、いろいろと調べましたので……」

「それは熱心だな。――このあたりはわれらが暴れ回りすぎて、商家が皆用心するようになってきた。夜中に坊主が訪れても戸を開けようとせぬのだ。それに今宵は、偽の西町奉行が野堂町《のどうまち》あたりに出没しておるゆえ、そこからできるだけ離れたところに押し込むほうがよい」

町奉行所を攪乱《かくらん》しようというのだろう。

「その偽の西町奉行も僧侶なのですか」

「いや……そうではない。そやつも町奉行所に私怨を抱くものでな、似た志を持つもの同士、力を合わせることにしたのだ」

「その御仁と皆さま方とはどういうつながりなのですか」

「つながりというほどもないが……『すんすん殿』の引き合わせでな」

「すんすん殿？　それはいったい……」

「まあ、われらの目指すところに心を合わせてくださるお方だ」

「奇特な御仁ですな。――ところで、それだけ買い込んだ武器弾薬はどこにしまい込んであるのですか」

「それは秘中の秘でじつは……おい、あまり根ほり葉ほりが過ぎると、極楽往生するはめになるぞ！」

「はい……」

勇太郎も口を閉ざすしかなかった。

一行は足音を立てることなく夜の大坂を進んだ。陰から陰へ、暗がりから暗がりへ、表通りから裏通りへとまるで猫のように静かに移りゆく。

（たいしたものだ……）

勇太郎も舌を巻かざるをえなかった。定町廻り同心としてそれなりの心得はあるが、この僧たちはまさに盗賊としての技を会得しているようだった。町々の木戸を軽々と越え、四方に目を配り、ムカデのように一体となってひた走る。勇太郎はついていくのが精一杯だった。

（どうしたものだろう……）

走りながらも勇太郎は困惑していた。自分は町方同心である。それなのに、今から押し込みを働こうとしているのだ。このことを押し込み先の主に教えることはできないか。いや、なんとかして西町奉行所につなぎをつける工夫はないものか。そればかりを考えていたが、そのような隙はなかった。それにもしも、彼が押し込みに加わっていたことが後日露見したら、大事になるのではなかろうか。いかに事情があったとて、盗賊を召し捕るべき町方同心が押し込みに加担するのだ。勇太郎ひとりの進退ではすまず、上役たる岩亀与力、いや、町奉行が罷免されるようなことになるのではないか……。

（ええい、ままよ！）

今はなにも考えてはならぬ。なりゆきに任せるのだ。それしかない。彼の使命は、盗人坊主どもを召し捕ることだ。それを果たせさえすればよい。そのためには、この連中に、彼が心から盗賊の一味となっていることを示さねばならない。押し込みのときにためらいを見せて、疑われては元も子もなくなる。つまり、彼がやるべきは「いかに上手《うま》く押し込みを働くか」ということなのだ。

次第に勇太郎は愉快になってきた。早逝した父のあとを継いで定町廻り同心になったとき、このような日が訪れようとは夢にも思わなかった。

（この姿を、母や妹、岩亀さま、千三などに見せてやりたいものだ……）

そう思うと足も軽くなる。だが、まことにこの様子を見せて笑わせてやりたい相手はべつにいる……そんなことを思ったとき、蘇我大臣が足をとめた。一同が見上げたところに「呉服　砂原屋」という大きな看板が掲げられていた。かなりの大店《おおだな》である。

蘇我大臣が進み出ると、くぐり戸を叩いた。トン……トン……トン……。トン……トン……トン……。トン……トン……。応えがあるまで執拗《しつよう》に繰り返す。トン……トン……。

「はあい……どなたはん？」

「海相寺《かいぞうじ》から参ったもの。この店には妖しの気が立ち込めておる。もしや、主かご寮人にご病気の方はおられまいか」

「へ、へえ……ちょっとお待ちを……」

丁稚らしいこどもが奥へ急いで戻ったようである。

「鎌をかけたわけですね」

勇太郎が言うと、蘇我大臣はにやりと笑い、

「大店ならひとりぐらいは病のものがいるものだ」

しばらくすると、今度はおとなの声で、

「ええ、番頭の世五平《よごへい》と申します。主に代わりましてお話を承りとう存じますが……ただいま丁稚に聞きますと、当家に妖しい気が立ち込めているとか……」

「左様。檀家をたずねての帰りが遅うなり、今まさにこの家《や》のまえを行き過ぎんとしたおり、不穏なる靄《もや》のごときものが漂うておりましたのでな、差し出がましいとは思うたが、声をかけました」

「おお……じつはご明察のとおり手前どもの主、昨年来床についておりまして、いずれの医者にも診立てがつかず、病は重うなるばかりにて、もしやなんぞの祟《たた》りではあるまいかと話していたばかりでございました。ご祈禱《きとう》などしていただき、当家に祟る邪悪の気を祓《はろ》うていただければ幸いでございます」

僧たちは顔を見合わせてにんまりとした。

「ならば、ここを開けなされ」

「はいはい、ただいま……」

くぐり戸の錠を外す音がした。

（なにかおかしい……）

勇太郎の勘が働いた。話がうまく行きすぎるのだ。夜中に、知らぬ坊主が突然やってきたのだ。もう少し怪しんでもよくはないか。しかも、坊主盗人が噂になっている昨今である。

（もしや罠《わな》では……）

このとき勇太郎は、まるで盗賊の心持ちになっていた。

「ちょ、ちょっとお待ちください……」

勇太郎は思わず皆を引き留めようとしたが、くぐり戸が開き、蘇我大臣を先頭に賊徒たちはそこから店に入っていった。勇太郎もしかたなく腰を屈めたとき、

「う……いかん！」

という声がなかから聞こえ、勇太郎はびくっとした。つづいて、

「西町奉行所である。神妙にいたせ！」

なんとその声は鶴ヶ岡与力のものだった。そして、

「待っとったで。坊主のくせに盗人の真似ごとなんかしよって……おまえら飛んで火に

いる夏の牛じゃ！」

千三だ。しかも「夏の虫」のまちがえである。そのうえ今は秋だ。

「くそっ、逃げろ！」

大戸が内側からむりやりに押し倒され、盗賊たちが後ろ向きに飛び出してきた。それに続いて西町奉行所の捕り方の面々が現れた。店のなかに潜んでいたのだ。勇太郎は千三たちに顔を見られぬように少し退いた。まさか、ここで彼らと剣を交えるわけにはいかぬ。

「逃すか！　開け！」

鶴ヶ岡の指図で捕り方たちが賊徒を取り巻こうと左右に動いた。鶴ヶ岡のやり方を心得ている勇太郎は、

（もうだめだ……）

と思った。坊主たちはまんまと鶴ヶ岡の術中に陥ってしまったのだ。おのれひとりでも逃げるべきか、それとも仲間を助けるか……いや、本来の仲間は捕り方のほうなのだが……などと勇太郎が考えているとき、突然、激しい爆発音と閃光《せんこう》が目のまえで炸裂《さくれつ》した。それも、立て続けに二度、三度……。あたりは火薬の臭いと黒煙に満ちた。

「今だ、退《ひ》け！」

蘇我大臣の声に坊主たちは勢いづいて駆け出した。

「待て！　待たぬか！」

追いすがろうとする捕り方たちのまえで、またも爆発が起きた。まるで大筒《おおづつ》を撃ったかのような大きな音がして、熱い爆風が地面を走り、まえにいた捕り方たちはひっくり返った。勇太郎は、なにか黒い影が砂原屋の屋根から飛び降り、こちらに向かって走ってくるのをぼんやりと見つめていた。

「馬鹿め、早う逃げぬか」

蘇我大臣に首根っこをつかまれ、我に返った勇太郎は盗人坊主たちとともに闇に飛び込むようにして全力で駆けた。どこに向かっているのかもわからなかったが、とにかく召し捕られたくない……という思いだけで両脚をがむしゃらに動かした。

やがて、呼子の音も聞こえなくなり、走り回る捕り方の足音、与力や同心たちの怒鳴り声も途絶えた。ようようくつろいであたりを見るゆとりができた。五重塔がある。四天王寺の西門の近くのようだ。蘇我大臣が門のくぐりを押すと、そういう手はずになっていたのか、錠は下りておらず、すーっと開いた。なかに入り、石畳のうえに銘々腰を下ろす。

「ここまで来ればもう追っ手は来ぬ。町方は寺内へ入れぬからな」

蘇我大臣が自信ありげに言った。彼は、一同を集めると、

「町方が張り込んでいたとは……うかつであった。町奉行所にひそかに通じているもの

がおるようだな」

皆は下を向いて黙り込んだ。蘇我大臣は勇太郎を見やると、

「新入り……おまえではあるまいな」

ドキッ。

「な、なにをおっしゃる！　わわわ私は一番怪しくないはずです。なにしろ、さっき仲間入りしたばかりで、なにも聞いておりませんでしたから。それに、今夜押し込んだ我々のなかに裏切り者がいるとはかぎらないのでは？」

そう言いながら勇太郎も、

（俺のほかにだれか内通者がいるのか……）

と考えていた。東町のだれかかもしれないが……。

「まあ、それもそうだな。頭領に申し上げてそやつをかならずあぶりだしてやる。それまでしばらく盗みは控えねばならぬ」

そのとき、くぐり戸からだれかが入ってきた。皆はびくりとしてそちらを向いたが、蘇我大臣が、

「なんだ、すんすん殿か……」

覆面をして灰色の忍び装束に身を包んだ男がこちらにやってくる。

「先ほどは助かった。すんすん殿の火遁《かとん》の術がなければ不浄役人どもに召し捕られてい

たところだ」

　蘇我大臣が言うと、

「危ういところやったな。気ぃつけんと、鍋奉行、あれは案外セコい真似しよるからな」

　男はそう言った。どこかで聞き覚えのある声だった。

「この御仁は、すんすん殿と申されてな、われらが盗賊団を作るにあたっていろいろと教えを乞い、また、忍びの技などを伝授していただいたお方だ。町奉行の偽者をこしらえるというのもすんすん殿の案なのだ」

　大臣は勇太郎にその男を紹介した。

「はじめまして。真菩寺の勇望と申します」

「はじめまして……ではないやろ」

　男はにやっとして、

「久しぶりやな、西町の定町廻り同心……村越やったかいな」

　そして、覆面を脱いだ。下から現れた顔は「隠し包丁」の頭目、名張《なばり》の寸二《すんじ》のものだった。

◇

「村越からのつなぎはあったか」

与力溜《だ》まりの隅で、鶴ヶ岡与力はいらいらと言った。勇太郎の上役である岩亀は暗澹《あんたん》としてかぶりを振った。四天王寺に赴いた勇太郎からは、その後、なんの報せもない。すでに三日が経っている。この件について、西町奉行所としては表立って動くわけにはいかぬ。四天王寺に問い合わせることもできぬ。もし勇太郎が相手に捕えられているとしたら、こちらがなにをしても彼の命にかかわるかもしれないからだ。手下《てか》を参詣人にまぎれさせ、境内をうろつかせたりもしたが実りはなかった。

「盗人坊主どもは、砂原屋への押し込みをしくじって以来、ぴたりと現れなくなった。あとは村越だけが頼りなのだが……」

ため息をつく鶴ヶ岡に岩亀は、

「あのときひとりでよいから召し捕っておけば、そやつを吐かせて、やつらの隠れ家や首魁《しゅかい》やらがわかったものを……」

鶴ヶ岡は苦虫を嚙み潰したような顔で、

「まさか向こうに忍びのものがおるとは思わなんだのだ。火薬玉を立て続けに使われて、そのあいだに逃げられてしもうた」

「盗賊吟味役ならば、そのぐらいの備えはしておくべきだろう」

「うるさい！　わかっておる。ちょっと油断したのだ」

鶴のように痩せた鶴ヶ岡が怒鳴った。

「その油断のせいで、村越の身になにかあったらどうしてくれる。盗賊吟味役が責めを負うてくれるのか」

鶴ヶ岡はまた怒鳴ろうとしたが、岩亀の言葉が配下を思ってのものとわかっているので、

「あの投げ文は、村越からのものではないのか」

投げ文というのは、あの日の夕方、西町奉行所の敷地に投げ込まれていた紙切れのことだ。小石を包んだ紙に、「砂原屋に坊主どもが押し込む。ご用心」と書かれていた。鶴ヶ岡はその文言をもとに、半ば疑いながらも砂原屋で待ち構えていたのだ。そして、投げ文は正しかった。

「村越の手ではない」

「だれかに書かせたのかもしれぬぞ」

「やつなら『ご用心』などとは書くまい」

「それもそうだな。——では、いったいだれが?」

「さて……」

東町奉行所のだれかだとしたら、西町に投げ込むわけがない。ふたりには投げ文の主の心当たりがなかった。

「これからどうすればよい」

岩亀が、だれに言うともなく言うと鶴ヶ岡が、

「お頭はなんと申されておいでだ」

「それが……」

久右衛門はたいへんなことをしでかそうとしていた。

「われら定町廻りと盗賊吟味役のほかは皆、今から大坂市内を練り歩くゆえ、門のまえに集まるようにと言われておるらしいぞ」

「なに……？」

話は少しさかのぼる。

老中から「慎み」を言い渡されたとき、久右衛門は喜内に言い放った。

「居酒屋や煮売り屋、芋屋なんぞの主どもがなにゆえわしの偽者にだまされたと思う？わしのまことの顔形や声を知らぬゆえ、ちいとばかり太っておる、よう飲みよう食らう……ぐらいのことでわしだと思うてしまうのじゃ。わしも悪かった。大坂の民を守るべき町奉行が、その民に顔も声も知られておらぬとは……わしと民のあいだに溝があったということだ。もっとわしが皆と親しく接しておれば、かかることは起きなかった。今からでも遅うはない。わしは、おのれを民に知らしめるよう努めることにした」

「え……な、なにをなさるおつもりで？」

「知れたこと。わしを売り込むのよ」

「売り込む？　どのように……？」

「すぐに大きな山車《だし》か神輿《みこし》を作れ。それに乗ってわしが大坂中を回るのじゃ。わしが大坂西町奉行大邉久右衛門である、よう見て顔を覚えてくれい、と呼ばわりながらな。大通り、目抜き通りだけでなく小道も路地もすべて通るぞ。いや、それだけでは足らぬな。陸渡御《りくとぎょ》のつぎは船渡御《ふなとぎょ》もせねばならぬ。船を一艘《そう》仕立てよ。鉦《かね》や太鼓、三味線で囃《はや》しながら、大川から東横堀、道頓堀、西横堀……大坂中の川という川を巡ろうぞ」

「天神祭ではあるまいし、馬鹿なことを……。ご老中に慎みを命じられたものが、それではさかさまごとでございましょう」

「いや、わしは本気じゃ。このことがわしの大坂町奉行としての最後の勤めになるやもしれぬがのう。どうじゃ、喜内、面白かろう」

「はい。面白そうだとは思いますが……」

「ならばやろうではないか」

「たいそう銭がかかりますぞ」

「この屋敷を売り払えばよい」

「ここは将軍家からの拝領屋敷で、奉行所とひとつになっております。勝手に売り払うわけには……」

「ならば、屋敷と奉行所の建物をかたに商人《あきんど》どもから金を借りればよい。知恵は生きているうちに使え」

「そういうのは知恵とは申せませぬ。借財が返せぬときは、奉行所の主が商人ということになりますぞ」

「はっはっはっ……では商人が奉行となって裁きをすればよいではないか。そうなれば前代未聞の椿事《ちんじ》だのう。叱られたら、わしが腹を切ればすむことじゃ。——やるのかやらぬのか」

喜内はニタッと笑い、

「やるに決まっております」

「それでこそわが用人じゃ」

「恐れ入ります」

「おまえもわしのもとにおればこそ、かかる馬鹿げた真似ができるというものじゃ。ほかの奉行ではこうはいかぬぞ」

「当たり前です。——さっそく手配りをいたしましょう」

喜内はいそいそと席を立った。

そして……その山車ができあがったのである。

門の外に出た岩亀と鶴ヶ岡は驚嘆した。とてつもないしろものがそこにあった。

材はケヤキ。高さは一丈三尺ほどもあり、寺を模した屋根がふたつついている。小鉢もの、刺身、鍋もの、煮物、うどん、漬け物、飯、酒、饅頭、羊羹《ようかん》……などの見事な彫り物が無数にほどこされており、台座には頑丈な車輪が四つ。宮大工をはじめ大勢の職人が集められ、たいへんな額が費やされ、ようよう仕上がったのだ。幟《のぼり》には「天下一大食い奉行」「大坂無双食う衛門」などの文字が刺繍《ししゅう》されている。

これだけの短い日数《ひかず》でできたのは、

「『慎み』の沙汰が遵守されておるかどうか検分のために、老中の使いが江戸表から参る手はずになっておる。そやつが大坂に来るまでにやってしまわねばならぬ。急げ！」

久右衛門の下知《げち》により、大工のところにもともと六分どおりできあがっていた山車があったのを強引に回してもらったからだが、その注文主も、

「お奉行さまのためになるんやったら、わてはかましまへん。お先にどうぞ」

と快諾してくれた。

金襴の派手な衣装で山車に乗り込んだ久右衛門は、

「さあ、出陣じゃ。派手に陽気に賑《にぎ》やかに、威勢よく参れ、ささ、参れ、参れっ！」

軍配を手にして踊るような合図をした。

ずがーん……！

囃し方によって鉦や太鼓、横笛などが一斉に鳴らされ、これも同じ装束を着た同心た

飯も
酒も 十人前
天下一大食い奉行
西町奉行

ちが曳《ひ》き綱を引っ張りはじめた。

われは大坂の地に隠れもない
天下の西町奉行大邉久右衛門なり
わが名を聞けば悪党どもは恐れをなし
縮み上がって裸足《はだし》で逃げようぞ
飯も酒も十人前
だれが呼んだかあだ名は大鍋食う衛門
食ろうて飲んでまた食うて
腹がみちたら寝るだけぞ
この顔よっく覚えておけよ
見間違いあるなこの顔ぞ
よいよいよい
やっとっと
よいよいやっとととやっとっと

同心たちが歌いながら綱を曳く。物見高い大坂のひとびとが集まってきて、すぐに左

右は黒山の人だかりとなった。久右衛門はその大きな顔を山車から突き出し、

「わしじゃ！　わしが大邉久右衛門じゃ！　この顔をよう見て覚えよ！　よいか、この顔じゃ！　わしが大邉久右衛門じゃあっ！」

皆は、うわあっ、と叫び声を上げて囃し立てる。大坂の人間はこういうやり口が大好きなのだ。

「さあ、ふかし芋がたんとある。美味いぞ。ひとりひとつじゃ。持っていけ」

山車の後ろに続く大八車には、ふかしたさつまいもが山のように積み上げられている。係の同心が、集まったものにひとつずつそれを手渡している。

「皆を呼べ！　呼び集めてわしを見よ！　裏長屋におるものも、ひとり残らずわしを見にこい！」

久右衛門は両の手に扇を持ち、銅鑼《どら》声が嗄《か》れるまで叫ぶ。横で喜内が、槍《やり》を打ち振っている。山車は西町奉行所のまえから東横堀に沿って北へ北へと上がり、大川に出ると東へ向きを変えた。こどもたちのなかには裸足で追いかけてくるものもいる。

高倉筋《たかくらすじ》あたりへ差しかかったとき、東町奉行所から馬に乗った武士を先頭に五、六名がやってきた。

「その山車、止まれ！」

馬上から号令をかけたのは、東町奉行水野忠通だった。馬から下りると、血相変えて

山車に近づいてきた。久右衛門がひょいと顔を出すと、

「大邉殿には血迷いなされたか！」

「わはははは……大邉久右衛門、血迷いもせぬ。狂気もつかまつらん。ただ、おのれの信ずる道を行くのみじゃ」

「なにを申される。ご老中より『慎み』を命じられたばかりではないか。かかるふるまいが江戸表に知れたらなんとする」

「知れたら知れたときのことよ」

「そこもとだけにとどまらず、この若狭守までも連座してお咎《とが》めを受けるではないか」

「――知らぬ！　わしを止められるのは天道のみ。大坂中がわしの庭じゃ。大邉久右衛門釜祐、わが庭を罷《まか》り通る。――さあ、城へ向かえ！　あ、よいよいよい、やっとっと！」

呆然とする水野を尻目に、久右衛門の乗った山車は勢いよく動きはじめた。山車で大坂城へ行くぞ、と言われたらいつもなら二の足を踏むであろう同心たちも、時ならぬ「祭」に血が躍っているのか、汗だくのまま大声で囃し歌を歌い、曳き綱を曳いている。

そのあと大坂城に近づいたときも大坂城代にこっぴどく叱責されたが、久右衛門はまるで意に介していない様子で、芋がなくなったので今日はここまでと町奉行所に引き返し、門のまえで曳き手の同心たちとともに万歳の声を上げた。

「戻ってこられたようだな」

岩亀が言った。

「そのようだな」

鶴ヶ岡はため息をついた。

◇

それから「鍋奉行山車」は毎日、大坂の町を隅から隅まで巡行して芋を配り、久右衛門の顔を売った。それが効いたのかどうか、あれほど連夜タダ食いタダ飲みを繰り返していた偽奉行も鳴りを潜めるようになった。しかし、勇太郎からのつなぎもないまま、ついに十日が過ぎた。坊主盗人どもの消息は杳《よう》として知れず、大坂城代は東西両町奉行を大坂城に呼びつけた。

「ご老中からの書状が届いた。読み上げるゆえ、よう聞かれよ。——市中を騒がす盗賊どもをいまだ召し捕れぬというのは両町奉行の不行き届きである。よって、今より半月のうちに目立った首尾なきときは、両人の職を解き、小普請組《こぶしんぐみ》入りとする」

水野は平伏し、

「謹んで承りました」

と言ったが、久右衛門は憮然として、

「わしは承知できぬ」

「できぬと申されても、これはもはや決まったことにて……」

「江戸の馬鹿どもがなにを言おうと、わしはこの手でやつらを召し捕る」

水野忠通が、

「どのようにして」

「ふふ……言わぬが花じゃ。勝算は万事わが胸中にあり。——御免」

そう言い捨てると久右衛門は城を退出した。

町奉行所に戻り、居間で喜内にそのことを話すと、

「また無役でございますか。まあ、やむをえませぬな」

「たわけ。わしは江戸に戻る気などさらさらないわ」

「では、どうなさるおつもりで……」

「だれがなんと言おうと、中途まで手掛けた件を放り出すことはできぬ。あと半月でやつらを一網打尽にすればよいのであろう」

「今までできなかったのに、半月でできましょうか」

「さあな」

「勝算は万事胸中にあるのではないのですか」

「そんなものはない。——とりあえず管長に会うとするか」

「四天王寺の、でございますか。会うてくれますかな」

「馬鹿にするな。わしは大坂町奉行じゃ」

「向こうは、随分と怒っておられるはずですぞ。書状のやりとりのときに決裂したのをお忘れですか」

「わかっておる。気は進まぬが……村越の命にかかわることゆえいたしかたない」

おのれの進退ではなく、一同心のことを気にかけている。喜内は内心感銘を受けたが、口には出さなかった。ほめるとつけあがることはよくわかっているのだ。

結局、久右衛門は四天王寺管長に膝を屈し、西町奉行所内の茶室に彼を招いて対面することとなった。

「先日は礼を失した書状をお送りし、まことにもって申し訳なかった……ような気がいたす」

久右衛門としては精一杯の謝罪のつもりなのだ。しかし、老管長の怒りは収まっていなかった。

「わしは四天王寺におるすべての僧と寺役人たちを守らねばならぬ。それが、聖徳太子ご創建以来千二百年の伝統を背負うものの務めじゃ。よしんば、われらのなかにもし悪人がいたとしても、町方の手は借りぬ。われら寺方のもので断罪いたす。放っておいていただこう」

「そのお気持ちはわかり申すが、僧侶は衆生済度が務め。悪人の断罪はわれら町方にお任せいただけませぬか」

「何度申したらわかるのじゃ。僧、役人、楽人《らくじん》、小者も含め、四天王寺には悪人などおらぬ」

「それは調べてみねばわからぬこと」

「だとしても寺内で起きたことは寺内で裁くのが旧来のやり方じゃ。手出し無用」

話は嚙み合わない。久右衛門は次第に苛立《いらだ》ってきた。

「寺内で起きたこと、と申されるが、害を受けておるのは大坂の町のものどもでござる。町奉行所として放置はできぬ。一度、主たる建物や境内を検《あらた》めさせてもらえますまいか。盗人坊主どもの巣窟が見いだせるやもしれませぬ」

「そのようなものはない」

取りつく島もない。

「では、僧の吟味をさせてもらえませぬか」

「断る。四天王寺には大勢の僧が属しておるが、いずれも長い修行を積んだものたちじゃ。そのうえ、われら上に立つものは常平生《つねへいぜい》から僧たちの素行に気を配り、悪い道に陥らぬよう教育しておる。大邉殿がいくら申されても、今の四天王寺にさような悪行を働くものはおらぬと言い切れる」

「ふむ……」

管長の四天王寺を守ろうとする強い思いに、さすがの久右衛門もたじたじとなった。だが、このまま手をこまねいて帰すわけにはいかぬ。久右衛門はふと思いついて、

「今はそうでも、かつてはそうではなかったのではござらぬか」

「――なに？」

管長の顔がほんの少しこわばったように久右衛門には思えた。

「これまでに不品行不行跡などで四天王寺を追われた僧はひとりもおられぬのか」

「う、それは……」

「もし、そういうものがおるならば、名前と今どこでなにをしておるのかを教えていただきたい」

「お、おらぬ。仏門に仕えるものに不品行不行跡などない！」

「そんなはずはない。世に売僧《まいす》坊主、生臭坊主の類は多いではござらぬか」

「ことと四天王寺についてはおらぬと申すのじゃ。――わしは忙しい。二度とかかるくだらぬことで呼び出されぬようにな。これにて失礼する」

「いや、まだ話は終わっておらぬ……」

「ええい、もうよい。――四天王寺の境内に町方の不浄役人が一歩でも踏み込んでみよ、われら全山挙げて戦うまでじゃ」

「ならば、もしも評判の盗人坊主、四天王寺にちいとでも関わりがあったらなんとなさる。町方の詮議が気に入らぬならば、ご老中から寺社奉行脇坂淡路守《わきさかあわじのかみ》殿に言上いたし……」

「お寺社の名を出せば、恐れ入るとでも思うてか。たとえ寺社奉行からなんぞ申してこようとも、証拠がなければわれらは動かぬゆえ、さよう心得なされ！」

こうして会見は不首尾に終わった。

管主が帰ったあと、久右衛門は罵声を上げながら襖を蹴倒し、屏風《びょうぶ》を投げ、脇息《きょうそく》を放り出した。こういうときは近づかぬにかぎる。獣のように咆哮している久右衛門をほったらかしにしておいた。しばらくして静かになったので部屋に入ってみると、久右衛門はなにやら思いつめたような顔をしている。喜内は胸騒ぎがした。

「御前、いったいなにを……」

なさるおつもりで……と言いかけたとき、

「岩亀でございます」

「なんじゃ」

「ただいま、岩坂三之助殿、お頭に至急目通りしたいとこちらに参っておりますが……」

「ふむ、病と聞いていたが……なんの用じゃ」

「娘小糸殿について、だと聞いております」

「通せ」

岩坂は顔は土気色で、髪はほつれ、憔悴《しょうすい》しきった様子だったが、病だけのせいとは思えなかった。彼はべたりと久右衛門のまえに座り込むと、

「お奉行……娘を救うてくだされ」

「どういうことじゃ」

「申し上げます」

勇太郎が密命を帯びて僧体となり、四天王寺に潜入した、ということを聞いて以来、小糸は半ば魂が抜けたようになってしまった。日に日に痩せていくように思えるので問い質《ただ》しても、

「お気遣いなく……」

と木で鼻をくくったような応えが返ってくるだけなので、あるとき病床に着替えを持ってきた小者の治郎兵衛にたずねると、ためらったすえに、

「お嬢さまはここしばらく、なにも召しあがっておられませんので」

「なに？　なぜ、それをわしに言わぬ」

「先生が心配なさるからと口止めされとりました」

「馬鹿めが！　身体を壊してしまうではないか」

「あの……もうひとつ申し上げたいことがおますのや。これも、言わんほうがええのかもしれませんけど……」

「早う申せ！」

「へ、お嬢さまは毎晩、夜中に井戸端で水垢離《みずごり》をしておられます。桶で何百杯も水をかぶってはるみたいで、お風邪《かぜ》を引きますさかいやめなはれ、と何遍も言いましたのやが、村越さんのご無事を祈るためやと……」

「ううむ……そうであったか」

岩坂は、小糸の勇太郎への想《おも》いが並々ならぬものであることをはじめて知った。岩坂は、治郎兵衛とともに小糸の部屋へと向かった。襖を開けたとき、岩坂は思わず、

「おお……」

と声を上げた。机のうえにあるものを見つけたからである。

「それが……これでござる」

岩坂は、風呂敷を解き、箱に収めたものを久右衛門たちに示した。それは黒髪であった。根もとからふっつりと切られていたが、まだつやつやとして美しかった。一同は声もなくその髪を見つめた。

「娘はおそらく、村越殿を案ずるあまり尼僧姿となり、その救出に向かったのでござろう。それがし、病身を押して杖《つえ》にすがり、この三日ほど大坂中を探してみたものの、雲

をつかむような具合で、なんの手がかりもござらなんだ。親馬鹿と申されるは百も承知で、かくなるうえは西町奉行所の方々におすがりするほかなしと、恥を忍んで参ったる次第」

「岩坂殿、わが子を案ずる心を恥じることはない。——このわしも、そろそろ大暴れせねばならぬときが来ておるようでな」

久右衛門がそう言うと、

「なにとぞ……なにとぞ娘をお願いいたす……」

岩坂は頭を下げた。

4

かしゃ、と音がして錠が外された。入ってきたのは名張の寸二だ。

「どや、苦しいか」

寸二は、牢のなかで横たわる勇太郎に声をかけた。勇太郎は応えない。応える力がもう身体に残っていないのだ。顔は紫色に腫れ上がり、血があちこちにこびりついている。僧衣は破れて雑巾のようになっており、肌にも傷や痣《あざ》が無数についている。もう長いあいだ食事を与えられていない。水だけだ。

「ふふふ……殺しはせぬ。おまえは、町奉行所への人質や。おまえがこちらの手にあるかぎり、やつらは手出しはできんはず。まあ、おまえの値打ちがどれほどかが量れるというもんやな」

「…………」

「町奉行、ことに西町の大邉久右衛門には何遍も煮え湯を飲まされたさかいな。偽奉行でかなり評判を落としてやったけど、最後にあのジジイにもっとでかい恥をかかせて、切腹に追い込んでから、大坂を去るつもりや。ふふふ……」

「貴様も、今聖徳王の言う仏・法・僧の世とやらの成就を目指しているのではないのか」

　ひりつく喉から、ようよう言葉を絞り出す。

「アホなことを……。あいつは頭がおかしいのや。わしはな、坊主も神主も大嫌いや。わしらは『隠し包丁』……忍びやで。銭をもろうたらそっちへつく。あの坊主どもは今のわしの雇い主ゆうだけのこっちゃ。あんな連中にいつまでもくっついてたら、こっちの命が危ないわ。あれだけ頻繁に盗人働いてたらそのうち捕まってお望みどおり極楽往生するやろ。そのまえに銭だけもろておさらばや」

「…………」

「大きな盗みを繰り返して、銭を集めて、武器弾薬を買うて、天下をひっくり返す……

アホや。アホ丸出しや。そんなんほざいてたやつで、上手いことといったためしはないのや。人間、こつこつと地味にやるにかぎるで。だいたいな、今の坊主は皆堕落してるし、大きな寺と寺社奉行の言いなりになっとる……とか偉そうなこと抜かしておきながら、ひとから盗んだ金でそれをなんとかしよ、ちゅうのが間違うとるわな。ま、わしには関わりないことやけど……。ただ、わしはおまえら西町奉行所の連中と大邉久右衛門には恨みがあるさかい、それを晴らしてから去《い》ぬわ」

言いたいことだけを言って、名張の寸二は牢から出て行った。しばらくは殺されることはないようだが、そのまえに、

（身体が持つかな……）

勇太郎はそう思った。

◇

「皆に集まってもろうたはほかではない。今日は折り入って、一同に申し聞かせることがある」

西町奉行所の書院には主だった与力・同心が残らず集っていた。彼らのまえには、なぜかふかしたさつまいもがひとつずつ置かれていた。

「まあ、その芋でも食いながら聞いてくれ。わしも食う」

久右衛門はそう言うと、まだ温みのある芋にがぶりと食いついた。だが、与力・同心たちは手を出さず、かしこまって謹聴している。

「知ってのとおり、坊主どもが連夜盗みを働いておる。おそらくその本拠は四天王寺にあるはずじゃが、向こうはわれら町方による詮議をかたくなに拒んでおる。また、わしの偽者が横行し、そのせいでわしは老中から『慎み』を言い渡され、また、半月のうちに盗人坊主どもを召し捕れぬときは東町の水野殿ともども職を解かれることとあいなった」

そのことをはじめて耳にした一同の顔色が変わった。

「定町廻り同心村越勇太郎が身分を偽り、寺内へ入り込んだが音沙汰がない。やつを救わねば相成らぬ」

「…………」

「そこでじゃ、わしは最後の賭けに出ることにした」

皆は、食いつくように久右衛門のつぎの言葉を待っている。

「今宵、西町奉行所の与力・同心総出で四天王寺に向かう。よいな」

一同はハッとした。

「もし表門が閉ざされておれば叩き割り、境内へ雪崩《なだ》れ込め。大勢にて隅々まで詮議すれば、かならずどこかに隠れ家もしくは賊徒の証拠が見つかるはずじゃ。それを突きつければ、あの管長もぐうの音も出まい」

古参与力の内藤《ないとう》が進み出て、

「東町には知らせるのでございますか。それともわれらの独断にて……」

「東町には関わりのないこと。われらだけで勝手に行う」

「もし、なんの証拠も出て来ずば、いかがいたします」

「そのときはそのときじゃ。おそらくわしは老中から叱責されるであろう。腹を切らねばならぬかもしれぬ。おまえたちにも累が及ぶことも考えられる。なれど、ことここに至っては、悪しき結末に思いをはせても詮なきこと。前を向くほかない。――どうじゃ、やってくれるか」

与力・同心たちは顔を見合わせた。しばらくして、またしても内藤が、

「怖れながら、われら一同、その儀ばかりはお断りさせていただきとうございます」

「なに？　なにゆえじゃ」

久右衛門は顔色を変えた。

「怖れながら……お頭は大坂町奉行、すなわち遠国《おんごく》奉行職にて、江戸より参られ、任期過ぎればまた江戸へお戻りなさるお方。われら与力・同心は違いまするる」

大坂町奉行は、江戸にいる旗本のなかから任命される。たいていは二年から四年勤めると、江戸へ呼び戻され、またほかの役目に就く。そうして出世していくのである。

久右衛門もそうだ。任期が終わったら、もしくは解任されたら、江戸にあるおのれの屋敷に戻るのである。久右衛門はもともと大坂生まれの大坂育ちだが、今は旗本として江戸に本拠がある。

だが、与力・同心は違う。彼らは、大坂に住みつき、与力なら与力、同心なら同心と代々にわたって親から子にその職を引き継いでいくのだ。新しい町奉行が赴任してくると、そのたびに血判を押した誓詞《せいし》（起請文《きしようもん》）を取り交わして君臣の固めをする。つまり、与力・同心たちは大坂を離れることはできないのだ。大坂でしくじったとしても、久右衛門のように帰るところはない。

「われら代々、大坂の地に屋敷を構え、妻子を養っておる身。お頭の罪に連座してお咎めを受けたならば、先祖にも申し訳なく、また、今後の暮らしも立ちゆきませぬ。怖れながら、四天王寺詮議の儀ばかりはご容赦願わしく……」

「ふむ……さようか」

久右衛門はふてくされたような顔で、

「それもそうじゃな。わしは気楽な身のうえじゃ。おまえたちの立場まで考えるべきであった。この話はなかったことにしてくれ」

「それでよろしゅうございますか」

「うむ、よい」

岩亀与力がなにか言おうとしたが、その場の雰囲気に押さえ込まれ、無言のままだった。

「一同下がれ。ご苦労であったな。ゆるりと芋でも食うてくれ」

与力・同心たちは、食べかけのさつまいもを手にぞろぞろと書院を出ていった。あとに残ったのは久右衛門と喜内だけだ。

「これでよろしいので？」

喜内がおそるおそるたずねると、

「かまわぬ。嫌がっておるのを無理にやらせるわけにはいかぬ。ただ……わしは与力・同心どもとは一心同体だと思うておったが、そうでもなかったということじゃな」

さすがにさびしそうな声であった。

「では、四天王寺詮議は諦めるのでございますか」

「馬鹿を申せ。わしはひとりでもやる」

「えっ……？」

「村越を救わねばならぬ。そうであろうが」

「申し上げにくうございまするが、村越はもう死んでおるやもしれませぬ」

「それでも、骨は拾うてやらねばならぬ。それが、上に立つものの務めぞ」

久右衛門はそう言った。すでに、さばさばとした口調になっていた。

◇

それより三日ほどまえのこと。

ひとりの尼僧が月江寺《げっこうじ》の門前を歩いていた。尼頭巾も被《かぶ》らず剃髪した頭を晒《さら》している。その凜《りん》とした顔つきには、なにかを思いつめたような凄みが感じられ、すれちがうものも道を譲るほどであった。

尼僧はもちろん小糸である。みずから髪をおろし、僧体となったのだ。大坂に寺はあまたありといえども、尼寺は数えるほどしかない。そのなかでも、ここ月江寺や和光寺《わこうじ》などは名高い寺である。小糸はそれらをひとつずつ訪れて、探りを入れた。尼僧の盗人もいた、ということからの思いつきだった。町方の同心や下聞《したざき》が尼寺を詮議するのはむずかしくとも、尼僧姿ならばさほど怪しまれないだろう……そう考えたのだ。

手土産を渡し、このあいだまで京の恵林寺《えりんじ》にいたのだが、大坂に引っ越してきたのだ、こちらの様子を知りたい、と水を向けると、案の定、暇を持て余している尼僧たちは、小糸の風体に心を許し、きかぬことまでぺらぺらと教えてくれた。檀家がケチになってお布施が少なくなってきたこと、どこそこの饅頭は美味いけど小《ち》いそうて高い、どこそこの饅頭は安うて大きいが味がもうひとつなこと、檀家のなんとかいう後家が出入りの八百屋と不貞を働いていること、寺の門前の花屋の猫がこどもを産んだこと……いや、しゃべるしゃべる。

　そのなかにひとつ、この月江寺で耳よりな話があった。

「うちに智恵尼《ちけいに》ゆう若うて《わこ》ちょっとべっぴんの尼がおりますのやが、いや、べっぴん言うたかてあんたにはかないまへんけどな、その智恵尼が、近頃、夜中にこっそり出かけよりますのや。朝になったら戻ってるさかい、バレてないと思とるみたいやけど、私らとうに気づいてますねん。男遊びでもしとるんやないやろか、て皆で噂しとりますのや。ほんま、罰当たりやわ」

　教えてくれた中年の尼は、うらやましそうな口調で言った。

「そのお方は今、おられますか」

「いや、今はおつかいに出てるわ。もうじき帰ってくると思う」

　あまり詮索しても怪しまれる。小糸は礼を言って月江寺を出た。ちょうど門が見えるところに大きな銀杏《いちょう》の木があり、その後ろに隠れて張り込むことにした。半刻ばかり待っていると、若い尼僧がひとりやってきた。小糸は木の陰から出ると、

「もうし、そちらにお越しは、桃月尼《とうがつに》さまではございませぬか」

「いえ……私は智恵尼と申します。おひと違いでは？」

「これは失礼いたしました。とてもよく似ておられましたので……」

　小糸はその尼の顔を頭に刻み込んだ。智恵尼は寺に入っていった。小糸はふたたび銀

杏の後ろに戻ると、粘り強くその尼が出てくるのを待った。夜になったが、結局、その日は出て来ず、小糸は寝不足でふらふらになった。昼のうちに少し寝ておこうかとも思ったが、もしそのあいだに……と思うと眠ることはできなかった。

三日目の夜になった。小糸は眠気と闘っていた。すぐにまぶたがくっつきそうになる。だが、ここで寝てしまったらなんのために髪を下ろしたのかわからない。ふところに呑んでいた短刀で膝を刺した。

（痛いっ……！）

目が開いた。そのとき、月江寺の門のくぐりが音もなく開いた。現れたのは智恵尼である。頭を尼頭巾で包み、黒っぽい僧衣を着ている。だれにも見られていないか、しばらく左右に目を走らせていたが、やがて小走りに闇のなかに消えた。逃してはならじ、と小糸もあとをつける。どちらも提灯などを持っていないので、頼りは月明かりだけだが、あいにく雲が多い。見失わぬよう、必死であとを追う。眠さで足がふらつき、目がかすむ。

幸いなことに智恵尼が向かったのは四天王寺だった。月江寺から四天王寺までは目と鼻の先だ。長く続く白壁の一カ所に小さな扉があり、それを押すと、鍵はかかっておらず、すっと開いた。智恵尼はそこからなかに入っていった。小糸も、三呼吸ほどおいてから、同じように扉を押した。

夜の四天王寺の境内は、思っていたよりも静寂に閉ざされていた。か細い月明かりのなか、遠くに智恵尼の後ろ姿が見える。ひと足、ふた足進んでみると、砂利が案外大きな音を立てる。しかし、ここで巻かれては苦労が水の泡だ。思い切って小糸は進んだ。

聖霊院のあたりで不意に智恵尼が消えた。小糸はあわてて堂に駆け寄ったが、どこにも尼はいない。

(ひとが消えるわけがない。きっとどこかに隠し扉が……)

そう思って、堂の壁をくまなく探ると、うっすらと筋が入っており、そこに埃などをなすりつけた箇所があった。押してみたが動かない。違うのか……と落胆しつつ、今一度、地面に近いあたりを押してみると、いきなりくるり！　と壁が反転した。どんでんになっていたのだ。なかは真っ暗だが、智恵尼がここに入ったことは間違いない。

小糸は逡巡《しゅんじゅん》した。ここで引き返し、西町奉行所に報せにいくべきだろうか……。だが、小糸はひとりで進むことにした。報せに行っているあいだに勇太郎の身になにかあったら、それこそ死んでも死にきれないではないか。

足を踏み込むと、段になっているのがわかった。ずっと地下まで続いているようだ。丹田《たんでん》に力を込め、小糸はその段を下っていった。ところどころに燭台があるが、先がどうなっているのかはよくわからない。じめじめしているし、足もとも危うく、まわりの土壁もいつ崩れるかわからない。ゆっくりゆっくり一歩ずつ踏み固めるようにして降りていく。しばらくして底に着いた。天井がかなり低い。息が詰まるような気がして、小糸は胸を押さえた。

（この期《ご》に及んでかかる怯懦《きょうだ》に囚われるとは……）

修行が足りぬ、と小糸は思った。祝言、養子、跡取り……そんなことはどうでもよい。おのれがなすべきことは父の剣術を伝えることではないのか。それができていないのに、形だけ整えるなど笑止だ。

（このことが無事終えられたなら……）

と小糸は思った。一から武術修行をやり直そう。小糸はそう誓ったのである。

横穴のようなところをもぐらもちのように進む。ここまで来ると燭台の灯も届かず、前方がどうなっているのかまるでわからない。しかし、もう引き返せない。

（今ここで襲われたらおしまいだ）

小糸は気を引き締めながら、ひたすら前へ進んだ。やがて、鉄の扉のところへ出た。扉に耳を寄せる。大勢が内側にいる気配がした。小糸はそっと扉を押した。錠はおりていない。思い切って、ほんのわずかばかり扉を開けると、そこからなかの様子をのぞいてみた。

「……というわけだ。われわれは強欲な商人どもが貯め込んだ富を奪うことによって、刀、槍、刺股《さすまた》、薙刀《なぎなた》、大槌《おおづち》、鉄砲、地雷火など多くの武器を持つことができた」

壇のようなところで大柄な僧がしゃべっている。そのまえに大勢の僧が立っている。人数は優に百名を超えるだろう。

「あとは大筒が欲しいところだが、これは南蛮船と掛け合っておるところだ。また、軍用船も入手するつもりだ。近いうちにわれらの軍備は徳川家を超えるほどになる」

僧の弁舌は熱く、巧みだ。

「四天王寺はわれら僧籍にあるものが隠れ家とするにはまことに都合がよく、今しばらく大坂で大名屋敷や蔵屋敷を……と思うていたが、西町の大邉久右衛門がここに目をつけておるようだ。あのでたらめなジジイのことだから、罷免覚悟で無理矢理押し寄せてくるかもしれぬ。そこで……」

手に火傷痕のある僧は拳を振り上げ、

「われらはそのまえにここを捨てて京へ上る」

おお……というどよめき。

「向こうにもここ四天王寺と同じく隠れ家として使える寺を支度してある。名を言えば驚くような名刹《めいさつ》だ。あちらでも仲間を増やし、商人だけでなく公家からもお宝をちょうだいして、ますます武器を買い付け、機が熟したら今聖徳王を押し立てて江戸へ攻め上るつもりじゃ。そのころには日本全国の、われらに賛同する僧たちが一斉に立ち上がる手はずになっておる。泰平に寝ぼけた徳川家にわれらが勝利することは間違いない。皆の手で、この世に仏・法・僧の浄土を作ろうぞ」

ひとりの僧が進み出た。前歯が欠け、無精髭の長く生えた、なんとも貧相な顔で、衣服もぼろぼろだ。首に長い数珠を二重にして掛けている。

「えー、鶴満寺《かくまんじ》の喜撞《きどう》でおます。あのなあ、わしらはその武器弾薬とやらを見たことおまへんけど、いったいどこにおまんのや。まえにもいっぺん、見せてもらわなあるかどうかわからんさかい、わしらにも見せたっとくなはれ、て言うたんやけど、まだ信用ならんとか言うて見せてくれんかった。ほんまにあるんかなあ……」

「たわけたことを……武器はちゃんとある。もし、四天王寺の連中に見つかったらそれこそわれらの破滅ゆえ、こことは違うところに隠してあるのだ。もちろん、京へ上るときはそこから持ち出さねばならぬが……」

「言わせてもらえば、あんたら、わしらが一生懸命盗んできた銭で、鉄砲買うた、地雷火買うた、て言うてはるけど、じつはどこぞのお茶屋で豪遊しとるかもしれんやろ」

「ば、馬鹿を申すな！　そんなことはない」

「ほな、拝ませてくれても罰当たりまへんがな。隠すゆうのは、わしらのこと仲間や同志や言うとるわりに、ほんまは信じてないゆうことやおまへんか」

その言葉にうなずく僧も多かった。火傷痕のある僧は舌打ちして、

「わかった。それでは秘中の秘をご一同にのみ明かそう。購《あがの》うた武器はここではなく、

講堂の地下に仕舞《しも》うてあるのだ」

　そこまで聞いた小糸は扉をそっと閉めた。どうやらここには勇太郎はいないようだ。小糸は通路を引き返した。横穴は中途で幾度も枝分かれしており、しばらくするとどこにいるのかわからなくなってしまった。

（落ち着け……）

　小糸は胸に手を当て、大きく息を吸って、吐いた。動くのをやめて、耳を澄ます。どこかから、呻《うめ》き声のようなものがかすかに聞こえてくる。小糸はそれがだれのものかすぐにわかった。

（勇太郎さま……！）

　小糸は必死になってその声をたどった。か細い声だったが、小糸は太い綱を摑んだ思いだった。もう放すことはありえない。小糸はその綱をたぐった。

　通路を曲がったところに牢があった。蠟燭が灯《とも》っており、ちらちら揺れるその明かりのなかに擦り切れた雑巾のようなものが横たわっていた。

「勇太郎さま……！」

　小糸は牢の格子に取りついて叫んだ。それまで聞こえていた呻き声がやんだ。そして、むくりと半身を起こした。

「小糸……殿……？」

目は落ちくぼみ、顔は紫色に腫れ上がっていたが、それはたしかに勇太郎だった。小糸は錠を幾度も強く引っ張ったり揺り動かしたりしたが、びくともしない。小糸は懐剣を取り出した。目を閉じて心を落ち着かせると、

「ええいっ！」

鉄の錠が見事に真っ二つになり、地面に落ちた。急いで扉を開ける。なかに入り、勇太郎を抱えるようにして牢の外へ引きずり出す。ふたりは座したまま、ひし、と抱き合った。小糸は涙を流しながら、

「よかった……生きていてくれて……」

勇太郎は、そのときはじめて気づいた。

「小糸殿……その頭は……」

小糸は顔を赤く染めて、

「勇太郎さまに合わせたのです」

勇太郎はそのときにすべてを悟った。小糸は、自分を救うために髪を剃り落として尼姿となったのだ。あの美しかった髪を……。

「すまん……」

勇太郎は小糸を抱く腕に力を込めた。

そのとき。

「ふふふ……あんまり見せつけんとってな」

立っていたのは名張の寸二だった。

「これで人質がふたりになった。ありがたいこっちゃ」

寸二は刃物を構えた。小糸は勇太郎をかばってまえに出ようとしたが、勇太郎に制された。

「こいつは俺に任せてください」

「でも……そのお身体では……」

「かなり痛めつけられたので、ここで取り戻しておかねばならぬのです」

勇太郎は小糸から懐剣を受け取ると、寸二に向けてぴたりと構えた。

◇

「許せよ」

入ってきた覆面の侍を見て、床几などを片付けていた店主らしき老婆が言った。

「あ、もう閉めまんのや。また、明日《みようにち》お越し」

「たわけ。わしをだれだと思うとる」

「太ったお侍さんやなあ、て思うとりますけど」

「黙れ、ババア。わしの名を聞けば貴様ら町人は震え上がるぞ。とっとと食うものと酒を持って来い」

「せやさかい、もう看板やて言うてますがな」

「わしは腹が減っておる。近頃、なにも食うておらぬゆえ、腹の皮が背にくっつきそうなのじゃ。早ういたせ」

「あんた耳遠いんか。今日はおしまいやて言うとんねん」

「無礼ものめ！　わしの力をもってすれば、この店ごときすぐにでも潰せるのだぞ」

「ほほう、よほど偉いお方とみえますなあ。いったいどこの誰兵衛さんでおますのや」

「この風体を見てわからぬのか！」

「さてさて、さっぱり……」

老婆は忙しそうに、食器を重ねて片づけようとしたので、侍は怒声を上げた。

「わしは西町奉行大邉久右衛門じゃあっ！」

すると、店の表から、

「ほほう……大邉久右衛門がふたりおるとはのう……」

「なに……？」

太った侍がそちらに目を向けると、同じぐらい肥え太った武士が立っていた。こちら
は覆面もかぶらず、顔を寒風にさらしている。

「じつを申すと、わしも大邉久右衛門と申すのじゃ。同じ名のよしみで、向後《こうご》昵懇《じっこん》に願

いたい。——トキ、この御仁にも食いものと酒をやってくれい」

「へえへえ、ただいま」

老婆は急に恵比寿《えびす》顔になると、いそいそと支度をはじめた。久右衛門は店に入ると、両刀を無造作にかたわらに置き、

「閉めるところをすまぬのう」

「いーえ、お殿さまやったらうちはいつでも歓迎だっせ」

先に来ていた武士は、

「急用ができた。わしはこれにて……」

出ていこうとするまえに立ちはだかったのは、佐々木喜内だ。

「どこに行かれるおつもりかな。せっかくわが主が酒肴を振る舞おうと申しておるのに、遠慮なさいますな、大邉久右衛門殿」

「う、ううむ……」

久右衛門はトキの酌でさっそく茶碗酒《ちゃわんざけ》をあおりながら、

「今宵は、喜内とふたりだけで大仕事をせねばならぬ。その門出の酒をと思うて寄ってみたら、かかる大きな獲物が釣れるとは……うはははは、業突屋も来てみるものじゃのう」

そう言うと、偽の久右衛門に湯呑みを差し出した。その手を払って立ち去ろうとする

偽久右衛門の左腕を喜内がつかんだ。と、偽久右衛門は振り向きざま、喜内の帯をつかまえ、地面に叩きつけた。

「うぎゃっ！」

喜内は蛙《かえる》のように伸びてしまった。

「これはけしからぬ」

久右衛門が湯呑みを置いて立ち上がり、大刀に手をかけたとき、

「お頭！」

外から声がかかった。それは、古参与力内藤彦八郎《ひこはちろう》のものだとすぐにわかった。

「彦よ、いかがいたした」

そう言いながら久右衛門が表に出ると、そこには西町奉行所の与力・同心たちがずらりと並んでいた。しかも皆、鉢鉄《はちがね》を入れた鉢巻を締め、鎖帷子《くさりかたびら》、鎖籠手《ごて》に鎖脛当《すねあて》といういう出役《でやく》の際のいでたちだ。腰には大刀と十手を差している。

「おお……おまえたち、どうしたのだ」

内藤は深々と頭を下げ、

「われらもお頭とともに捕り物に赴く所存」

「なんと……」

久右衛門は一同の顔をしげしげと見渡し、

「気が変わったと申すか」

「はい。変わり申した」

「なにゆえじゃ」

「屁をこきました」

「――は？」

内藤の言うには、あのあと書院を出、与力溜まりに戻ったものの、どうにももやもやした気持ちが晴れぬ。そこで、食いかけの芋を食いながら、皆でもう一度話し合ったのだという。これはいたしかたないことだ、われら与力・同心はつぎの町奉行が赴任してきたらまたそのお方に仕える身、今のお頭と心中するわけにはいかぬ、というものと、今のお頭はこれまでのお方とは違う、恩をあだで返すのか、というものに分かれて侃々《かんかん》諤々《がくがく》の議論になった。そのとき、だれかが、

「大きな屁をこいたのです。それが合図でもあったかのように、皆がつぎつぎと屁をこき……」

一同はげらげらと笑い出してしまったのだという。

「建て前を、屁が吹き飛ばしてしもうたのでござる。我々とて、お頭とともに前代未聞の大捕り物、やってみたい気持ちはござったが、浮世の義理、家のこと、お咎めのこと……ついつい考えてしもうた。なれど、屁がそういうことをすべて吹き散らしたによっ

て、皆、おのれに立ち戻り、心ひとつにしてここへ参りましたる次第」

「そうか……そうであったか！」

さすがの久右衛門も心を動かされているようだった。

「ありがたい。おまえたちとわしは一心同体じゃ。――トキ、皆に酒を飲ませてやってくれ。回し飲みでよいぞ。喜内の介抱も頼む」

「へえへえ、心得とります」

岩亀与力が進み出ると、

「そちらのお方は……？」

「おお、忘れておった。大邉久右衛門と申される御仁じゃ」

皆はギョッとした。逃げ出そうとする偽久右衛門の肩を岩亀がつかみ、その覆面を剝ぎ取った。その下から現れた顔を見て、

「お、女か……！」

それは、久右衛門によう似ているものの、女のものだったのだ。

「ははあ……そうか。貴様、女相撲だな」

岩亀に決めつけられて、女はその場にくずおれた。

「くそっ、バレたらしかたないわい！」

肥えた女は胡坐《あぐら》をかくと、腕組みをして、

「こうなったらわしも女じゃ。逃げも隠れもせん。さあ、殺せ。殺さんかい！」

久右衛門は笑いながら、

「おい、女。ここはわしが平生から贔屓《ひいき》にしておる店なのじゃ。ぬかったのう」

女は応えない。

「おまえはわしが近頃、顔を売るために山車に乗っておるのを知らなんだのか」

「知っておったわい。けど……あまりに腹が減って、ついやってしもた」

「そんなにひもじいのか」

「おおさ、それもこれもおまえさまのせいじゃぞえ」

「なに？　わしの……？」

「知らぬとは言わせぬぞ。おまえさまが女相撲を禁じたのでわしらは興行が打てぬようになった。今は、櫓休寺の情け深い和尚《おっ》さんのおかげで境内で細々とやらせてもろうとるが、実入りは少なく、大食らいのわしらは生きていけぬ。すんすん殿という御仁に、おまえさまに化けて食い物屋に行けば腹いっぱいタダ飯が食え、タダ酒が飲めると知恵をつけられ、おまえさまへの恨みもあってこうして無銭での飲み食いを続けておったのじゃ。そのお蔭《かげ》でおまえさまがご老中から『慎み』を言い渡されたと聞いたが、良い気味じゃわ」

女は憎々しげに言った。

「ふうむ……わしが女相撲の興行を禁じた、というのはだれに聞いたのじゃ」

「もちろんすんすん殿じゃ。あのお方はわしら弱いもの、日陰者のことをようわかってくださる」

「女……おまえはその男にだまされておるのじゃ。女相撲を禁じたのは寺社奉行じゃ。江戸のほうで猥《みだ》らに流れることがあったゆえ、女相撲の小屋を取り払うことにした、と聞いておるが、わしはまったく与《あずか》り知らぬ」

「嘘じゃ。すんすん殿は、おまえさまがご老中に進言したと言うておられたぞえ」

「ははははは……わしは相撲が好きじゃ。女相撲も好きでのう、かなりまえだが難波新地《なんばしんち》にいた『巴御前《ともえごぜん》』と申すものを贔屓にしておった。そのようなこと言うはずがない」

「巴御前……！　そりゃわしのお師匠《つしょ》さまじゃ！」

「あれもよう食い、よう飲む女であったのう。一心寺《いっしんじ》にあるあのものの墓はわしが建立したのじゃぞ」

　女相撲取りはがっくりと肩を落とし、

「では……わしはたばかられておったのか……。情けない。おまえさまにもえろう迷惑をかけた。どうぞお縄にしてくださりませ」

「そうじゃのう……。タダ食い、タダ飲みは悪いことだが、うちの用人が文句を言いながらも支払いをしてくれたのでのう、店には損はかけておらぬ。あとは大邉家への借金が残っただけ。それは、あるとき払いの催促なしにしてつかわすゆえ、ぼちぼち払うてくれればよい。――喜内、それでよいな」

「はい、もちろん」

女は、用人というのがさっきおのれが投げ飛ばした侍であったと知り、

「そんなこととは知らず、投げつけて悪うございました。思わず上手投げが出てしもうて……」

申し訳なさそうに頭を下げた。喜内は腰をさすりながら、よいよい、という仕草をした。女は久右衛門に向き直り、

「では、わしを召し捕らず、放免してくださるのか」

「内緒じゃぞ。おまえの顔を見ておると、他人とは思えぬでな、わっはっはっはっはっ……」

女は涙をこぼし、

「ああ……わしはこどものころ、あまりに飯を食うので両親《ふたおや》に、こんなに食らう子を養《やしの》うていけぬ、と道頓堀の浜に捨てられたのじゃ。それからずっと世間を恨んで暮らしておったが、うちのお師匠と櫓休寺の和尚、それにおまえさまのおかげでひとの情けというものを知ることができたわい。こんなありがたいお奉行さまとも知らず、わしはなんちゅう罰当たりなことをしておったのじゃ。許してくだされ、このとおりじゃ」

「おまえの四股名《しこな》はなんと申す」

「『酒呑童女《しゆどんどうじよ》』と申しまする」

「うはははは……それは良き四股名じゃのう。――トキ、このものが『もうよい』と申すまで、飯と酒を食らわせてやってくれ。頼むぞ」

「お奉行さんの頼みなら、腹が裂けるまで食べさせて、飲ませまっせ」

「酒呑童女、わしも一緒に飲み食いしたいが、これから一世一代の捕り物に行かねばならぬゆえ、おまえとの勝負はつぎに持ち越しじゃ。存分に飲み食いしたら、西町奉行所に行け。喜内、おまえが付いていってやれ」

「承知いたしました」

久右衛門は湯呑みの酒を高々と上げ、四方に響く大声で、

「皆のもの、出陣じゃ！」

「おうっ！」

西町奉行所の与力・同心たちもそれに唱和した。

◇

勇太郎と寸二が、地の底の狭い場所で向き合っていた。寸二が構えているのは出刃包丁である。隠し包丁にふさわしい武器だ。対する勇太郎が持っているのは、小糸に借り

た懐剣である。大刀には程遠いが、いつも使っている十手には近い長さである。

「死ねっ！」

寸二が突きかかってくるのを勇太郎は避けようとせず、懐剣に裂帛《れっぱく》の気合いを込めて振り下ろした。師、岩坂三之助に仕込まれた一刀流の極意「切り落とし」である。相手の攻撃を「受ける」あるいは「避ける」のではなく、こちらも攻撃することで、攻めと受けを同時に行うという、命懸けの技である。ほとんど同時に打ち込まれる刀と刀の、ほんのわずかなずれを味方につけることで、斬るものと斬られるもの、上位に立つものと下位に甘んじるもの、勝者と敗者の明暗が分かれるのだ。

いつもならば忍びのものにおくれを取る勇太郎ではない。しかし、勇太郎は長いあいだの拷問と絶食で頭がボーッとして、足もふらついていた。懐剣を握る手にも力がない。

「うわっ！」

懐剣が弾《はじ》き飛ばされた。気力だけではどうにもならぬこともあるのだ。寸二は冷酷な笑みを浮かべながら、じりじりと近づいてくる。

「貴様とは長い因縁やったが、おしまいに笑うのはわしやったな」

そう言うと、寸二は包丁をまっすぐに突き出した。勇太郎はそれをかわすこともできたはずだが、右肩からまともに体当たりを食らわした。包丁が肩に刺さった。

「小糸殿、逃げろ！」

「でも……」

「いいから早く！」

　唇を噛みしめた小糸が、ふたりの狭間《はざま》を縫おうとしたとき、

「おっと、逃がすかいな。おまえも人質やて言うたやろ」

　寸二は小糸に足をひっかけて転ばせた。彼は、たたらを踏む小糸を突き倒すと、その背中を思い切り蹴りつけ、

「ふたりとも牢に戻れ。あとでゆっくり料理してやるさかい……」

　勝ち誇ったように言って、ずいと進み出たとき、

「おい……手間のかかる連中やなあ。おのれのことはおのれで始末せんかいな」

　仰天した寸二が振り返ると、そこにいたのは貧相な身なりをした僧だった。前歯が欠け、無精髭を伸ばしている。身体を起こした小糸は彼が、さっき皆のまえで問いを発していた「鶴満寺の喜撞」という僧だと気づいた。

「お、おまえ、なにものや」

「わてかいな。わては……」

　喜撞はにやりとして、

「寺社奉行から遣わされた忍びさ。長いことかかったが、ようやくおまえたちの武器弾薬がどこにしまわれているかつきとめた。今からそれを確かめにいくところだ」

急に上方訛《かみがたなま》りが消えた。

「その証を手土産に江戸に戻るつもりだが、おまえさんがた……」

勇太郎と小糸に目を向けると、

「もうちっと、しっかりしてもらわなきゃ困るね」

勇太郎は苦笑いをして、

「そんなことを言われる筋合いはない」

「ほほう、そうかね。あんたがあの短い『十句観音経』を中途で忘れたときに助け舟を出してやったのを忘れたようだな」

絶句する勇太郎に、喜撞はなおも言った。

「西町奉行所に、砂原屋という呉服屋に盗人が入ると投げ文をしてやったのも私だ。あのとき召し捕っておけば、あとあと楽だったのにな」

「くそっ、なめよって！」

そう叫んで寸二はふところから火薬玉をつかみだし、その場に叩きつけようとしたが、喜撞はすばやく竹でできた水鉄砲を取り出して、その玉に水をかけた。

「濡れた火薬玉はただの玉だぜ」

寸二が斬りかかるのをかわして、その鳩尾《みぞおち》に拳を叩き込んだ。

「うげっ」

呻く寸二を憐《あわ》れそうに見やると、

「じゃあな」

そう言って、行ってしまった。そのとき、うえのほうから、ずずん……という地響きのような音が轟《とどろ》いたかと思うと、あたりが大きく揺れた。大地震《おおない》か？　いや、そうではないようだ。寸二は天井を見上げて歯嚙みをすると、

「もう今聖徳王も終わりやな。ここにいたら巻き添えを食う」

勇太郎をねめつけ、

「おまえとはまたいずれ勝負をつけようやないか。それまで首を洗《あろ》うて待っとけ。わしは去《い》ぬわ」

そして、つむじ風のように消えてしまった。勇太郎と小糸は顔を見合わせた。小糸は勇太郎の肩を見て、

「血止めをいたします」

「いや……今の音が気になる。すぐに地上に出ましょう」

ふたりは横穴へと走り出た。

◇

「頼もう、頼もうーっ！」

久右衛門の大声が鐘のように夜気のなかに響き渡る。

「西町奉行大邉久右衛門である。四天王寺の寺内に不審な儀これあり、よって詮議したい。ただちにここを開門せよ」

門の内側ではけっこうな人数が、

「西町奉行だと？」

「町方がなんの用件だ」

「とにかく管長にお知らせ申せ」

などとうろたえ騒いでいるのは聞こえてくるのだが、肝心の門は閉ざされたままだ。

「よし、打ち破れ！」

久右衛門が軍配を振るうと、血気の同心たちが鉄槌《てっつい》やマサカリ、ノコギリなどを持ち出して、門を壊しにかかった。だが、もちろん頑丈極まりない造りで、容易に破れはしない。苛立った久右衛門は、

「火薬を仕掛けよ」

「そんなことをしてもよろしいので？」

「かまわぬ。開けぬほうが悪い。――やれ！」

すぐに火薬が門のあちこちに置かれ、離れたところから火が点《つ》けられた。

ずずん……。

大地が揺れ、黒煙が立ち上った。門の片方の扉の蝶番《ちょうつがい》が外れ、地面に落ちた。僧たちが一斉に飛びのくのが見えた。与力・同心たちはそこから寺内へと入り込んでいった。あたりには焦げた臭いが渦を巻いていた。

与力・同心たちは大勢の僧や寺侍たちと対峙することとなった。僧たちのなかから蒼白な顔で進み出たのは、四天王寺管主である。

「な、なんという罰当たりなことを……」

声も震えている。

対する久右衛門は仁王のように両脚を踏みしめて立ちはだかり、

「幾たびも開門を願うたがお聞き届けがないので、やむなく力ずくで開けさせていただいた。――それっ！」

久右衛門の下知で、与力・同心たちは一斉に散らばった。建物をひとつずつ調べていこうというのだろう。

「四天王寺には、大小の建物が数え切れぬほどある。いちいち詮議しておっては、幾日もかかろう」

「それでもやるのじゃ」

「なにも見つかるはずがない」

「見つかるとわしは信じておる」

「寺社奉行に言うて、おまえなど腹を切らせてやる」

「ご随意になされよ」

そこへふらりと現れたのは、ぼろ布のような僧衣を着た貧相な僧である。

「寺社奉行は、大邉殿を咎めることはござらぬぞ」

「――なに？」

「私は、寺社奉行脇坂淡路守の言いつけで賊徒の一味に加わっていたもの。ようよう証拠を手に入れました。賊徒の集めた武器弾薬は講堂の地下庫にございます。たった今、この目でたしかめてまいりました」

「おお……さようであったか」

「また、賊徒の隠れ家は聖徳太子を祀《まつ》る聖霊院の地下にございます。首魁は聖徳太子気取りの今聖徳王と申す僧にて、蘇我大臣というものを腹心としております」

「ほう……」

久右衛門は、管長の顔が一瞬ひきつったのを見逃さなかったが、

「して、西町奉行所の同心村越なるものをご存知ないか」

「どこぞの武家娘とともに聖霊院の地下牢におりましたが、無事でございます」

「そうか！　ありがたい！」

久右衛門は与力・同心たちを呼び戻すと、彼らを二手に分け、半数を聖霊院に、あと

の半数を講堂に向かわせた。管長以下四天王寺のものたちは呆然としてその様子を見守っている。

やがて、講堂のほうからひとりの同心が戻ってきて、

「ございました！　大量の刀剣類、火縄銃、火薬などが数十の長持《ながもち》に入っておりました！」

久右衛門は大きくうなずくと、管長を振り返り、

「いかがでござる。証が出ましたぞ」

管長は声もない。そこへ、尼に肩を借りてひとりの僧がやってきた。顔は腫れ、足を引きずっている。

「お頭！」

それは、勇太郎と小糸だ。

「両名ともよう働いた！　そちらで休め」

「今聖徳王の集めたる武器弾薬は……」

「遅かったのう。もうわかっておる。講堂の地下であろう」

「ありゃ……」

勇太郎は張りつめていた気持ちが緩み、その場に尻餅をついた。

「おい、しっかりせい。おまえも大手柄じゃ。怪我が重いのか。そこで手当てをいた

せ」

「いえ……腹が減って……」

「ならば、これを食え」

久右衛門はふところからふかした芋を取り出して、勇太郎に手渡した。

（これを……今ここで食えというのか……）

そのとき、聖霊院の地下から僧たちが現れた。先頭の僧は、金襴の頭巾をかぶっている。管長がその僧をにらみつけ、つかつかと歩み寄ると、頭巾をはぎとった。

「やはり、おまえだったか」

僧は横を向いた。管長は久右衛門に頭を下げ、

「このものは、遥快《ようかい》と申して、かつてはわが弟子でござった。なにがあったのかは知らぬが、いつのころからか、今の仏教界は腐っている、聖徳太子の精神に立ち戻れ、と言い出しましてな……。その気持ちはわからぬでもないが、やり方が大いに間違うておった。寺社奉行が悪い、武士のくせに寺のうえに立ち、僧侶を牛耳っているのはけしからん、とか、徳川家を倒して仏・法・僧の世の中を作る、とか、妄言を言い立て、いくらたしなめても直らぬ。そのうちに、あちこちで自説を広めはじめ、賛同するものも増えだしたので、ほかの僧にも悪しき障りがあると思うて破門にいたしました。――どこかへ立ち去ったものと思うていたが、まさかこの寺の地下に潜んでおったとは……」

管長は、遥快に向き直り、

「御仏の教えは、武士も公家も民百姓町人もなく、一切の衆生を済度するもの。おまえのように、僧だけが上に立つべきだ、などという思い上がった心根では、天下を覆すことはおろか、隣にいるものですら感化できまい。おまえに従っておる僧たちは、金欲しさでついてきているだけなのだ」

「そんなことはない！」

今聖徳王は仲間の僧たちを振り返ると、

「ご一同、こやつらは皆、われらの邪魔となる連中ぞ。ひとり残らず殺してしまえ！」

しかし、だれも動こうとはしない。

「どうしたのだ、ご一同。われらの大望が叶《かな》わなくなってもよいのか！」

今聖徳王は叫んだが、皆、目をそらす。

「蘇我大臣！　おまえはどうなのだ！」

蘇我大臣はかぶりを振り、

「もうわれらの企ては水泡に帰しました。ここであがいても捕まるのは必定。潔くあきらめましょうぞ」

「なにを言う！　大臣！　貴様も裏切るのか！　なんとか申せ！」

「今ならまだ、ひとを殺《あや》めておらぬゆえ、獄門だけは免れるかもしれませぬ」

蘇我大臣は久右衛門のほうを向き、両手を差し出した。

管長が、今聖徳王に歩み寄り、その肩に手を載せて、

「おまえがこのようなことになったのは、正しく導いてやれなんだわしのせいでもある。心から悔い改めて、後生を願え」

今聖徳王は両肩を落とした。

久右衛門は軍配を高々と挙げ、

「これにて一件落着じゃあっ!」

その声は、一里四方に轟き渡ったという。

◇

それから半月ほど経ったある昼下がり、西町奉行所の一室にてささやかな宴が開かれていた。並んでいるのは久右衛門と喜内、岩亀、それにまだ髪が生えそろわぬゆえ頭を手拭いで包んだ勇太郎に小糸だった。昨日、与力・同心を集めての盛大な宴席が催され、久右衛門はさんざん飲み食いし、歌い、踊ったばかりだ。今日はまだその名残りをひきずって、二日酔い気味のようだが、機嫌はすこぶる良い。というのも今朝方、老中より奉書が届き、西町奉行の職を続けてよい、と決まったからだ。

「さあ、飲め。飲んでくれ。食うてくれ。源治郎が腕に縒《よ》りをかけた料理がたんとある。

酒も上酒を吟味した。今日は腹が裂けるまで飲み食いしてくれい」

　昨日の今日だというのに、久右衛門はすでに酩酊している。それもそのはずで、まえには久右衛門の好物ばかりが並べられているのだ。

「どうじゃ、美味いか。美味いだろう。美味いに決まっておる」

　岩亀に向かって久右衛門は美味さの押し売りをした。

「美味《う》《も》うございます。ことにこのつけ揚げの熱々を生姜醬油に浸すと、口のなかでほくほくとして……」

「そうであろう。こちらの蓮根も良いぞ。からし蓮根と申してな、肥後《ひご》の名物じゃ。頭を殴られるほど辛いが、そこを酒で洗うと……美味い！」

「なれど……よろしいのでございますか」

「なにがじゃ」

「山車であのように金を使うたのに、連日の宴会ではさぞかし……」

「気にするな！　なんとかなるわい。のう、喜内」

　用人は苦笑いを浮かべながらも、アナゴの白焼きを食べている。

「とにかくめでたい。めでたいことは重なるものじゃ」

　やがて座が乱れはじめた。昨日を上回る勢いで飲み食いしていた久右衛門だが、一息ついたあたりで老中からの書状を皆に示し、

「見よ。『慎み』を守り、屋敷に籠りて他出せざるは殊勝なり。そのうえ配下のものを指図して賊徒を召し捕りし儀は大いに褒むべき手柄なり……そう申してきよったわい」

すっかり傷も癒えた勇太郎が怪訝《けげん》そうに、

「あれほど他出ばかりしておられたのに、どういうわけでしょうか」

「ふふふ……それはのう……」

そのとき、

「支度万端調いましたで」

廊下から声がした。

「おお、入れ」

唐紙《からかみ》が開き、入ってきたのは玄徳堂の太吉だった。手にした盆に黄色い菓子が載っている。久右衛門は酒肴を片付けさせ、

「このへんで甘いものもよかろうと思うてな」

太吉は皆の膳に菓子を配りはじめた。

「さあ、わての新作『芋白山』だす。どうぞ召し上がっとくなはれ」

それは、例の「栗白山」の栗をさつまいもに置き換えたものだった。もちろんただ置き換えただけではなく、さつまいもの良さを生かすための太吉ならではの工夫がほどこされている。

「今年は栗が不作でどえらい値がついてますやろ。さつまいもやったら安うできますねん」

皆は早速、太吉の菓子を口にした。真っ先に声を上げたのは岩亀だった。

「なるほど、これは美味い。さつまいもならではのねっとりした口触り……わしは栗よりこちらのほうが好きだ」

「けど、舌が触れたらほろほろほろほどけていくのは、栗と似ております。これは女子の大好きな味です」

小糸が感心したように言った。勇太郎も、

「甘さの塩梅《あんばい》もちょうど頃合いなので、いくつでも食べられる。『栗白山』に比べて値も安いなら、少々食べ過ぎてもふところには響きませんね」

久右衛門はたちまち十ほど平らげると、

「渋い茶とともに食うとまた格別であろう。——茶を持て」

すると、身体の大きな女が湯呑みを盆に載せて入ってきた。久右衛門と喜内をのぞいた皆があっと驚いた。それは、女相撲の酒呑童女だったのだ。太吉がにっこり笑い、

「こないだからうちで働いてもろてますねん。力が強いさかい、栗や芋を擂《す》り潰すのもあっという間や。ほんま、ええ職人世話してもろて、重宝してますわ」

酒呑童女は、肥え太った身体を縮めるようにして、皆に挨拶をした。

「このものはわしの恩人なのじゃ」

久右衛門が言った。

「わしが四天王寺で捕り物をしておるとき、老中の使いのものがちょうど奉行所にやってきたらしい。わしがちゃんと『慎み』を守って、出歩かずにおるかどうか調べにきよったのじゃ。与力・同心はほとんど留守で、たまたまそこにいたのは先に戻っていた喜内とこのものじゃ。喜内は咄嗟《とっさ》の機転で、酒呑童女にわしの恰好をさせた。つまり、替え玉じゃな」

タダ飲みタダ食いで鍛えた技で酒呑童女は久右衛門になりきった応対をして、老中の使者はまるで疑うことなく帰っていったというのだ。

「このものがおらなんだら、わしは今ごろ罷免されて、江戸に戻っておることであろう。――おまえのおかげなのじゃ」

女相撲取りはもじもじとして、

「お奉行さまのお役に立ててうれしゅうございます」

喜内がにやにや笑いを浮かべながら、

「御前、偽ものが役に立つこともあるのですな」

「なにを申す。偽ものが本物を上回ることもある。このものはわしよりずっと上手《うわて》じゃ。わしには食い逃げや飲み逃げする肝はないからのう」

「いやでございます、お奉行さま」

酒呑童女は顔を赤くした。

「いや、そもそも偽だのまことだの分けることがおかしいのじゃ。このさつまいもを使うた菓子は、栗の菓子より上等か？　そうではあるまい。どちらも美味い。いずれがまことの菓子でいずれが偽の菓子などということはないのじゃ」

太吉も、

「はじめは栗の代わりにと思てさつまいもを使いましたんやけどな、作ってみたらなんのことはない、まるっきり別もんでした。作り方も違うし、味わいもまるで違いますわ」

「そうであろう。酒呑童女もわしとは別じゃ。そう思うて、玄徳堂に推挙いたしたのじゃ。また、女相撲の禁が解かれたら相撲取りに戻ればよい。それまでは奉行所の馬場ででも稽古しておれ。――皆、稽古相手になってやるがよいぞ」

茶を飲み、菓子を食い、まさに無礼講の宴となった。久右衛門は勇太郎と小糸のまえにやってきて、

「夫婦《めおと》になるらしいな。めでたいのう」

小糸が恥じらいながら、

「やっと父が許してくれました」

「岩坂殿の病はどうじゃ」

「さいわい傘庵先生に出していただいた薬がよう効いたようで、心の臓のほうは大事ないそうです。無理をせず、ゆるりと養生すればよいとのことで、私も安堵いたしました」

「ふふふ……よかったのう。それならば祝言にも出られそうじゃな。――で、祝言はいつじゃ」

勇太郎が、

「ふたりとも頭を丸めたので、髪が生えそろうまで……と師走《しわす》の半ばに挙げることにいたしました。かなり先のことではありますが、もしよろしければぜひともご臨席をお願いいいたします」

「おう、もちろん出るぞ。――で、小糸殿が村越家に嫁いだあと、道場はどうなるのかのう」

小糸が、

「父の身体のことも案じられますので、当分私は岩坂家に住んで父の世話と門弟の稽古を行い、毎日村越家に通うことにいたしました。すゑさまも、それがよいと申しておられますので、お言葉に甘えまして……」

「うむ、それは上々じゃ。夫婦も跡継ぎも、形にこだわることはない。どのようなやり方であれ、ふたりが楽しく暮らせて、岩坂道場の剣風が受け継がれていけばよいのじゃ」

「父も喜んでおります」

久右衛門はふたりの顔を見つめ、

「で、村越、おまえはどのような夫婦になりたいのか、言うてみい」

「え？　ここででございますか」

「そうじゃ。下手なことを申したなら、この祝言は取り止めにするぞ」

「あ、いやあ……」

勇太郎は頭を掻いて、

「嘘のない夫婦になりとうございます」

「よう言うた。それでよい」

久右衛門は立ち上がるとふらふら上座へ戻り、

「よし、今日はめでたいうえにもめでたい。わしは歌うぞ。皆も歌え！」

そう言うと、妙な振りをつけて、銅鑼声で歌いはじめた。

われは大坂の地に隠れもない
天下の西町奉行大邉久右衛門なり

わが名を聞けば悪党どもは恐れをなし
縮み上がって裸足で逃げようぞ
飯も酒も十人前
だれが呼んだかあだ名は大鍋食う衛門
食ろうて飲んでまた食うて
腹がみちたら寝るだけぞ
この顔よっく覚えておけよ
見間違いあるなこの顔ぞ
よいよいよいよい
やっとっと
よいよいやっととやっとっと

そして、扇をぱっと開いて、

「天晴《あっぱ》れ……天晴れじゃ！」

そう叫ぶと一同をあおいだ。その扇には、「芋食うて皆笑顔なり、へへへへへ」と書かれていた。皆が笑った。勇太郎も笑ったが、その心の底には澱《よど》んだものがひとつだけあった。彼はすでに、小糸に嘘をついていたのである。

◇

師走に入ると途端、風が身を切るような冷たさになった。

その夜、勇太郎はすゑやきぬ、厳兵衛が寝静まるのを待ってからそっと寝所を出た。大刀をたばさみ、深夜の町を歩く。目指すは四天王寺である。あの大捕り物からもう三月《み》《つき》近くが経っている。宵から雨が降っていたが、風も強くなってきた。ときどき雷が遠い空で閃《ひらめ》いているが、それがどうやら近づいてきているようだ。

四天王寺の西門が見えてきた。場所はここでよいはずだ。ひと通りのない寒い路上で、勇太郎は待った。雨は横殴りになり、傘が役に立たぬほどになった。提灯はとうに消えている。勇太郎はびしょ濡れのまま、じっと立っていた。

「待たせたな」

声が頭上から降ってきた。見上げると、商家の屋根に黒い影があった。名張の寸二だ。

「今日こそ決着をつけるで。おまえを殺《や》らんと、忍び仲間に馬鹿にされるのや」

あの大捕り物のあと、勇太郎はしばらく寝込んでいた。ようよう本復してふたたび町廻りに出られるようになったころ、こどもが文を持ってきた。知らない男に、村越という同心に渡すよう頼まれたという。読んでみると、それは名張の寸二からの果たし状だった。そこには金釘流《かなくぎりゅう》の文字で、

「オレハ江戸ニイカネバナラヌガ師走四日ニ大坂ニモドル。ソノトキフタリダケデ決着ヲツケヨウ。九ツ四天王寺西門マエ。モシ来ナカツタラオマエヲコシヌケト笑ツテヤル」

と書かれていた。そして、勇太郎は約束通り、今夜四天王寺にやってきたのだ。すでに五日の明け方といっていい時刻である。

「決闘などくだらぬことだ。今からでも遅くない。やめないか。こんな大雨だし、熱い水風呂《すいふろ》にでも入って、いっぱいやって寝るにかぎる」

勇太郎は屋根の男に呼びかけた。

「おまえにとってはくだらんかもしれんけど、忍びのものにとっては、同じ相手に何度も後れをとるゆうのは死活にかかわることや。仕事ものうなるし、間抜け呼ばわりされ続ける」

「では、どうあっても……」

「くどい」

寸二はひらりと屋根から飛び降りると、勇太郎のまえに立った。

「だれにも言わずひとりで来たのはえらい。褒めたるで」

「うれしくないな」

ふたりは同時に刀を抜いた。それを待っていたかのように、雨足が一段と激しくなっ音しかなかった。ふたりは向き合ったまま走り、立石のまえで止まった。天地のあいだにはただ雨の音のほか、なにも聞こえぬ。天地のあいだにはただ雨の音のほか、なにも聞こえぬ。

刀を振り下ろした。勇太郎は受けようとしたが、その太刀が目くらましであることに気づいた。寸二は刀を右手で振ると同時に、左手で棒手裏剣を投げていたのだ。間一髪、身をひねってかわしたが、雨のせいで足が滑った。よろめいたところを寸二の二撃目が襲った。勇太郎は半身をほとんど地面につけ、無我夢中で刀を受け止めた。相手が嵩《かさ》にかかって力任せに刀を押し付けてくるのをかろうじて外した。今度は寸二がたたらを踏んだ。起き上がって一太刀くれようとしたが、立ち上がるのが精一杯だった。全身どろどろでふたりは向き直った。雨、風ともに凄《すさ》まじく、稲妻が蜘蛛の糸のように夜空を走るなか、ふたりはふたたび向き合って駆けた。寸二が、地を蹴って跳び上がった。さすがに忍びのものだ。高々と跳躍して、空中から刀を振り下ろした。勇太郎はそれを受けず、みずからも太刀を振るった。攻めと守りを同時に行う、一刀流の極意「切り落とし」だ。微妙な手首の返しで、相手の太刀筋を逸《そ》らせながら打ち込むのだ。寸二の刀は勇太郎の右側に流れたが、勇太郎の切っ先は寸二の手首に食い込んだ。刃挽《はび》きしてある太刀とはいえ、寸二は「あっ」と叫んで刀を取り落とした。

「くそっ」

寸二は身を翻すと、とんぼを切りながら四天王寺の塀に立ち、内側へと降りた。勇太郎もあとを追おうとしたが、塀を上ることができぬ。雨で手が滑るのを必死でよじのぼり、なんとか塀を越した。境内は一面のぬかるみだった。雷鳴が真上で轟いている。暗がりを、寸二を探して走る。南大門《なんだいもん》を過ぎたところで、雷が近くに落ちた。その閃光で、寸二の後ろ姿が見えた。彼は、聖霊院のほうに逃げようとしている。勇太郎も走った。ちょうど堂のまえに行き着いたとき、寸二は振り返り、

「引っかかったな」

「なに……？」

「この地下に坊主どもの隠れ家があったとき、わしがこのまわりにずーっと地雷を埋めといたんや。今でも使いもんになるはずや。おまえをばらばらに吹っ飛ばしてやる。さっき火ぃ点けたさかい、もうじき爆発するで」

「そんなことをしたらおまえも死ぬぞ」

「ははははは……あはははは……かまへんかまへん。あの世で会おうやないか」

「俺は死ぬわけにはいかぬ」

「ほう、この世に未練があるのか」

「もうじき祝言を挙げることになっている」

「知るかいな」

呆れたように寸二は言ったが、爆発は起こらない。寸二の顔に狼狽《ろうばい》が走った。勇太郎

は笑って、

「火薬がこの大雨で湿ってしまったようだな。名張の寸二、御用だ！」

そのときだ。

四天王寺の上空が昼間のように明るくなったかと思うと、太い光輝がまっすぐに五重塔目がけて墜《お》ちた。凄まじい轟音《ごうおん》とともに地面が揺れた。一瞬、なにが起こったかわからなかったが、その直後、大地から火が噴き出した。おそらく落雷で、寸二が仕掛けた地雷火が発火したのだ。五重塔の三重目あたりから黒煙が湧きあがった。黒煙のなかに炎の赤い舌がちろちろと見えている。あっという間だった。塔全体が紅蓮《ぐれん》の火に包まれ、みるみる焼け落ちていった。火は金堂《こんどう》に燃え移り、たちまち四天王寺にあるすべての堂宇へと広がっていった。大火災である。勇太郎はただただ呆然としていたが、熱い突風を頰に受けてハッと我に返り、

「火事だっ！　火事だぞっ！」

そう叫びながら門の方に向かって走り出した。

◇

久右衛門、岩亀、勇太郎、千三、そして管長の五人が、崩れて黒焦げになった五重塔のまえで立ち尽くしていた。塔だけではない。金堂、講堂、六時堂、太子堂、ほかの伽《が》

藍《らん》、南大門、仁王門、亀井水、回廊、食堂《じきどう》、宿坊、僧院などおよそ四十ほどの建物が全焼した。焼け爛《ただ》れて、まだぶすぶすと音を立てている柱を見ながら、千三は泣いていた。

「天王寺さんが……燃えてしもた」

四天王寺五重塔への落雷に端を発した大火はあたりを総なめにして、甚大な被害を出した。

「もう、大坂は立ち直られへんのとちがうやろか」

千三は弱気な声を出した。四天王寺は大坂一の大名刹である。それが丸焼けになってしまったのだ。その隣で、管長も涙声で言った。

「これは仏罰かもしれません。あのような大罪人どもを寺内に住まわせていたゆえ、仏が……いや、聖徳太子が下された罰なのかも……」

勇太郎も悄然《しょうぜん》としてほとんど焼け野原になった境内を見渡し、

「これを元通りにするには、お城の金蔵を空にしても足りぬでしょう」

皆がうなだれるなか、

「あはははは……うはははははは……わっははははははは！」

久右衛門は豪快に笑っていた。

「仏罰だと？　悪いのは盗みを働いていたあの連中じゃ。だのに、なにゆえ五重塔に仏罰を与えねばならぬのか。たまさか天が落とした雷さまが、塔に落ちたというだけのこと。気にすることはない」

「と申して、このありさまでは復興などとても……」

久右衛門は管長をにらむと、

「そのような弱気でどうする。これまでも四天王寺は幾たびも大火に見舞われ、その都度立ち直ってきた。此度《こたび》もそうなるであろう」

勇太郎が、

「そうでしょうか……」

「間違いない。わしに任せておけ」

久右衛門は太い腕で、みずからの胸をずしんと叩いた。勇太郎にはその音が、なんとも頼もしく聴こえたのだ。こんなときでも久右衛門はたくましく、力強かった。

「そうですね……きっとそうなる気がします」

勇太郎の心にも、光明が湧きあがってきた。

（このお方がついていたなら、四天王寺はきっと生き返る！）

荒涼とした焼け跡を見ながら、勇太郎はそう思ったのだ。

（注）古来、四天王寺は何度も火災に見舞われている。平安時代にも二度、主な建物が焼け

たほか、天正《てんしょう》四（一五七七）年には織田信長の石山本願寺《いしやまほんがんじ》攻めで焼失、豊臣秀吉の手で再建されたものの、大坂冬の陣でまたも焼失。徳川家によって再建されたが、享和《きょうわ》元（一八〇一）年十二月四日深夜、五重塔への落雷で主たる伽藍が全焼した。このときの被災は規模が大きく、とても再建できぬと幕府も匙《さじ》を投げたが、一念発起した大坂商人淡路屋太郎兵衛《あわじやたろべえ》の手で早くも十一年後の文化《ぶんか》九（一八一二）年に見事再建がなされた。

左記の資料を参考にさせていただきました。著者・編者・出版元に御礼申し上げます。

『大坂町奉行所異聞』渡邊忠司（東方出版）
『武士の町 大坂 「天下の台所」の侍たち』藪田貫（中央公論新社）
『町人の都 大坂物語 商都の風俗と歴史』藪田貫（中央公論新社）
『歴史読本 昭和五十一年七月号 特集 江戸大坂捕り物百科』（新人物往来社）
『なにわ味噺 口福耳福』上野修三（柴田書店）
『大阪食文化大全』笹井良隆（西日本出版社）
『都市大坂と非人』塚田孝（山川出版社）
『江戸物価事典』小野武雄（展望社）
『江戸料理読本』松下幸子（筑摩書房）
『花の下影 幕末浪花のくいだおれ』岡本良一監修、朝日新聞阪神支局執筆（清文堂出版）
『大阪の橋』松村博（松籟社）
『料理百珍集』原田信男校註・解説（八坂書房）
『大阪の町名―大阪三郷から東西南北四区へ―』大阪町名研究会編（清文堂出版）
『図解 日本の装束』池上良太（新紀元社）

『清文堂史料叢書第119刊　大坂西町奉行　新見正路日記』藪田貫編著（清文堂出版）
『清文堂史料叢書第133刊　大坂西町奉行　久須美祐明日記〈天保改革期の大坂町奉行〉』藪田貫編著（清文堂出版）
『大阪人物辞典』三善貞司編（清文堂出版）
『大阪史蹟辞典』三善貞司編（清文堂出版）
『大田南畝全集　第八巻』編集委員代表・濱田義一郎（岩波書店）

解　説

小林泰三

田中啓文さんは時代小説が得意な作家ではないのである。

なんや、この解説者。いきなり、作者を貶《けな》し始めよったで。

そうお思いの読者は多いと思われるが、とにかくこの文章を読んでいただきたい。

そやかて、この《鍋奉行犯科帳》シリーズ、めちゃくちゃおもろいやないか。これが下手《へた》くそだなんて、何ちゅう言いぐさや。これほどおもろい時代小説は後にも先にも読んだことがない。

いやいや。わたしは何もこの《鍋奉行犯科帳》シリーズが面白くないとか、下手くそやなどとは書いていない。

いや。書いた。確かにさっき書いた。

わたしが書いたのは「田中啓文さんは時代小説が得意な作家ではない」ということなのだ。

ほら。おもろない、書いとるやないか！

書いてはいない。面白くないとは一言も書いてはいないのである。

どういうことやねん。ちゃんと、解説せんかい！

そのことなら、今から説明するので、黙って読んで欲しい。

よし！　そんなら説明してもらおか。納得も得心もする説明をしてもらおか。

はいはい。今から説明するつもりだったのに、邪魔ばかりしたのはそちらではないか。

……まず、田中さんのデビュー作から話を始めよう。

そりゃまた、えらい前の話やな。

田中さんのデビュー作は時代小説ではないのである。

ええっ!?　そりゃ知らんかった。

集英社が主催する第二回ファンタジーロマン大賞で佳作入選した『凶の剣士グラート』（のち『背徳のレクイエム』に改題）がデビュー作だ。

ファンタジー？　ファンタジーいうたら、あの《ハリー・ポッター》みたいなやつかいな？

まあ、全然違うこともないが、所謂《いわゆる》「剣と魔法の物語」だ。

なんでまた、そんな向いてないものを書いてたんや？

向いていないとは？

そりゃ、向いてないやろ。田中はん、いうたら時代小説の名手や。ファンタジーなんか向いている訳はない。

つまらない小説が佳作になったりはしない。

ということは、おもろかったんか？

その通りだ。

まぐれやったんか？

文章は最後まで読むように。そのファンタジーでデビューした全く同じ年に、光文社の鮎川哲也《あゆかわてつや》編の公募アンソロジーに応募し、短編ミステリ「落下する緑」が収録されたのだ。

えっ？　それって、同じ年に二回デビューしたってことかいな？

まあ、デビューとしては一回だが、田中さんの書いた別々の作品が、それぞれ全く違う出版社で、全く違う選考委員の目に留まったということになる。それも一つはファンタジーで、もう一つはミステリだ。

ミステリって何や？

推理小説、探偵小説ともいう。

ああ。シャーロック・ホームズとか、金田一耕助《きんだいちこうすけ》とかか。けど、それはわからんでもない。

わかるか？

とやな。


《鍋奉行犯科帳》シリーズも事件が起きて犯人が捕まるんやからミステリやろ？

その通り、犯科帳は時代小説でもあり、ミステリでもあるということになるだろう。

つまり、田中さんは時代小説だけではなく、ファンタジーもミステリも書くということやな。

それだけではない。その数年後、田中さんは『水霊（ミズチ）』という長編小説を書くことになる。

『水霊ミズチ』？

違う。『水霊ミズチ』ではない。『水霊』と書いて、「ミズチ」と読むのだ。

その『水霊』がどないぞしたんか？

これは角川ホラー文庫から出版された。

ホラー？　ホラー言うたら、貞子《さだこ》とかゾンビとかの？

喩《たと》えが雑だが、まあそういうことになる。

なんでまたそんなつまらんことしはったんや。

つまらん？　どういうことだ？

そやかて、田中はんは時代小説の人やからホラーなんか書ける訳ないやろ。

『水霊』は大変な評判となり、後に井川遥《いがわはるか》さん主演で映画化されることとなった。

ええっ⁉　わし、遥ちゃんの大ファンやがな。

そんなことは知らない。

田中はんは遥ちゃんに会わはったんやろか？

綺麗《きれい》で、よく気が付く、性格のいい女優さんだったそうだ。

羨ましい！　しかし、どういうこっちゃ、時代小説にファンタジーにミステリにホラーて。

その後、田中さんはハヤカワ文庫からＳＦ連作短編集『銀河帝国の弘法《こうぼう》も筆の誤り』を出版することになる。

何じゃ、その題名は？

アシモフというアメリカのＳＦ作家の名作に『銀河帝国の興亡』という作品があって、それに「弘法も筆の誤り」という諺《ことわざ》を掛けたものだ。

えっ？　それって地口《じぐち》……。

そんなことはどうでもいい。

そやけど、本の題名が駄洒落《だじゃれ》て……。

言っておくが、この人類文明の行く末を描き切った大作のラストもまた……。

まさか、地口落ちやおまへんやろな？

それは言わぬが花である。

そやけど、そんな地口の題名付けた本なんておもろないやろ。

『銀河帝国の弘法も筆の誤り』は第三十三回星雲賞日本短編部門を受賞した。

なんやて！　あの日本SF大会で選出される日本で一番歴史のあるSF賞の星雲賞を！

そこだけ無暗《むやみ》に詳しいな。とにかく田中さんは、ファンタジー、ミステリ、ホラー、SFとさまざまなジャンルで評価されているのだ。

ちょっと待った。ファンタジー、ホラー、SFについては、受賞したり映画化されたりしているが、ミステリは単にアンソロジーに掲載されただけと違うんか？　それでミステリの才能があると言えるんか？

書くのを忘れていたが、田中さんが東京創元社から出した『辛《から》い飴《あめ》』に収録されている「渋い夢」は第六十二回日本推理作家協会賞短編部門を受賞している。

なんとそんな賞までとったはったんか！

これだけではない。集英社文庫から出ている《笑酔亭梅寿謎解噺《しょうすいていばいじゅなぞときばなし》》シリーズというのを知っているか？

知ってる。知ってる。落語家が主人公のシリーズやろ。よう本屋で見掛ける。

あの作者も田中さんだ。破天荒な落語家・梅寿を主人公としたミステリで、この《鍋奉行犯科帳》シリーズと並び称される人気シリーズだ。

なんとあのシリーズも田中はんやったんか。ということは、落語にも通じてはるとか？

もちろんだ。大阪の落語家・月亭文都《つきていぶんと》師匠の新作落語の会「ハナシをノベル!!」に賛同し、次々と新作落語を提供されているのだ。

なるほど。以前から《笑酔亭梅寿謎解噺》シリーズには上方《かみがた》落語の趣があると思ってたんやが、そういう経験が活《い》かされとるんやな。

そして、田中さんを語るときに忘れてはならないのは怪獣だ。

か、か、か、か、怪獣⁉

田中さんは日本有数の怪獣ファンであり、ウルトラ怪獣の身長・体重・武器・弱点・足型をすべてそらんじているのだ。

ほんまかいな？

嘘《うそ》ではない。その証拠に、早川書房から出ている『多々良島《たたらじま》ふたたび』というアンソロジーに収録されている怪獣小説「怪獣ルクスビグラの足型を取った男」は第四十七回星雲賞日本短編部門を受賞している。

ファンタジーにミステリにホラーにSFに落語に怪獣か。そやけど、時代小説かて、他のジャンルに負けず劣らず……。

その通り。爆発的人気を誇る《鍋奉行犯科帳》もついに八巻、大坂城や四天王寺《してんのうじ》といった大坂の名所を舞台に、鮟鱇鍋《あんこうなべ》や芋菓子といったグルメの知識も満載だ。そのうえ、今回は偽鍋奉行まで登場する。『水戸黄門《みとこうもん》』でも偽者の登場は定番だが、この偽鍋奉行の正体を知れば、度肝を抜かれるのは間違いない。さらに、今回は主要な登場人物に大きな変化が訪れることになる。それは……。

ちょっと待った！　おまえ、《鍋奉行犯科帳》のこと、おもろいて書いてるやないか。

面白いものを面白いと書いて何が悪い？

そやかて、この解説の最初に「田中啓文さんは時代小説が得意な作家ではない」て書いたあるぞ。

その通り。今まで述べた通り、田中さんは時代小説だけではなく、ファンタジーにもミステリにもホラーにもSFにも落語にも怪獣にもすべてに長《た》けた作家なのだ。「時代小説が得意」などと言ったら、他のジャンルが不得意のように聞こえてしまう。田中さんには得意なジャンルなどない。すべてが面白いのだ。

なるほど。合点がいった。しかし、どういう訳で、こんないろんなジャンルで傑作が書けるんや？

「それについては、わしから言わしてもらう」

何だ？　あなたの懐から急に声が聞こえたぞ。

今のはこいつが言うたんや。

これはまた立派で大きな扇子《せんす》を懐から取り出したな。この扇子が喋《しゃべ》ったのか。ん？

こんな扇子を持っているということは、もしや、あなたは……。

「さあ、わしを広げて見せてみい。おもろい小説が書ける理由が書いてある」

扇子を広げると、そこには大きな太い文字で黒々と「センスがものを言います」と書かれていた。

これはまたオウギょうな（大仰な）ことを……。

（こばやし・やすみ　作家）

集英社文庫

鍋奉行犯科帳《なべぶぎょうはんかちょう》　風雲大坂城《ふううんおおさかじょう》

2016年12月25日　第1刷　　定価はカバーに表示してあります。

著　者　田中啓文《たなかひろふみ》

発行者　村田登志江

発行所　株式会社　集英社
東京都千代田区一ツ橋2-5-10　〒101-8050
電話　【編集部】03-3230-6095
【読者係】03-3230-6080
【販売部】03-3230-6393（書店専用）

印　刷　図書印刷株式会社

製　本　図書印刷株式会社

フォーマットデザイン　アリヤマデザインストア　　マークデザイン　居山浩二

ISBN978-4-08-745527-4 C0193